品读经典

京涛 子夜霜 屈平 主编

戏剧卷

梨园 春遇 杏花 雨

一颗露珠，折射着缕缕情思；
一片枫叶，飘洒着绵绵思绪；
一粒沙子，磨砺出串串遐想；
一个微笑，传递的是拳拳善意；
一道风景，蕴涵的是深深哲理；
一段经典，演绎的是精神盛宴……
点点读点，激发你的艺术灵光；
处处批注，打开你的智慧锦囊；
篇篇妙文，点燃你的人生梦想……
这辑美文哟，是天下最美最鲜的心灵鸡汤，
品悟它吧，你一生心里有滋养……

文心出版社

《品读经典》编委会

主编：

京 涛　子夜霜　屈 平

执行主编：

京 涛

副主编：

曲明城　张金寿

编委（以姓氏笔画为序）：

丁　武	万爱萍	王　臻	王连仓	王崇翔	史恒源
左保凤	石　晶	仲维柯	刘　宇	刘道勤	吕李永
孙云彦	孙维彬	曲明城	朱诵玉	许喜桂	吴潇枫
张大勇	张金寿	李　燕	李荣军	杨七斤	杨刚华
杨景涛	杨新成	汪　明	汪茂吾	肖优俊	苏先禄
陈　曦	陈百胜	陈学富	陈锦才	周　红	周礼华
周松涛	周波松	周流清	庞　燕	林　然	罗　胤
姜全德	姜致远	柯晓阳	贺秀红	唐仕伦	夏发祥
徐红梅	殷传聚	聂　琪	贾　霄	贾少阳	贾少敏
梁　娜	梁小兰	黄德群	曾良策	董　捷	韩　玥
解立肖	詹长青	鲍海琼	臧怀原	臧学民	蔡　静
樊　灿	戴汝光				

与书结缘

诸君嘱我为"品读经典"书系作序,颇为难。非名人亦非什么专家,作序于售书似无益;亦非权威,谈不出什么高深玄论,会让读者失望;学养有限,阅历又浅,啰里啰唆的,徒费学子寸金时光,深恐有负众望……辞几次,拗不过,只得鸭子上架了。

从何说起,我犹豫了颇久,还是从与书结缘谈起吧。

很小的时候,我不怎么读书,就是想读书,识字也不多呀。倒是在畅快淋漓地读大自然这部大书,常常"忙"些城里孩子做梦都艳羡的事儿,丛林里听鹊儿莺儿蝉儿唱歌啦,草丛里看蚂蚁抬青虫啦,小溪里捕鱼网虾啦,点煤油灯炸螃蟹啦,抽青藤编花环啦,追逐点点流萤啦,藤蔓上荡秋千啦,采山菌摘野果啦,竹林里捉迷藏啦,山岭上看夕阳白云啦,葡萄架下听故事啦……一切都是那么的有趣!

不过,也常常伴着危险。山林若是走得深了,会遇到狼,大人也跑不过狼,小孩子得就近赶快爬到树上,呼喊人们来救援。有时也会捣蛋地逗引公牛斗架,观战须格外留神,那硕壮的牛蹄子踢一下腿,轻则骨折,要是牛角剜着了肚子,那可就呜呼哀哉了。翻石块捉蝎子风险小一些,不过有时会突然蹿出一条蛇来,骇得你出一身冷汗。采野果安全些,但也会因不辨果性而中毒。有一种植物俗名叫红眼子,学名我至今也没有弄清楚,果实与刺莓很相像,味道也是酸甜的,只是红眼子有毒性,吃多了会出人命的。不过,眼珠子滴溜溜转的孩子是能区分的,红眼子枝干粗壮而无刺,刺莓茎蔓细弱而多刺。采药的时候,小腿胳膊脸啦,被划伤是家常便饭,最让你防不胜防的是蜂子的袭击,我就曾遭遇一群小拇指大小的土蜂的围攻。我刚碰到荆棘丛那株诱人的柴胡,忽地从地下旋出一群土蜂,我没作片刻犹豫,就地滚出数丈远。但蜂子仍如战斗机般地紧追不舍。山里曾发生过公牛被土蜂活活蜇死的事,我想自己是要死了,冒出了玉皇大帝、阎王爷还有菩萨究竟是什么样子的念头。蜂子蜇了我几下,我立刻清醒了,绝不能动,即使再蜇几下也绝不能还击,否则,蜂子攻击会更疯狂,而且还会有更多的蜂子飞来。蜂子绕着我尖叫着,十来分钟后便飞走了。结果我中了九毒针,三天都吃不下饭。土蜂留给我的纪念——九个褐色斑直到四五年后才消失……一切都是那么惊险而又刺激,男孩子的探险、坚毅、无畏也许就源自大自然吧。

父亲爱读书看报。他回家后的第一件事便是搬把圈椅放在老楸树下的石桌旁,沏杯菊花茶——野菊花山里多的是,坐在圈椅里读起来。嬉闹是孩子的天性,尤其是像我这样天不怕地不怕的顽童。不过,父亲读书的时候,我是不敢疯的。一边悄悄地玩耍,一边偷偷瞄几眼父亲,渐渐地,我发现父亲读得很陶醉,在书上画着批着什么的。其实,疯玩是影响不了父亲的,只是我那时并不晓得。父亲有时还微笑,父亲虽然不曾打骂过我们,却是个极严肃的人,我寻思,书里究竟有啥稀奇居然能让父亲笑? 溜进书房,翻翻父亲刚刚读过的书,都是黑乎乎的字,这些字也"可笑"? 这字里一定有什么不可告人的秘密,于是我自觉不自觉地开始认字了。

认字稍多些的时候,我渐渐从只言片语的小故事里沉醉到长篇里去,到生我养我的这片土地之外的神奇世界漫游了。我读的第一部长篇是儒勒·凡尔纳的《十五小豪杰》,大概是小学二年级吧。书中讲的是 15 个孩子流落荒岛,后来用风筝飞离荒岛,历尽艰险,最后成了一群小豪杰的故事。书是繁体字,那时简体字我也没认几个,读,不过是结结巴巴连猜带蒙的,主人公的机智勇敢,我倒还能深深地感受到。

这本书情节离奇,加上"看官"之类评书味道的语言,我第一次真切地悟到,这世界上有比玩耍还有趣的事情。就这样,我迷上了书,吃饭时读,路上也读,蹲茅厕也读,被窝里也读。放牛时候,如果遇到雨天,我把牛赶进山洼里,然后冲到山头,寻一块平坦的巨石,把化肥袋子铺在上面,盘着脚,在伞下读了起来。那时候探险、推理、科幻、传奇的书读得多,读得如痴如醉,后来被声嘶力竭的嚷嚷声惊醒,原来牛进了庄稼地。牛糟蹋了那么多庄稼,回到家里,教训是免不了的了,但我没有敢辩说是因为读书。读书实在是一件妙不可言的事。有人说读书"如雨后睹绚烂彩虹,如江岸沐温馨春风,如清晨饮清爽香茗",这可能是年龄稍大的孩子或成年人读书的感觉吧,我那时读,感觉就像是踩着彩虹桥去跨在弯弯的月亮上摇啊摇的。

父亲是个教书先生,在盆地里也算个小有名气的作家了。他教语文,教自然,也教美术,他的大书柜自然也是个杂货铺。我与语言文字打交道,就是从与这杂货铺结缘开始的。杂货铺里有《格林童话》《钢铁是怎样炼成的》《从地球到月亮》《唐诗选》之类的文学书,也有《东周列国志》《三国演义》《说岳全传》之类的演义书,也有《上下五千年》《史记》之类的历史故事书,也有《十万个为什么》《趣味数学》《新科学》《本草纲目》之类的科学书,等等。这些书,有的我一翻就入迷了,有的翻来翻去也不懂,便不感兴趣了,不过,有外人在跟前我还是煞有介事地读的。《本草纲目》是一部医学书,小孩子自然不感兴趣,但在随便翻翻中,我知道了李时珍写这部书很不容易,花了三十多年,中国人读它,外国人也读它。奇怪的是,我没有从医,却莫名其妙地懂一点医道,大概是与此有关吧。

我不怎么热乎书的时候,书柜好像没有落锁,迷上了书后,好像是突然落了锁。这书柜就像一块巨大的磁力方石,越是上锁就越有魔力。忽然发现,锁没有直接锁在门扣上,倒是门扣用一条松弛的链子穿过,再用锁锁着链子,可以"偷"书的哟!手伸进柜缝,能取出中间的书,但取两边的书就不容易了。我想了一个法儿,用铁丝钩想看的书。书钩出来容易,要还回去就不那么容易了。有次把书弄破了,心里打鼓了一两天,很快察觉打鼓是不必要的,父亲只是看了看那本书,就把它放到里面去了。

不久,我又发现,隔几天书柜中间总摆着一些我没有读过的书。有时书柜也不落锁,再后来就彻底不锁了,倒是父亲时常提醒我,专心读书是好事,但读上二十来分钟,眼睛要向周围望望,多看看绿叶啦青草什么的。有朋友说我读书写文章没明没夜的,却总不见我近视,很是嫉妒也很是纳闷。这可能得益于这一习惯吧。现在想想,书柜的落锁与开放,那是父亲教子读书的苦心与智慧。

有时,我也和父亲坐在老楸树下读书。父亲引导我怎么读书,起初让我点点画画一些词呀句呀段落呀的,后来让我写写自己的想法。父亲爱惜书是有名的,有个亲戚还书时不小心把书散落到泥地上,父亲心疼了好一阵子,但他从不在意我在书上画呀圈呀的。就这样,快上中学的时候,书柜里的书我几乎读了遍,尽管许多我还似懂非懂的,却隐隐约约感觉到有些知识老师似乎没有我懂的多。

父亲也让我读些报刊,给我订有《文学故事报》《中国少年报》《少年文艺》《少年科学》《向阳花》,等等。书是文明的沉淀,报刊虽不及书厚重,却是一扇通向新世界的窗口,读读报刊能呼吸到清新的空气。父亲读报有个习惯,哪篇文章写得精彩了,就把它剪下来,那时候山里没有复印机,若背页也有不错的文章,父亲就把它抄下来,然后,剪裁的和抄写的文章都贴在不用的课时计划里。父亲挑选的这些文章,更多的是让我们兄妹读。我迷上文学,可能就与父亲剪裁《文汇报》里的连载故事有关吧。

父亲爱写点东西,在我刚上小学二年级时,也硬让我开始写。那时候,我连"观察""具体"之类观念都还没弄明白,不过,写的无论长短,父亲都要细细看的,哪处写得好或不妥,都一股脑儿指出来,批改的比我写的还要多。不知不觉,我想什么就能写什么了。父亲从来没有给我买过作文书,但我的作文向来都不差。老师评讲作文时,大多是读我的作文,学校出校刊也常常有我的"大作"。语文老师在我日记、作文里批语说"有很好的文学素养""希望将来能成为什么什么"的。我因此陶醉了。

感觉良好的我，很快就得到了教训。我写了一篇两万余字的小说，自以为非常完美，寄给了父亲，"谦虚"地让他给提点意见。父亲读了三遍，没有改一个字，只是在文末批了四个字："华而不实！"要知道，那篇小说班里超过三分之一的同学都抄在笔记本里，连写作老师也大加赞赏。看到批语，我是多么沮丧啊！父亲料到我会失落，随批寄来一封信，信中说："孩子，浮躁是成不了大器的！曹雪芹披阅十载，增删五次，写就《红楼梦》，'字字看来皆是血'……福楼拜著《包法利夫人》，一天只写几百字，千锤百炼，字斟句酌，字字如珠……这些作品都是可以传世的。语言可以写得华丽，但不能没有思想，缺乏思想深度的语言，就像一件陈列在商店里而永远售不出去的漂亮衣服，好看而无用。缺乏思想沉淀，无论语言和技巧如何绝妙，无论长短，那就是废纸一张……大学里的书很多，你可以多读些经典。经典是有灵魂的，灵魂就是那不朽的思想。不想做蹩脚的作者，就要使你的作品有影响人的灵魂的思想；不想做平庸的批评家，就要使你的评论具有独到的前瞻的震撼人的观点……"看似说教，对我的影响却是刻骨铭心而深远的。

当下，出版业可谓繁荣，就我国而言，不说报刊、互联网、电子书、手机阅读，单是出版纸质新书，2000～2012年就达1890375种，全球历年出版的新书就更多了，加上流传下来的"古书"，数量之巨是无法想象的。不说读了，就是一本一本地数，我们一辈子恐怕也数不清楚。繁荣的背后，是品质的良莠不齐，浩瀚书海不乏有让你手不释卷的佳作，但更多的书是你不需要读的，或者就是粗制滥造，根本就不值得读。不知什么时候，国民迷上了出书，于是乎，但凡能写几个字的会说几句的都能出书了！这样的书，能读吗？生命是有限的，时间是宝贵的。作为学子，我们要选择那些必读的学业性书和能使我们受益无穷的经典书来读。

"品读经典"的入选作品，很早时候，编写者就寄给我了，这些作品就像白玉盘里颗颗璀璨耀眼的珍珠，许多作品令我沉吟至今。我不想刻意溢美"品读经典"，但编写者的两句话的确吸引了我："读经典，给心灵痛痛快快洗个澡；品经典，让审美如痴如醉做个梦！"这话说到了点子上。经典就像一泓思想圣水，浸润其中，给心灵痛痛快快洗个澡，灵魂就会得以升华。用经典滋养灵魂，那可没准儿，你也能成为一代大家的。

驻笔时，我想起了冰心赠给读者的话："读书好，多读书，读好书。"读者读经典，往往不觉其美，或不知其所以美，若读了"品读经典"，你会觉其美，也知其所以美。于是乎，我觉得冰心赠语也可以这么说："读书好，好读书，多读书，读好书，会读书！"

是为序，与学子共勉。

汗青　于静心斋

2013年5月22日

目　录

历史名剧

- **俄狄浦斯王(节选)**

  智慧树　论悲剧

- **伊索(节选)**

  芳草地　蜗牛和玫瑰树

- **屈原(节选)**

  芳草地　炉中煤

俄狄浦斯王（节选）

◇[古希腊]索福克勒斯

读点

犯罪者即为追查者，无意间犯罪，有意识地追查，展现了人物的命运悲剧。

多用短句，势如破竹，动人心魄，催人泪下。

剧情介绍：

俄狄浦斯是忒拜国王拉伊俄斯和王后伊俄卡斯忒的儿子。拉伊俄斯深信俄狄浦斯将来会杀父娶母的预言，于是，在他出生后，便将他的左右脚跟钉在一起，差老牧人将之丢弃，以绝后患。老牧人出于怜悯，把婴儿送给山上的另一牧羊人。这个牧羊人又将俄狄浦斯送给科任托斯国王波吕玻斯做养子。

俄狄浦斯长大以后，从预言中知道自己命中注定要杀父娶母，为免于犯罪，便离开波吕玻斯国王，只身出走。在途中，撞见一伙陌生人，因为发生口角，杀死了他们。这伙人当中就有他的生父拉伊俄斯。俄狄浦斯流浪到忒拜国，适逢忒拜国遭受妖魔困扰，俄狄浦斯替国人除害，因此被拥护为王，并娶王后即他的生母为妻，生了二男二女。

十六七年后，神的预言开始应验，俄狄浦斯难逃命运的灾难。忒拜国开始流行大瘟疫，田园荒芜，人畜死亡，到处是悲叹恸哭。神预示说，只有找到杀死先王的凶手才能祛除灾难。

俄狄浦斯决心追查凶手，结果发现真正的凶手正是自己。俄狄浦斯悲痛悔恨，刺瞎双眼，再度流浪，王后伊俄卡斯忒也在悲愤中自缢。

节选部分是俄狄浦斯追查忒拜国灾难原因最关键时刻的一段对话。

九　第四场

俄狄浦斯　长老们，如果让我猜想，我以为我看见的是我们一直在寻找的牧人，虽然我没有见过他。他的年纪和这客人一般大；我并且认识那些带路的是自己的仆人。

批：预感到自己可能是导致忒拜国发生灾难的原因，但还是急于寻找仆人，求证真相，表现了为国人极端负责任的品格。

	（向歌队长）也许你比我认识得清楚,如果你见过这牧人。	
歌队长	告诉你吧,我认识他;他是拉伊俄斯家里的人,作为一个牧人,他和其他的人一样可靠。	
	［众仆人带领牧人自观众左方上。	
俄狄浦斯	啊,科任托斯客人,我先问你,你指的是不是他?	
报信人	我指的正是你看见的人。	
俄狄浦斯	喂,老头儿,朝这边看,回答我问你的话。你是拉伊俄斯家里的人吗?	
牧人	我是他家养大的奴隶,不是买来的。	
俄狄浦斯	你干的什么工作,过的什么生活?	
牧人	大半辈子放羊。	
俄狄浦斯	你通常在什么地方住羊棚?	
牧人	有时候在喀泰戎山上,有时候在那附近。	
俄狄浦斯	还记得你在那地方见过这人吗?	
牧人	见过什么? 你指的是哪个?	
俄狄浦斯	我指的是眼前的人,你碰见过他没有?	
牧人	我一下子想不起来,不敢说碰见过。	
报信人	主上啊,一点也不奇怪。我能使他清清楚楚回想起那些已经忘记了的事。我相信他记得他带着两群羊,我带着一群羊,我们在喀泰戎山上从春天到阿耳克图洛斯［注:阿耳克图洛斯,北极上空农夫星座最亮的星(即大角星),在秋分前几天出现,叫作晨星;又在春分前几天出现,叫作晚星。波吕玻斯的牧人于3月间从科任托斯赶羊上喀泰戎山,在那里遇见拉伊俄斯的牧人,后者是从忒拜平原来的。他们在山上住了6个月,直到9月下旬晨星出现时,他们才各自赶着羊回家］初升的时候做过三个半年朋友。到了冬天,	

	我赶着羊回我的羊圈,他赶着羊回拉伊俄斯的羊圈。(向牧人)我说的是不是真事?	
牧人	你说的是真事,虽是老早的事了。	批:面对故人,承认事实。
报信人	喂,告诉我,还记得那时候你给了我一个婴儿,叫我当自己的儿子养着吗?	批:不明白牧人想隐瞒真相的原因。
牧人	你是什么意思? 干吗问这句话?	
报信人	好朋友,这就是他,那时候是个婴儿。	批:一语道破俄狄浦斯身份天机。
牧人	该死的家伙! 还不快住嘴!	批:心如明镜,心急如焚。
俄狄浦斯	啊,老头儿,不要骂他,你说这话倒是更该挨骂!	批:只为求得真相。
牧人	好主上啊,我有什么错呢?	
俄狄浦斯	因为你不回答他问你的关于那个孩子的事。	
牧人	他什么都不晓得,却要多嘴,简直是白搭。	批:试图隐瞒真相,以免俄狄浦斯遭天谴。
俄狄浦斯	你不痛痛快快回答,要挨了打哭着回答!	
牧人	看在天神面上,不要拷打一个老头子。	
俄狄浦斯	(向侍从)还不快把他的手反绑起来?	批:虚张声势地恐吓,表明追查决心。
牧人	哎呀,为什么呢? 你还要打听什么呢?	
俄狄浦斯	你是不是把他所问的那孩子给了他?	
牧人	我给了他;愿我在那一天就瞪了眼!	批:矢口否认,不愿看到悲剧的发生。
俄狄浦斯	你会死的,要是你不说真话。	
牧人	我说了真话,更该死了。	批:直言不讳地表明真相的重要性,为俄狄浦斯留有余地。
俄狄浦斯	这家伙好像还想拖延时间。	
牧人	我不想拖延时间,我刚才已经说过我给了他。	
俄狄浦斯	哪里来的? 是你自己的,还是从别人那里得来的?	批:义无反顾地盘查。
牧人	这孩子不是我自己的,是别人给我的。	
俄狄浦斯	哪个公民,哪家给你的?	
牧人	看在天神面上,不要,主上啊,不要再问了!	批:为俄狄浦斯感到悲愤,极力阻止追问。

俄狄浦斯	如果我再追问，你就活不成了。
牧人	他是拉伊俄斯家里的孩子。
俄狄浦斯	是个奴隶，还是个亲属？
牧人	哎呀，我要讲那怕人的事了！
俄狄浦斯	我要听那怕人的事了！也只好听下去。
牧人	人家说是他的儿子，但是里面的娘娘，主上家的，最能告诉你是怎么回事。
俄狄浦斯	是她交给你的吗？
牧人	是，主上。
俄狄浦斯	是什么用意呢？
牧人	叫我把他弄死。
俄狄浦斯	做母亲的这样狠心吗？
牧人	因为她害怕那不吉利的神示。
俄狄浦斯	什么神示？
牧人	人家说他会杀他父亲。
俄狄浦斯	你为什么又把他送给了这老人呢？
牧人	主上啊，我可怜他，我心想他会把他带到别的地方——他的家里去；哪知他救了他，反而闯了大祸。如果你就是他所说的人，我说，你生来是个受苦的人啊！
俄狄浦斯	哎呀！哎呀！一切都应验了！天光呀，我现在向你看最后一眼！我成了不应当生我的父母的儿子，娶了不应当娶的母亲，杀了不应当杀的父亲。
	[俄狄浦斯冲进宫，众侍从随入。报信人、牧人和众仆人自观众左方下。

批：仍抱有侥幸心理，但问得更仔细，只为查得真相。

批：并非母亲狠心，只因"杀父娶母"的神示太可怕。

批：索福克勒斯相信神，也相信神、人之间存在着某些不可预测和解释的神秘力量，这就是所谓的命运。

批：预示他后来自己刺瞎双眼。

批：俄狄浦斯和他的父母从一开始便下决心抗争命运，试图摆脱他"杀父娶母"的预言，却终究逃不出命运的窠臼。

（罗念生/译）

勇于担当责任的悲剧英雄

忒拜国流行大瘟疫，预言家说凶手就是俄狄浦斯，俄狄浦斯不信，认为是有人陷害他。王后告诉他前王是在一个三岔路口被人杀害的，俄狄浦斯听后怀疑前王是自己所害,因为他确实在一个三岔路口杀害过一个老人。开始时,俄狄浦斯也认为自己同那个杀父娶母的元凶完全无关,但到了科任托斯的报信人要同拉伊俄斯的牧人见面时,他就不能不预感到不祥了。

当一场灾祸到来的时候,作为一个应当承担主要责任的人,他可以有三种选择:勇敢承担责任,逃避,或推诿于他人。俄狄浦斯毫不犹豫地选择了前者。在没有见到拉伊俄斯的牧人时,俄狄浦斯曾说:"要发生就发生吧! 即使我的出身卑贱,我也要弄清楚。"妻子(也是俄狄浦斯的母亲)同丈夫的想法针锋相对时,她认为生活不要过于认真,事到临头绕着走。当她意识到了危险正向着她的丈夫逼近时,坚决阻止报信人和牧人见面。

俄狄浦斯为了国家和人民的安宁,决心找到杀死先王的凶手,这完全是出于公心。正因如此,在追查弃婴时,俄狄浦斯表现出查清自己身份的坚定决心。

当报信人和牧人见了面时,拉伊俄斯的牧人立即意识到说出真相将使现在的国王俄狄浦斯陷于尴尬的境地,因此,即使报信人如何追问他,他也不肯说出真相。在这种情况下,俄狄浦斯只要稍有犹豫,事情就会不了了之。但是,俄狄浦斯却像蝎子一样紧盯不放,甚至以拷打、死亡相威胁,逼迫牧人说出那个弃婴的来历。可以说,俄狄浦斯的悲剧是自己逼迫别人说出的。但是,俄狄浦斯从他的信念出发,必须这样做,也不能不这样做。一旦说出,他就必须承担后果。

俄狄浦斯是一位理想英雄。他体察下情,关心人民疾苦,对臣民有着高度负责的精神;他正直、诚实,有着坚毅的力量和积极行动的精神;他遵循高尚的道德原则,有独立的意志和不屈服于命运的反抗精神,力图自己掌握自己的命运;他敢于承担责任,尽管已意识到自己落入了命运的罗网,仍然对凶手一查到底,最后实践诺言,自我惩罚,真诚地为城邦消灾造福。

俄狄浦斯也是一位悲剧英雄,他的悲剧性命运固然来源于宙斯的安排,但同他的性格也有密切关系。那就是出于对国家和人民的责任感,而要把事情的"真相"彻底查清,不管遭遇什么厄运,也要义无反顾、一往无前,纵然粉身碎骨也在所不惜。俄狄浦斯的这些性格特征,反映了当时人们对理想君主的要求,也是雅典奴隶民主制繁荣时期的时代精神的体现。这种为了揭露事实真相而不惜毁灭自身的精神,是古希腊悲剧精神中最可宝贵的遗产。(子夜霜、汪明)

智慧树

论悲剧

要是你(注:你,这里指盎哲罗)知道悲剧诗人的任务,你就不难明白悲剧诗的目的了,诗人的任务不是别的,就是用诗来讲话,以教导、娱乐、感动别人,所以他能洗净观众心中的激情。我说,正像所有剧体诗诗人那样,他教导别人时,是把他的剧体诗在舞台上表演。此外,他还特别把一些人的生平和举止放在我们眼前,以资借鉴,这些人比别人更伟大、更尊严,而且更好运气。可是由于人性难免的错误,陷入极端的不幸中,所以我们就体会到,人在富贵繁华中不要信赖浮世的幸福,世间就没有一个人长寿到永远不死,或者坚强到绝不脆弱;没有一个人永远幸福,而绝没有悲惨的一日;也没有一个人享尽富贵,而从没有贫贱的日子。

在别人身上看到命运的重大转变,我们就知道怎样谨慎处世,以免意外的灾难落到我们身上。假使不幸有灾难降临(因为人生难免会遭到祸事,灾难常常折磨我们),我们也知道以忍耐的精神逆来顺受。

悲剧诗人除了用使人愉快的诗情和语言的藻饰以外,也用歌,用舞,用壮观的场面令我们感到很大的快乐,他决不会将使人不快的事情演给我们看,他也决不会以快感来感动我们。可是,他凭借语言的感染力和思想的分量,唤起我们的情绪,惹起我们的惊愕,既以恐怖充满我们的心,又感动我们的心去怜悯。什么事情悲惨到能感动人呢?

什么事情能像可怕的、悲惨的、意外的遭遇那么感动人呢? 例如,希波吕托斯的惨死,海格力斯的可怕而动人的疯狂,奥狄普斯的不幸的流浪。但是,这种恐怖和怜悯,正因为令我们感到愉快,才进而洗净了我们类似的激情。因为这两种情操比什么都能约束我们心中难以约束的狂热。一个人不会完全受毫无拘束的欲望压迫,以致即使因别人的不幸而惹起畏惧和怜悯的情绪,他的心还不能澄清那些惹祸的激情。我们记起别人的大难时,不但会更敏捷、更有准备地去忍受自己的不幸,而且会更聪明、更巧妙地避免同样的灾难。

正如医生有本领用毒药排除那折磨身体的病毒,悲剧诗人也有本领凭借诗中美妙的激情之力洗净读者心中的莫大烦乱。假如音乐凭借献祭时的歌唱能净化人的心灵,诗人岂不能凭借诗的和谐一样做得到吗?

我们试想,患难的经验多么有助于安然忍受人生的意外,习惯了的劳苦又多么容易让人坚持。那么,习惯于激情岂不是令人更能泰然处之吗? 有人说(注:原书的旁注说明这节是反驳柏拉图的意见,柏拉图认为悲剧引起的心情烦乱会增加激情),我们越是多看悲剧,我们的激情就越增加,因为悲剧的故事打动我们的心,使我们心烦意乱——那不是真理。相反的,当我们偶然不免要焦虑、狼狈不堪的时候,我们也会安然忍受那些痛苦,因为要是我们所受的创伤是自己早已预见的,我们的痛苦也必然少些。一个人如果看惯了别人的意外际遇,对于他,自己任何的不幸都将不是意外的了。

[意大利]明屠尔诺/文,缪灵珠/译

　　明屠尔诺(Minturno,1500～1574),原名安东尼奥·塞巴斯蒂尼亚诺,曾在大学里教授过古典文学,兼事文学批评,是意大利文艺复兴时期的文学批评家,曾任乌金托地区天主教主教,属于保守派。有《论诗人》(用拉丁语写)、《诗的艺术》(用塔斯康尼语写)以及喜剧理论等著作。他认为《诗的艺术》将有助于理解亚里士多德和贺拉斯的诗论以及荷马、维吉尔和但丁等的作品。

　　本文选自《诗的艺术》卷二《论悲剧》。《论悲剧》的对话者是明屠尔诺与盎哲罗,本文是明屠尔诺的言论。本文主要阐明了悲剧中的命运和净化作用。"在别人身上看到命运的重大转变,我们就知道怎样谨慎处世,以免意外的灾难落到我们身上。假使不幸有灾难降临(因为人生难免会遭到祸事,灾难常常折磨我们),我们也知道以忍耐的精神逆来顺受"。人的一生不可能是一帆风顺的,难免遇到挫折。最重要的不是我们遇到什么样的挫折,而是如何面对。一个人对待挫折的能力,与年龄的增长有很大关系,但更重要的是他曾经应对挫折的经历。遇小挫而胜之,可以为受挫者留下宝贵的经验,增强其应对挫折的心理承受能力。

伊索（节选）

◇［巴西］吉列尔梅·菲格雷多

读点

一出闪射着哲学智慧光芒的历史剧。
一曲激动人心的自由之神的赞歌。
一场曲折复杂的激烈的矛盾冲突。

剧情介绍：

奴隶主克桑弗买下了奴隶伊索，带着他从远方回到家里，向妻子克列娅说要把伊索作为礼物送给她。克列娅看到伊索，认为这是丈夫对自己的侮辱。克桑弗解释说他买下伊索是因为他聪明。

克桑弗与雅典卫队长对饮，夸下海口，说自己可以喝干大海。雅典卫队长为了使他难堪，便与他打赌，如果做不到，就要将包括房屋、奴隶在内的一切财产全输给他。克桑弗拿起笔来写下了字据。

克列娅早已对丈夫的愚蠢和专横心怀不满，离家出走。女奴隶梅丽塔见克列娅离家出走，便趁机自荐要与克桑弗结婚，说伊索一定与克列娅双双逃跑了。正当梅丽塔与克桑弗准备订婚约时，伊索回来了。奴隶主克桑弗得知伊索宣传他要结婚，要鞭打伊索。梅丽塔认为这对自己有利，不让克桑弗责罚伊索。

此时，克列娅突然回来了。克列娅爱上了伊索，但被伊索拒绝了，反诬伊索调戏自己。克桑弗要严惩伊索，但因喝干大海的难题要靠伊索想法解决，便不了了之。伊索为克桑弗解决了这一难题，雅典卫队长只好放过克桑弗。大众知道主意是伊索出的，一致要求克桑弗给伊索自由，于是伊索成了自由人。

伊索离开克桑弗家，远走他乡，他为祭司们讲了一个寓言，祭司们听了认为是讥讽他们，便诬陷伊索偷了他们殿中的金器。伊索是自由人，如果偷了金器，就要被处死，如果是奴隶犯的，便交奴隶主发落。其实，偷金器的事是克列娅干的，她企图用此法迫使伊索回到她的身边。克桑弗想迫使伊索再次当他的奴隶，但伊索为了自由和尊严，断然拒绝再当奴隶，毅然接受了死刑。

本文节选自《伊索》第三幕，是伊索在面临生死抉择时，与克桑弗、克列娅等人的一段对白。

克列娅	<u>克桑弗,你能够救他! 去告诉祭司们说,他是你的奴隶!</u>（对伊索）那张纸（注:克桑弗还伊索自由身的获释文书）在什么地方? 我们把它来烧掉,并且……	批:伊索如果还是克桑弗的奴隶,伊索犯了罪,便由克桑弗处置,那样就可以避免被祭司们处死。
克桑弗	这个想法很好,伊索。你又可以和我们在一起了。	
伊索	<u>像奴隶一样?</u>	批:不甘愿再沦为奴隶。
克桑弗	这只是因为他们还没有忘记这件事情,我们暂时骗骗他们罢了,事实上我们是可以成为合伙的朋友……	
伊索	（打断他）合伙的?	
克桑弗	是的……<u>你来编寓言,由我到广场上去讲给我的学生们听。</u>你甚至自己都想不到,你的寓言多么受欢迎! 很快你就会成为有钱人了。	批:虚伪自私。以富贵来诱惑伊索!
伊索	<u>我编寓言,并不是为的靠它发财。</u>	批:富贵不能淫!
克桑弗	要这样那就更好了。你就毫无代价地来讲它们,而我的名字可以使它们更加具有哲理的味道! 你听我说……你将要成为自由人,以后你把你的寓言都给我。你还要什么呢! <u>我知道……克列娅爱你,你就和她在一起,这事就这样决定了。我拒绝她,她是属于你的</u>……好吗?	批:爱情诱惑!
伊索	<u>克桑弗,去把大海喝掉!</u>	批:言外之意是不同意。
克桑弗	难道你不同意吗? ……<u>如果你不同意,祭司们是要把你推到深渊里去的!</u>	批:死亡威胁!
克列娅	同意吧,伊索……	
伊索	（对克列娅）你也加入你丈夫的那一伙吗,克列娅? 我带着我的寓言,克桑弗带着自己的妻子……可是你呢……	

| 克列娅 | （打断他）不，你这糊涂的人！我带着我的爱情，而你带着自己的生命……（转向克桑弗）快去，克桑弗，告诉祭司们说，伊索是你的奴隶，只有你有权利惩罚他。 | 批：为了救伊索。 |

伊索　　　是的，你本来是应该惩罚我的，克桑弗……要知道，祭司们认为我的确在神庙里偷了金器。

| 克桑弗 | 我不过是假装地来惩罚你，叫祭司们满意就算了。（敲锣） | 批：并非真的惩罚，只是为了瞒过祭司们。 |

　　　　　〔阿比西尼亚出现。

克桑弗　　（对伊索说）我自己带你去，好叫祭司们看见你已经是受了惩罚的样子。我把金器还给他们，并且……你的那张纸在什么地方？

伊索	（取出藏在怀中的那张纸）它在这里，这就是它，我的自由！	批：追求自由，有自己的尊严。
克桑弗	（伸手）把它给我。	批：要烧掉凭证。
伊索	不行。	批：不愿意再沦为奴隶。
克桑弗	你不相信我？你怕我不还给你？那就让它留在你身边好了。你自己去告诉祭司们说，你是我的奴隶，我来证明你的话。	批：一再让步，是为了救伊索。
伊索	我不是你的奴隶。	批：自尊。
克桑弗	你不过是去说一下罢了！这小小的狡猾手段可以拯救你的生命。	批：救了伊索，对他自己也有利。

梅丽塔　　你的生命，伊索……你的生命和你所爱的女人！……

伊索　　　去说我是奴隶吗？

克桑弗　　这样你就会得救了。

伊索　　　可是他们能相信我吗？

克桑弗　　我已经说过了，我来证明你的话。

伊索	既然他们能相信虚伪,为什么他们不能相信那比起来要简单得多的真理呢?	批:因为他们想置伊索于死地。
克桑弗	什么真理?	
伊索	就是说,我没有偷阿波罗的金器,也不是你的奴隶。	批:心地无私天地宽,反驳得好。
克桑弗	但是……假若是他们自己把金器放在你的口袋里,你又怎样来要求真理得胜呢?	批:卑鄙者栽赃陷害之伎俩。
伊索	克桑弗,你自己终于明白了我所要证明的事——人很难接受真理。	
克列娅	那么,你就替你自己来报复他们一下吧。撒个谎,告诉他们说你是奴隶……人们容易接受虚伪。	批:伊索被诬陷偷了金器,因是自由人,将被处以死刑,若是奴隶,则其生死将由奴隶主处置。其实,金器是克列娅偷的,她却嫁祸于伊索,是企图让伊索回到她的身边。
伊索	就是说,对于偷了东西的自由人有一种更加严格的刑罚,而对偷了东西的奴隶却有着较轻的刑罚吗?	
克列娅	在你现在这种情况下,是这样的。	
伊索	(长久的停顿后)好吧——我选择对自由人的惩罚。	批:为自由,宁愿献出生命。
克桑弗	糊涂虫! [花园里传来人群喧哗声,梅丽塔向门口走去。	
梅丽塔	(站在门口)萨摩斯的居民都往这里来了!	
克列娅	(在寂静中长久地停顿后)是我把金器放在你的口袋里去的,伊索。我当时在神庙里……我看到祭司们怎样对你大发脾气……我看见你走得离我越来越远……就这样,当你和祭司们争论的时候,我把金器放到你的口袋里,并且告诉一个祭司说,是你偷了它,	批:说出真相,爱让人疯狂,丧失了理智,可怕的爱的报复!

并且……

伊索　　　(用喊声打断了她的话)你在说谎!你
　　　　　在说谎,我的爱,你在说谎!

克列娅　　我想要报复你……强迫你转回来……　　批:终于醒悟了!
　　　　　可现在……不是这样了。现在应该把
　　　　　我推向深渊里去。
　　　　　[喧哗声越来越大。

伊索　　　你说谎!你想拯救我,因此才说谎……

梅丽塔　　你看见了吗,克桑弗——这是你妻子　　批:又在挑拨。
　　　　　干的事……

伊索　　　(对梅丽塔威严地)住嘴!(对克列
　　　　　娅)克列娅,我们在生活中彼此没有能　　批:拒绝克列娅,宁愿被栽赃,均是
　　　　　够找到共同的道路……我本来想,你　　　　为了自由,为了尊严——这就
　　　　　身上是充满了恶毒的……不,你是一　　　　是自由之精神。
　　　　　个好人,你没有过错,我看错了……我
　　　　　有罪,金器是我偷的!

克列娅　　(号啕大哭)不,不,看在众神的面上!　　批:嫁祸伊索是为了得到他,但弄

克桑弗　　(对伊索)糊涂虫!你要明白,你应该　　　　巧成拙,反而害了他。
　　　　　拯救自己的生命!

伊索　　　即使现在你不惩罚我,即使你任何时　　批:为了自由,宁愿选择"对自由人
　　　　　候也没有惩罚过我,你知道吗,哲学家　　　　的惩罚"。
　　　　　(注:哲学家,这里指克桑弗),我终究还是
　　　　　选择对自由人的惩罚。这是我的意志。

克列娅　　(呻吟地)这是你死刑的判决……你死
　　　　　刑的判决。允许我对你说一句话吧,　　批:发自肺腑的赞美,绝望的评价!
　　　　　丑陋的人啊,你是个非常高尚的人!
　　　　　[人群的喧哗声越来越大。

伊索　　　再见,克列娅……我是自由的人……　　批:为了自由,宁愿献出生命。
　　　　　谁也不能再来触动我,不论是阿比西
　　　　　尼亚的鞭子,不论是你的手指;克列
　　　　　娅,不论是仇恨,还是爱情……我自己
　　　　　坚强地决定走向深渊去……

[阿格诺托斯出现在门口。

阿格诺托斯　祭司们等着回答。

克桑弗　我的回答？

伊索　(一手拿起金器,一手拿着那张使他得到自由的纸张,急速地走向门口)不,是等着我的回答!(转向人群)把你们的金器拿去吧!(把它扔向花园)萨摩斯的居民们,你们听着伊索最后的寓言吧:狐狸看见悬挂在阳台晾架上的一串葡萄,想把它摘下来……(他的声音坚强,但却时而被颤抖的音调打断)但够不到,这时候她就说:"还绿着呢。"因此,这个寓言的结论就是:知道吗?你们是自由的!(转身向克桑弗)你要明白,克桑弗,无论哪一个人,都成熟得可以得到自由了,而且只要是需要的话,就能为它而死!(又转向人群)对于爱情,对于生活来说,我还太年轻而嫩绿!但是对自由来说,我已经成熟了,我是自由人。该诅咒的奴隶制度,(以果敢的步伐走向门口)走吧,那里是你们给自由人准备的深渊……(坚决地走出,重复着:"在什么地方,在什么地方?")

[台后喧哗声达到顶点。

(陈颙/译)

批:为自由而义无反顾!

批:这是自由的宣言。赋予《狐狸与葡萄》寓言故事以新的意义,自己已经成熟了,就绝不会放弃自由人的身份。

若为自由故,二者皆可抛

　　吉列尔梅·菲格雷多(Guilherme Figueiredo,1915~1997),巴西现代著名剧作家。父亲是一名军官,曾因反对法西斯专制而长期入狱。菲格雷多从13岁起当记者,继承了父亲的战斗传统,以笔作武器,宣传民主自由的思想。1936年起,对文学产生兴趣,开始写作诗歌、散文、小说、戏剧等，但主要成就是戏剧。剧作多以古希腊神话故事为题材，并融入人生哲学和巴西现实。著名寓言剧《伊索》(又名《狐狸与葡萄》)发表于1953年，曾获巴西国家金盾奖章及最优秀剧作家奖，作者因此而跻身于现代世界优秀剧作家的行列。

话剧《伊索》通过作为奴隶的伊索与奴隶主克桑弗等人的矛盾斗争，反映了奴隶阶级要求人身解放、争取自由幸福的崇高理想，颂扬了"宁为自由死，不为奴隶生"的战斗精神。这是一部闪烁着哲学智慧光芒的历史剧，也是一曲激动人心的自由之神的赞歌。

话剧《伊索》第三幕是全剧的高潮。伊索历尽曲折，终于获得了自由，但由于他讲《蝉与甲虫》的寓言而冒犯了阿波罗神庙的祭司们，当他被栽赃陷害时，就把他推向了生与死的矛盾焦点之中。本来，只要伊索藏起获释文书，承认自己仍是奴隶，便可以活下来。但是，伊索一生追求自由和真理，他把真理和自由看得比生命还重要，因而果断地选择了对自由人的惩罚，大义凛然地朝着为自由人准备的深渊走去。他再一次给大家讲了《狐狸与葡萄》的寓言，告诉大家，发绿的葡萄已经成熟，而在场的每个人都成熟得可以得到自由了，而且只要是需要的话，就应该为它而死。

裴多菲说过："生命诚可贵，爱情价更高。若为自由故，二者皆可抛。"这首诗表现了资产阶级追求自由、反对封建压迫的可贵精神。话剧中的伊索是体现了这一精神的。他宁愿以自由人的身份被处死，也不愿再次沦为奴隶而苟且偷生。为了自由，他把爱情和生命都抛掉了。

伊索面临的并不是简单的生与死的抉择，而是一种人生的崇高与卑微、人格的褒扬与萎缩的行为取舍。尽管，他的死并不能改变痛苦而又血腥的历史进程，但却隐含着人类对历史行进方式的判定与趋向。因此，他的行动与语言，具有一种普遍的典型意义。正因为如此，尽管伊索对自由的理解还仅仅是停留在一张契文与人身行动的最初意义上，远没有现代人理解的深刻与透彻，但他那种"我是自由的人……谁也不能再来触动我"的豪言壮语和他追求自由的精神，却得到了历史与人类的双重肯定。(屈平、殷传聚)

芳草地

蜗牛和玫瑰树

在一个花园的周围，有一排榛树编的篱笆。篱笆的外面是田地和草场，里面有许多牛群和羊群。不过在花园的中央有一株开着花的玫瑰树。树底下住着一只蜗牛。它的壳里面有一大堆东西——也就是说，它自己。

"等着,到时看吧!"它说,"我将不止开几次花,或结几个果子,或者像牛和羊一样,产出一点儿奶。"

"我所等待于你的东西倒是不少哩!"玫瑰树说,"我能不能问你一下,你的话什么时候能够兑现呢?"

"我心里自然有数,"蜗牛说,"你老是那么急!一急就把我弄得紧张起来了。"

到了第二年,蜗牛仍然躺在原来的地方,在玫瑰树下面晒太阳。玫瑰树倒是冒出了花苞,开出了那永远新鲜的花朵。蜗牛伸出一半身子,把触角探了一下,接着就又缩回去了。

一切东西跟去年完全一样,没有任何进展!玫瑰树仍然开着玫瑰花,它没有向前迈一步!

夏天过去了,秋天来了。玫瑰树老是开着花,冒出花苞,一直到雪花飘下,天气变得阴森和寒冷为止。这时玫瑰树就向地下垂着头,蜗牛也钻进土里去。

新的一年又开始了。玫瑰花开出来了,蜗牛也爬出来了。

"你现在成了一株老玫瑰树了!"蜗牛说,"你应该早点准备寿终正寝了,你所能拿出的东西全都拿出来了,这些东西究竟有什么用处,是一个问题。我现在也没有时间来考虑。不过有一点是很清楚的,你没有对你个人的发展作过任何努力,否则你倒很可能产生出一点别的像样的东西呢。你能回答这问题吗?你很快就会只剩下一根光秆儿了!你懂得我的意思吗?"

"你简直吓死我!"玫瑰树说,"我从来没有想到过这一点。"

"是的,你从来不费点脑筋来考虑问题。你可曾研究过一下,你为什么要开花,你的花是怎样开出来的——为什么是这样,而不是别样吗?"

"没有,"玫瑰树说,"我在欢乐中开花,因为我非开不可。太阳是那么温暖,空气是那么清爽。"

"我喝着纯洁的露水和大滴的雨点。我呼吸着,我生活着!我从土中得到力量,从高空吸取精气;我感到一种快乐在不停地增长;结果我就不得不开花,开完了又开。这是我的生活,我没有别的办法!"

"你倒是过着非常轻快的日子啦。"蜗牛说道。

"一点儿也不错。我什么都有!"玫瑰树说,"不过你得到的东西更多!你是那种富于深思的人物,那种得天独厚的、使整个世界惊奇的人物。"

"我从来没有想到这类事儿,"蜗牛说,"世界不关心我!我跟世界又有什么关系呢?我自己和我身体里所有的东西已经足够了。"

"不过,在这个世界上,难道我们不应该把我们最好的东西,把我们所能办到的东西都拿出来吗?当然,我只能拿出玫瑰花来。可是你?……你是那么得天独厚,你拿出什么东西给这世界呢?你打算拿出什么东西来呢?"

"我拿出什么东西呢?拿出什么东西?我对世界吐一口唾沫!世界一点用也没有,它和我没有什么关系。你拿出你的玫瑰花来吧,你做不出什么别的事情!让榛树结出果子吧,让牛和羊产出奶吧;它们各有各的群众,但是我身体里也有我的群众!我缩到我身体里去,我住在那儿。世界和我没有什么关系!"

蜗牛就这样缩进它的屋子里去了,同时把门带上。

"这真是可悲!"玫瑰树说,"即使我愿意,我也缩不进我的身体里面去——我得不停地开着花,开出玫瑰花。花瓣落下来,在风里飞翔!虽然如此,我还看到一朵玫瑰夹在一位主妇的圣诗集里,我自己也有一朵玫瑰被藏在一个美丽年轻的女子的怀里,另一朵被一个充满了欢乐的孩子拿去用嘴唇吻。我觉得真舒服,这是真正的幸福。这就是我的回忆——我的生活!"

于是玫瑰老是天真地开着花,而那只蜗牛则懒散地待在它的屋子里,世界和它没有什么关系。

许多年过去了。

蜗牛成了泥土中的泥土,玫瑰树也成了泥土中的泥土,那本圣诗集里作为纪念的玫瑰也枯萎了,可是花园里又开出新的玫瑰花来,花园里又爬出新的蜗牛来。这些蜗牛钻进它们的屋子里去,吐出唾沫,这个世界跟它们没有什么关系。

我们要不要把这故事从头再读一遍?——无论如何,它决不会有什么两样。

[丹麦]安徒生/文,叶君健/译

品 读

汉斯·克里斯蒂安·安徒生(Heinz Christian Andersen,1805 年 4 月 2 日~1875 年 8 月 4 日),丹麦童话作家,世界童话之王。1830 年前后,安徒生先后写了不少诗歌、剧本、小说、游记,但更多的是童话。他一生共写了 168 篇童话,著名的如《拇指姑娘》(1835)、《海的女儿》(1837)、《皇帝的新装》(1837)、《卖火柴的小女孩》(1843)、《丑小鸭》(1844)等。安徒生的童话被译成了 100 多种语言,深受全世界儿童喜爱,成为世界文学的宝贵遗产。

《蜗牛和玫瑰树》这篇童话发表于 1861 年 11 月在哥本哈根出版的《新的童话及故事》第二辑第二集里。它是作者 1861 年 5 月在罗马旅游时写成的。据说故事的思想来源于安徒生个人的经验。这里的玫瑰树可能就代表他自己(创作家),而蜗牛则影射批评家——他们不创作,但会发表一些深奥的、作哲学状的议论,如:"你为什么要开花,你的花是怎样开出来的——为什么是这样,而不是别样吗?"安徒生在意大利旅行的时候,收到一封从丹麦寄来的信,拆开一看,里面是一封批评他的作品的剪报。这就是本文创作的触发与动机。

安徒生这篇《蜗牛和玫瑰树》童话,说的是蜗牛总在想要做一番大事业却整天趴在地上不做实事,而玫瑰树却天天努力地吸取着阳光、雨露和泥土中的养分,每年把美丽的花朵和芬芳奉献给人们的故事。这篇《蜗牛和玫瑰树》童话呈现出高度的拟人化。童话中的蜗牛和玫瑰树,它们就被赋予了人的思想、语言和行为,并被高度典型化地处理为两类性格迥异的人物。行动迟缓、经常缩居壳中的蜗牛,被塑造成一个空想家,耽于空想空谈、疏于实干、自私自利、自以为是、逃避生活;而逢春开花、绚烂美丽的玫瑰树,则被描写成一个实干家,热爱生活、感激生命、脚踏实地、以诚待人、乐于奉献。这两类人的这些性格品质,既符合蜗牛和玫瑰树本身的生物特征,无疑也是作者合理想象和适度夸张的结果。

屈原（节选）

◇［中国］郭沫若

读点

把握历史与现实关系，书写历史，救赎现实。
精巧构思，以尖锐的矛盾冲突表现尖锐的政治
斗争。

剧情介绍：

屈原给弟子宋玉讲解自己的《橘颂》诗，告诫宋玉做一个顶天立地的男子。

秦国为破坏楚齐联盟，派使者张仪游说楚王。屈原识破秦国虎狼之心，力劝楚王坚持联齐抗秦。张仪阴谋受挫，转而与楚王宠姬南后勾结。

南后郑袖是个狠毒自私的女人，楚王长子正在秦国做人质，南后接受张仪奸计，离间楚王与屈原关系。

南后以帮助指导《九歌》为名，把屈原骗入宫廷，当面吹捧屈原。待见到楚王回宫时，她使诈头疼，倒入屈原怀中，反诬屈原调戏她。楚王不辨真伪，免去屈原左徒官职并逐出宫廷，而且宣布和齐国绝交，同秦国修好。

屈原被贬，无耻文人宋玉叛离屈原，投靠贵族集团。屈原愤而出走，路遇楚王、南后、张仪，情不可遏，痛骂张仪，怒责南后。楚王大怒，下令把屈原关进东皇太一庙。

屈原身陷图圄，呼唤壮美的"雷电颂"。这时，庙祝郑太卜受南后之命，将毒酒给屈原，婵娟和救她的卫士赶到，婵娟误饮毒酒代屈原而死。卫士刺杀了郑太卜，焚烧了东皇太一庙。

屈原读《橘颂》，祭奠婵娟，并随卫士潜往汉北，和人民一起继续坚持斗争。

本文节选的是《屈原》第二幕中的一个场面：南后设下毒计，陷害屈原。她请屈原到内廷观看《礼魂》的排演。

南后　你不说，你的心我也是知道的。不过这是我
的性格。我喜欢繁华，我喜欢热闹，我的好胜
心很强，我也很能够嫉妒，于我的幸福安全有

批：嫉妒、自私、狠毒！"不是牺牲
我自己的生命，便是牺牲他的

妨害的人，我一定要和他斗争，不是牺牲我自己的生命，便是牺牲他的生命。这，便是我自己的性格。（略停）三闾大夫，你怕会觉得我是太自私了吧？

[屈原仍苦于回答。

南后　我看你不要想什么话来答复我吧，你不答复我，我是最满意的。你的性格，认真说，也有好些地方和我相同，你是不愿意在世间上做第二等人的。是不是？（略停）就说你的诗，也不比一般诗人的那样简单，你是有深度，有广度。你是洞庭湖，你是长江，你是东海，你不是一条小小的山溪水，你不是一个人造的池水啦。你看，我这些话是不是把你说准确了？

屈原　（颇觉不安）南后，我实在不知道怎样回答你的好。不过我自己的缺点很多，我是知道的，我是很想尽量地减少自己的缺点。

南后　也好。或许你能够甘于寂寞，我是不能够甘于寂寞的。我要多开花，要多发枝叶，要多多占领阳光，小草小花就让他在我脚下阴死，我也并不怜悯。这或许是我们的性格不同的地方吧。（在二人对话之中，唱歌及奏乐者已全部由内门入房就位，透过帘幕，隐约可见。至此转过意念）哦，这样的话说得太多了，歌舞的人都已经准备停当了，三闾大夫，我看我们就叫他们开始跳神吧。

屈原　好的，就让他们跳《礼魂》（注：《九歌》共10篇，《礼魂》是这10篇每篇之后的送神曲）。

南后　（向房中奏乐及歌唱者）你们听见了吧，要你们试奏《礼魂》之歌。（又向舞者）你们可以站起来了。等我站到明堂的台阶上去，用手给你们一挥，你们的歌、乐、舞三种便一齐开

生命"，语露杀机。

批：拉近关系，让屈原放松警惕。

批：对于才高八斗的屈原，南后此话并非溢美之词，"赞美"仍为了让屈原放下戒心。可谓狡猾至极！

批：尽管南后赞语并非过誉，毕竟感觉不爽，正直的屈原怎能是阴险的南后的对手呢？

批：贪婪、淫荡、狠毒、毫无怜悯之心的女人！

批：一切都设计好了，就等待屈原上当了。聪明绝顶、美丽绝伦的女人，竟有一副蛇蝎心肠！

批：面对蛇蝎心肠的女人设下的圈套，坦荡君子一无所知。

批：心肠恶毒而又心细如发的女人，把每个细节都设计得非常周全。"一挥"将所有人的目光都聚焦到她身上，台阶上的人说什么话，歌、乐、舞者根本无

始。要你们停止的时候也是这样。(向屈原)三闾大夫,我们上阶去。

[南后先由西阶(右首宾阶也)上,屈原改由东阶(左首阼阶也)上,相会于正中之阶上。舞者十人前进至舞台前,向后转。房中人均整饬作准备,注视着南后。

[南后将左手高举,一挥,于是歌舞乐一齐动作。舞者在中溜中舞步成圆形旋转,渐集拢,又渐散开。歌者在房中反复歌《礼魂》之歌:

　　成礼兮会鼓,
　　传芭兮代舞,
　　姱女唱兮容与,
　　春兰兮秋菊,
　　长无绝兮终古。

[歌舞中左侧青阳左房之正中后门向左右被推开,两女官走出,将房前帘幕向左右分揭套于柱上。对歌舞若无闻见者然,复由后门退下。

[此时南后复将左手高举,一挥,歌舞乐三者一齐停止。

南后　我头晕,我要倒。(作欲倒状)三闾大夫,三闾大夫,你,你快……(倒入屈原怀中)

[屈原因事起仓促,且左右无人,亦急将南后扶抱。

[楚王偕张仪、令尹子椒、上官大夫出现于青阳左房之门次,诸人已见屈原扶抱南后在怀,但屈原未觉察,欲将南后挽至室中之座位上。

南后　(口中不断高呼)三闾大夫,三闾大夫,你,你快……(及见楚王已见此情景,乃忽翻身用力挣脱)你快放手!你太出乎我的意外了!你这是怎样的行为!啊!太使我出乎意外了!太使我出乎意外了!(飞奔向楚王跑去)

批:法听清,但他们都将成为屈原"淫乱宫廷"的"见证人"!

批:屈原从左阶上,传统礼仪左为上,这一方面说明南后郑袖表面上做到了尊敬屈原,另一方面说明屈原以三闾大夫自尊,对南后缺乏防范意识。

批:以"兰""菊"为主颂的《礼魂》是屈原最喜爱的,因此他完全沉浸在歌舞剧情中去了。这为后面面对南后的"表演"而不知如何应对埋下伏笔。

批:楚王的到来,是南后表演"特技"的最佳时机,而沉浸在歌舞剧中的屈原却一无所知。

批:"一挥",所有的人都将见证屈原如何"淫乱宫廷"的。

批:绝妙的动作,急切而不容拒绝的语言,完成了最毒的阴谋。

批:本能的帮扶举动。

批:内心纯正无邪的君子,理所当然的举动将为自己带来一场灾难。

批:已构成让屈原无可辩驳的"事实"。什么叫厚颜无耻!什么叫巧舌如簧!什么叫阴谋诡计!多么完美的陷阱!

［屈原一时茫然，不知所措。

［楚王及余人由东房急骤下阶，迎接南后。南
后由左阶奔下，投入楚王怀抱。

南后　太出乎我的意外了！太出乎我的意外了！

楚王　你把心放宽些，不要怕！郑袖呀！

南后　啊，幸亏你回来得恰好，不然是太危险了！我
想三闾大夫怕是发了疯吧？他在大庭广众之
下，便做出那样失礼的举动！

屈原　(此时始感觉受欺而含怒意地)南后，你，你，
你怎么……

楚王　(大怒)疯子！狂妄的人！我不准你再说话！
［屈原怒形于色，无言。

南后　(气稍放平)啊，我真没有料到，在这样大庭广
众当中，而且三闾大夫素来是我所钦佩的有
道德的人。

楚王　(拥扶着南后)你再放宽心些，用不着害怕，用
不着害怕。

［楚王扶南后上阼阶，余人亦随后上阶。

屈原　(见楚王走近身来，拱手敬礼)大王，可否容许
我申诉？

楚王　(傲然地)我不能再容许你狂妄！你这人真也
出乎我的意外，我是把你当成为一位顶天立
地之人，原来你就是这样顶天立地的！你在
人前夸大嘴，说我怎样的变幻无常、风云莫
测，我都可以容许你。你说楚国的大事大计、
法令规章，都出于你一人之手，我都可以容许
你。你说别人都是谗谄奸佞，只有你一个人
是忠心耿耿，我都可以容许你。但你在大庭
广众之中，在我和外宾的面前，对于南后竟做
出这样狂妄滔天的举动，我怎么也不能容忍！

屈原　(毅然)大王，这是诬陷！

批：不知真相的楚王，急迎上去想
尽快知道发生了什么事情。

批：眼见为实，跳进黄河洗不清啊！

批：温柔体贴的背后，妒火在升腾。

批："怕是发了疯""失礼"，看似委
婉，实则绵里藏针，使局外人不
得不相信屈原的"淫乱"。

批：突如其来的变故，让毫无防范
意识的纯正的屈原怒不可遏。

批：国君失去理智的咆哮，屈原怒
形于色而无言，形成尖锐的冲
突。

批：赞美更使人相信这蛇蝎女人说
的是真实的。

批：安抚语言里实则酝酿着更大的
"风暴"。

批：意识到事态严重的屈原，向楚
王提出申诉。

批：一个"再"字，说明在楚王心里，
屈原向来是"狂妄"的。一个
"狂妄"也说明这位充满诗情、
充满政治睿智的屈原，平时直
爽、直谏、据理力争而没有注意
委婉方式，给了楚王倨傲的印
象，这是诗人的悲剧，也是正
直者的悲剧，更是时代的悲剧！
两个"可以容许"累积的愤怒，
聚积成为一个"不能容忍"。其
"不察"一贯，其"昏庸"之情
状可见一斑。屈原"悲剧"之必
然尽显其中。

批：满腔悲愤，凝为"诬陷"一词。

楚王　（愈怒）<u>诬陷？我诬陷你？南后诬陷你了？</u>我还能够相信我自己的眼睛。假使方才不是我自己亲眼看见，我也不敢相信。哼，你简直是疯子，简直是疯子！<u>我从前误听了你许多话，幸好算把你发觉得早。</u>你以后永远不准到我宫廷里来，永远不准和我见面！

屈原　<u>大王，那请你赐我死，我要以死来表示我的清白！</u>

楚王　赐你死？哼，你有何面目值得去死！（回顾令尹子椒及靳尚）你们两人把他监督着下去，不然他在宫廷里面不知道还要闹出什么乱子。<u>他的确是发了疯，南后说的话一点也不错。</u>我不想过分苛责他，你们也不必过分苛责他，把他的左徒官职免掉好了。

子椒　（鞠躬）是。

靳尚　（同时）我们遵命。

　　　[二人上前挟持屈原。

屈原　（愤恨地）唉，南后！我真没有想到你这样陷害我！皇天在上，后土在下，先王先公，列祖列宗！<u>你陷害了的不是我一个人，是我们整个的楚国啊！</u>（被挟持至西阶，将由右翼侧道下场，乃亢声斥责）我是问心无愧，我是视死如归，曲直忠邪，自有千秋的判断。<u>你陷害了的不是我，是你自己，是我们的国王，是我们的楚国，是我们整个的赤县神州呀！</u>……

批：接连三问，语不容辩。平日之"怨"，今日之"怒"，形成一场强大的政治"风暴"。

批："误听"与"幸好"形成对比。"疯子"的诅咒，是楚王积聚内心怨恨的发泄。

批：自古以来，"士可杀不可辱"，何况身居三闾大夫的屈原。

批：就算屈原真的有此举动，毕竟只是失礼，赐死则极不理智。这一点楚王还是清楚的。

批：南后说的"我想三闾大夫怕是发了疯吧"很到火候，若南后丝毫不为屈原"开脱"，凭屈原平时之为人，那南后可能会弄巧成拙。

批：楚王受南后之流蛊惑并信以为真，楚国怎会不亡！

批：被陷害仍为楚国命运担忧，爱国之心可与山河同在，可与日月争辉。

自私、狡诈、阴毒的南后

　　郭沫若(1892 年 11 月 16 日～1978 年 6 月 12 日)，作家、诗人、戏剧家、历史学家、古文字学家、考古学家和社会活动家，中国新诗的奠基人之一、中国历史剧的开创者和奠基人之一。

《屈原》写于1942年,剧本以楚国对秦外交的两条路线的冲突为中心,描写了代表爱国路线的屈原与代表卖国路线的南后、靳尚等人的斗争,歌颂了屈原光明磊落、爱国爱民的高尚品质,揭露了南后的无耻狡诈和楚怀王的昏庸以及张仪的卑劣。剧本借历史事件和历史人物,尖锐地讽喻了当时的社会现实,抨击了国民党反动集团的黑暗统治和反共卖国的卑劣行径,并通过屈原抒发了作者对国民党消极抗日、积极反共的强烈愤怒。

《屈原》不仅塑造了一位光明磊落、忠直刚毅、爱国爱民、坚强不屈的屈原形象,也塑造了一位有着美丽的外表和可怕灵魂的自私、狡诈、阴毒的南后形象。

张仪出使楚国的目的是离间齐楚关系,屈原识破秦国虎狼之心,力劝楚王坚持联齐抗秦。张仪阴谋受挫,转而与楚王宠姬南后勾结。张仪声称要到魏国为楚王找美人,这将危及南后她个人的幸福,于是张仪便与南后勾结起来。南后非常清楚屈原在楚国的栋梁地位,便设下圈套,将这位德高望重的国家重臣置于死地,以阻止张仪到魏国去为楚王找美人。南后以牺牲国家前途命运来换得个人私欲的满足,表现出了极端的自私性。

但是,南后并非单纯的自私,而且十分狡诈和阴毒。

在这场戏里,南后佯装头晕,"倒入屈原怀中",屈原信以为真将她"扶抱"。楚王等人到来后,南后料定楚王看清此状,故作惊慌和语无伦次之态,"忽翻身用力挣脱",声称"你快放手!你太出乎我的意外了!你这是怎样的行为",并"飞奔向楚王跑去"。这一连串逼真的表演,促使剧情发生重大转折,人物关系急剧变化。从此,楚王失去了对屈原的信任,罢了他的官,自然也否定了他"楚齐联盟抗秦"的政治主张,转而听信张仪的"绝齐而和秦"的政治阴谋,使南后、靳尚和张仪的毒计得逞。这一场戏里,揭露了南后为保住楚王对她的宠幸,置国家与民族的利益而不顾,寡廉鲜耻,玩弄阴谋,心狠手辣的卑劣心理;也暴露了楚王不辨是非,昏庸轻信,将个人情感置于国家之上的愚顽性格;而屈原在遭到突然打击面前更显出志洁行廉、坚贞自守的政治家品格。(子夜霜、周波松)

芳草地

炉中煤

——眷念祖国的情绪

啊,我年青的女郎!
我不辜负你的殷勤,
你也不要辜负了我的思量。
我为我心爱的人儿,

燃到了这般模样!

啊,我年青的女郎!
你该知道了我的前身?
你该不嫌我黑奴鲁莽?
要我这黑奴的胸中,
才有火一样的心肠。

啊,我年青的女郎!
我想我的前身
原本是有用的栋梁,
我活埋在地底多年,
到今朝才得重见天光。

啊,我年青的女郎!
我自从重见天光,
我常常思念我的故乡,
我为我心爱的人儿
燃到了这般模样!

[中国]郭沫若/文

品 读

　　《炉中煤——眷念祖国的情绪》是郭沫若在日本留学时创作的一首新诗,首次发表在 1920 年 2 月 3 日的《时事新报·学灯》上。全诗在一系列的比喻中寄托自己的深情和热望,一层深似一层地表现了爱国的衷肠。

　　诗人用拟物法把自己比作熊熊燃烧的"炉中煤",又用拟人法把祖国比作"我心爱的""年青的女郎",全诗就构筑在这一组核心意象之上。这首诗的艺术形式与所抒发的情感十分和谐。从章法看,首节总述爱国之情和报国之志,第二节侧重抒爱国之情,第三节侧重述报国之志,末节与首节是复叠形式,将全诗情感推向高潮。

家庭剧场

误会（节选）

◇[法国]阿尔贝·加缪

读点

这是一部让人战栗、心碎又引人思考的悲剧。
平缓中包含着紧张的剧情，偶然里潜伏着必然。

剧情介绍：

玛尔塔和她的母亲开了一家旅店。玛尔塔厌倦自己单调乏味、辛苦劳作的生活，她一直渴望着攒够了钱，离开这片闭塞的土地，丢下这个旅店和这座阴雨连绵的城市，忘记这个不见阳光的地方，面对梦寐以求的大海，在大海边自由地生活。这是一家黑店，她们母女通过谋财害命筹集钱款，准备过富裕生活。就在她们准备罢手之时，失散25年的让意外归来了。

让来到这家旅店，他的妹妹玛尔塔为了筹集钱财，毒死了他。让25年前离开家乡外出谋生，如今发了财带着妻子回家，准备接母亲和妹妹到海边过富裕的生活。他想给母亲和妹妹带来惊喜，所以他以旅客的身份来到她们的旅店中，没有相认和欢聚，却发生了误会和谋杀。

当时，母亲没认出儿子，儿子也没有"自报家门"。玛尔塔给让端上毒茶时，母亲若有所悟，欲加劝阻，儿子欲言又止，但终未相认。儿子死了，母亲了解真相后也绝望而死，只剩下女儿玛尔塔和上门找丈夫的儿媳玛丽亚。

节选的是第三幕第三场中玛尔塔和玛丽亚之间的一段辩白。

玛尔塔	我讲的再明白不过了。昨天夜里，我们图财，害死了您丈夫，在这之前，我们也害过几个旅客。
玛丽亚	这么说，他母亲和他妹妹是罪人？
玛尔塔	对。
玛丽亚	（始终克制地）您事先知道他是您哥哥啦？
玛尔塔	您一定要知道，告诉您这是误杀。您多少

批：现实是荒谬的，玛尔塔对于"误杀哥哥"的无动于衷，深刻表现了她对冷漠、荒诞世界的厌恶和悲观绝望，以及人与人之间、人与社会之间的疏离感。

批：怎么能不感到奇怪？难道杀死

了解一点儿世情，就不会感到奇怪了。

玛丽亚 (回身走向桌子，拳头顶着胸口，声音低沉地)噢！天哪，我早就知道，这场玩笑非闹出人命不可，他和我这样干必然要受到惩罚。真是祸从天降。(她在桌前停下，眼睛不看玛尔塔，继续说)他本想让你们认出来，本想回到家里，给你们带来幸福，不知道怎样说才好。正在他想说的时候，你们把他害死了。(哭起来)而你们，就像两个疯子，有眼不识回到你们身边的杰出的亲人……他确实杰出，你们哪里知道害死的人具有多么自豪的心、多么高尚的灵魂。他曾是我的骄傲，也可以成为你们的骄傲。可是，唉，您原先是他的仇敌，现在也是他的仇敌，提起来应当把您抛到街上，使您发出野兽般嗥叫的事件，您却这样冷淡！

玛尔塔 您不了解全部情况，就不要下任何断语。就在此刻，我母亲已经同她儿子相会了。波涛开始吞噬他们。不久，他们就会被人发现；又将在同一块土地里相聚。然而，我看这不再有什么能令我号叫的。我对人心看法不同，总而言之，您的眼泪叫我反感。

玛丽亚 (仇恨地反唇相讥)这是为了永远逝去的欢乐而流的眼泪，对您来说，这要胜过无泪的痛苦，而这种痛苦不久就要来到我身上，并可能一下子要了您的命。

玛尔塔 这并不能触动我了，其实这不算什么。我也一样，耳闻目睹，已经够多的了，我决定也要离开人世。然而，我不愿意和他们为伍。到他们那一堆里干什么呢？就让他们沉湎于失而复得的柔情，冥冥之中的爱抚吧。既没有您的份儿，也没有我的份儿了，

别人也是合情合理的吗？

批：玛丽亚的这番话，交代了玛尔塔"误杀哥哥"的来龙去脉，体现了戏剧台词具有动作性的特点。舞台说明文字写出了玛丽亚的痛苦之情。

批：这番话形象表现了玛丽亚的鲜明个性。她深爱自己的丈夫，痛恨杀死自己丈夫的凶手。这与玛尔塔的冷漠形成了鲜明的对比。

批：玛尔塔杀死了自己的哥哥，不但不伤心后悔，反而反感玛丽亚的眼泪，她的麻木冷酷令人震惊与心寒。

批：玛丽亚对玛尔塔的冷漠无情表现出了极度的仇恨，可谓爱憎分明。

批：类似的事情玛尔塔经历了很多，说明她早已失去了人的基本良知。

他们永远叛离了我们。幸亏还剩下我的房间，正好在里边独自了此一生。

玛丽亚　噢！您可以死去，世界可以毁灭，反正我丧失了所爱的人。现在，我不得不在这种可怕的孤独中生活，忍受着记忆的折磨。

　　　　〔玛尔塔走到她身后，在她头上讲话。

玛尔塔　不要有任何夸张。您失去丈夫，我却失去母亲。归根到底，我们俩谁也不欠谁的。说起来，您跟他享受多年的欢乐，没有被他遗弃，仅仅失去他一次。而我呢，我母亲抛弃了我，现在她又死了，我失去她两次。

玛丽亚　他本想把他的财产带给你们，使你们俩都幸福。就在你们策划害死他的时候，他一个人在客房里，正是想这件事呢。

玛尔塔　（声调突然绝望地）我也不欠您丈夫的债，因为我尝到了他的悲痛。我曾像他一样，也以为有家。我想象罪恶就是我们的安乐窝，罪恶永远把母亲和我联结在一起。在人世间，除了转向和我同时图财害命的人，我还能转向谁呢？可是我错打了算盘。罪恶也是一种孤独，即使上千个人一块干。我独自生活，独自害人之后，当然应该独自死去。

　　　　〔玛丽亚眼含泪水，转身朝她走来。

玛尔塔　（后退，恢复生硬的声调）不要碰我，我已经跟您说过。一想到死之前，人手还能强加给我温暖，一想到无论什么类似人类的丑恶柔情的东西，还能追逐我，我就感到怒火中烧，两颊涨红。

　　　　二人离得很近，面面相觑。

玛丽亚　别担心。我会让您按照自己的愿望去死的。我眼睛瞎了，已经看不见您了！而且，

批：独自承受丧失亲人的痛苦，可谓孤苦！

批：多么荒谬的说辞，不为自己的错误行为忏悔，反而强词夺理，可恶至极。

批：一个寻找家的温暖的人却死于亲人之手，他本想帮助她们，而她们杀害他却是为了图财！多么残酷的对比啊！

批：这也是对错误的惩罚。

批：这段台词形象地写出了玛丽亚在突遭不幸时的心理感受。

在这无休无止的悲剧过程中，无论是您母亲还是您，也不过是一闪即逝、遇而复散的面孔。对您，我既不感到仇恨，也不感到同情。我再不能爱，也不能鄙视任何人了。（突然双手捂面）其实，事情突变，我来不及痛苦，也来不及反抗。不幸比我更强大。

[玛尔塔转身朝门口走了几步，又返身朝玛丽亚走来。

玛尔塔　还不够十分强大，因为它能容您流泪。同您永别之前，看来我还有点儿事情可干。我还要令您绝望。

玛丽亚　（恐怖地看着她）噢！离开我，走开，离开我。

玛尔塔　我是要离开您的，这样我也会感到轻松，实在受不了您的爱情与泪水。不过，我去死，绝不能让您继续认为您有道理，爱情不是毫无意义的，这不过是个偶然事件。要知道，我们都命定在秩序之中。您必须相信这种秩序。

批：玛丽亚的有情有义反衬出玛尔塔无情无义的可悲。

玛丽亚　什么秩序？

玛尔塔　任何人从来没有被承认的秩序。

玛丽亚　（神态失常）这对我又有什么关系，我几乎听不见您的话了。我的心已经撕裂，它只对你们害死的那个人感兴趣。

玛尔塔　（激烈地）住口！我再也不要听到提起他，我鄙视他。他对您已经毫无意义。他进入了永远流放人的牢房中。傻瓜！他有了他想要的东西，找到了他寻觅的人。现在，我们大家都各得其所。要明白，无论对他还是对我们，无论是生还是死，既没有祖国可言，也没有安宁可言。（冷笑）这片幽深、没有阳光的土地，人进去就成为失明

批：玛尔塔是加缪哲学的阐述者，她看透了一切，认为现实生活的秩序就是"任何人从来没有被承认的秩序"，人无论生死，"没有祖国可言，也没有安宁可言"。因此，她也以冷漠、蔑视的态度面对人世，她就像一具现实生活中的僵尸。

动物的腹中食,总不能把这种地方称为祖国。

玛丽亚 (泪水盈眶)噢!天哪,我受不了,我受不了这种语言。他要是听到也会受不了。他本来要走向另外一个祖国。

玛尔塔 (已经走到门口,猛然返身)这种荒唐的行为自食其果。您不久也要自食其果。(冷笑)跟您说,我们被偷窃了。何必大声呼唤那个人呢?何必惊扰心灵?为什么要向大海或爱情呼吁?这实在可笑。您丈夫现在得到了回答,就是我们最终将挤在一起的这座可怕的房子。(仇恨地)您也会了解答案的,到那时如果可能,您就将怀着莫大的乐趣回忆今天,而今天您却自认为进入最凄惨的流放中。要知道,您的痛苦再大,也永远不能同人所遭受的不公正相比。最后,听听我的建议,我杀害了您丈夫,就义不容辞,得给您出个主意,对吧?

祈求您的上帝,让他把您变成顽石一样。这是他为自己选择的幸福,也是唯一真正的幸福。您要效法他,要对所有的呼声都充耳不闻,要及时加入顽石的行列。不过,您要是太懦弱,不敢走进这种无声无息的安宁中,那就到我们共同的房子里来找我们吧。别了!大姐!您这回明白了,一切都很简单。您应当作出选择,要石头愚顽的幸福,还是要我们期待您去的黏糊的河床。

[玛尔塔下。玛丽亚刚才痴呆呆地听着,听着,现在伸出双手,身子摇摇晃晃。

玛丽亚 (呼喊)噢!上帝啊!我不能在这荒漠中生活!我要对您讲,也能知道讲什么。(跪下)对,我完全信赖您。可怜可怜我吧,转

批:玛丽亚受不了玛尔塔的这种语言,反映了两种不同的人生哲学的冲突。

批:玛尔塔自以为自己的遭遇最不公正,任何人也没有她痛苦,正基于这种偏执心理,所以,她即使害死了亲哥哥,竟也没有产生什么负疚感。

批:玛丽亚向往人生和世界的美好,面对残忍荒漠的世界,她绝望,她束手无策,但她却存有一

过来看看我吧！听听我的呼声，把手伸给我！天主啊，可怜相爱又分离的人吧！

丝希望，她向上帝呼喊、祈祷、恳求，这是她拯救自己的出路。

（李玉民/译）

荒谬的现实，辛辣的讽刺

　　玛尔塔误杀了哥哥，嫂子玛丽亚来寻找丈夫，发现丈夫被谋杀，便向凶手小姑子玛尔塔讨公道。特定的时代背景、特定的事件、特定的人物关系使这场戏充满了尖锐复杂的矛盾冲突。这里，既有人物之间尖锐的性格冲突，又有人物与现实生活的矛盾冲突，也有人物内心的矛盾冲突。它们形成了强烈、尖锐的戏剧冲突，推动着剧情的发展，使人物的对白充满着动作性和震撼人心的爆发力。

　　就这段对白的思想内容而言，它深刻地表现了人物对冷漠、荒诞世界的深深的厌恶和极端的悲观绝望。玛尔塔和玛丽亚对于"误杀事件"乃至整个荒诞的现实世界的不同态度，分别象征着现代西方世界的人们对现实世界的截然不同的两种态度。

　　与哥哥相比，妹妹玛尔塔对人生的荒诞有着切肤的体会。在她看来，让已经得到了生活的一切，见识过世界，享受过大海、阳光与自由，而自己从小就生长在这块"不见天日"、封闭孤独的山庄，朝思暮想的就是要离开这终年笼罩在雨雾之中的"影子之地"。同样身为人子，命运竟然如此之悬殊，除了证明人生的荒诞还能是什么？

　　戏剧极富讽刺意义的是，发了财的让这次归来本来就是带母亲和妹妹玛尔塔到玛尔塔所向往的海边去过幸福生活的，不料妹妹谋财害命，毒死了哥哥让。

　　现实是荒谬的，玛尔塔对于"误杀哥哥"的无动于衷，深刻表现了她对冷漠、荒诞世界的厌恶和悲观绝望，表现了人与人之间、人与社会之间的疏离感。玛尔塔看透了一切，认为人世是不合理的，现实生活的秩序就是"任何人从来没有被承认的秩序"，人无论生死，"没有祖国可言，也没有安宁可言"。因此，玛尔塔也以冷漠、蔑视面对人世。谁是凶手？谁杀死了她哥哥？是她谋财害命，以此来对抗社会的荒诞。

　　玛尔塔这种抗争的暴力行为本身也是对人与世界的关系怀有一种绝对理想的反映。她以恶抗恶，而玛丽亚却是以善抗恶。玛丽亚向往人生和世界的美好，面对残忍荒漠的世界，她绝望，她束手无策，她"来不及痛苦，也来不及反抗"，但她却存有一丝希望，她向上帝呼喊、祈祷、恳求，这是她的拯救出路。个人是无力的，玛丽亚精神崩溃了，而玛尔塔也悲惨地沦于毁灭。她们最终都被世界抛得远远的，无论是清醒者还是希望者。这就有力地控诉了社会的罪恶。（子夜霜、周流清）

我的爱

我对生活全部的爱就在于此：一种对于可能逃避自我的悄然的激情，一种在火焰之下的苦味。每天，我都如同从自身中挣脱那样离开修道院，似在短暂时刻被留名于世界的绵延之中。我清楚地知道，为什么我那时会想到多利亚的阿波罗呆滞无神的眼睛或纪奥托笔下热烈而呆钝的人物。直至此时，我才真正懂得这样的国家所能给我的东西。

我惊叹人们能够在地中海沿岸找到生活的信念与律条，人们在此使他们的理性得到满足并为一种乐观主义和一种社会意义提供依据。因为最终使我惊讶的并不是为适合于人而造就的世界——这个世界却又向人关闭。不，如果这些国家的语言同我内心深处发出回响的东西相和谐，那并不是因为它回答了我的问题，而是因为它使这些问题成为无用的。

在伊比札，我每天都去沿海港口的咖啡馆坐坐。5点左右，这儿的年轻人沿着两边栈桥散步。婚姻和全部的生活在这里进行。人们不禁想到：这里存在某种面对世界开始生活的伟大。我坐了下来，一切仍在白天的阳光中摇曳，到处是白色的教堂、白垩墙、干枯的田野和参差不齐的橄榄树。我喝着一杯淡而无味的杏仁糖浆，注视着前面蜿蜒的山丘，群山向着大海缓和地倾斜。夜间正在变成绿色。在最高的山上，最后的海风使风磨的叶片转动起来。由于自然的奇迹，所有的人都放低了声音，以至于只剩下了天空和向着天空飘去的歌声，这歌声像是从十分遥远的地方传来的。在这短暂的黄昏时分，有某种转瞬即逝的、忧伤的东西笼罩着。并不只是一个人感觉到，而是整个民族都感觉到。

至于我，我渴望爱如同他人渴望哭一样。我似乎觉得自己睡眠中的每一小时从此都是从生命中窃来的……这就是说，是从无对象的欲望的时光中窃来的。就像在巴马的小咖啡馆里和旧金山修道院度过的激动时刻那样，我静止而紧张，没有力量反抗要把世界放在我双手中的巨大激情。

我清楚地知道，我错了，并知道有一些规定的界限。人们在这种条件下才能从事创造。但是，爱是没有界限的，如果我能拥抱一切，即便拥抱了笨拙又有什么关系？在热那亚有些女人，我整个早上都迷恋于她们的微笑。我再也看不见她们了。无疑，没有什么更简单的了。但是词语会掩盖我遗憾的火焰。我在旧金山修道院中的小井中看到鸽群的飞翔，我因此忘记了自己的干渴。我又预感到干渴的时刻总会来临。

[法国]阿尔贝·加缪/文，佚名/译

品读

阿尔贝·加缪(Albert Camus, 1913年11月7日~1960年1月4日)，法国

小说家、哲学家、戏剧家、评论家、存在主义代表作家之一。生于阿尔及利亚的蒙多维。幼年丧父,靠奖学金读完中学。1933 年起在亲友的资助和半工半读中在阿尔及利亚大学攻读哲学,并取得了哲学学士学位。希特勒上台后,加缪参加反法西斯的抵抗运动。1944 年法国解放,加缪出任《战斗报》主编。

加缪 1935 年开始从事戏剧活动,曾创办过剧团,写过剧本,当过演员。戏剧在他一生的创作中占有重要地位。主要剧本有《误会》(1944)、《卡利古拉》(1945)、《戒严》(1948)和《正义者》(1949)等。除了剧本,加缪还写了许多著名的小说。中篇小说《局外人》(1942)不仅是他的成名作,也是荒诞小说的代表作。1942 年发表的哲学论文集《西西弗斯的神话》,在欧美产生巨大影响。长篇小说《鼠疫》(1947)曾获法国批评奖,它进一步确立了他在西方当代文学中的重要地位。

"因为他的重要文学创作以明彻的认真态度阐明了我们这个时代人类良知的问题",1957 年加缪获得诺贝尔文学奖。

《我的爱》节选自《生之爱》的后半部分。前半部分主要是写在巴马的见闻,先是巴马夜生活中的咖啡馆,拥挤的人群,接着是这样一个混乱场面中出场的焦点人物,一堆肉的肥胖姑娘。这些场景,激起了"我"的不断激情而沉浸其中,这些意象在喧闹之后的宁静午后,不经意地出现在"我"的视野中,作者曾经麻木的心,也随之被触动。

接下来就是写"我"的触动。生活中曾经有过的挚爱,曾经拥有、却已经失落的梦想,再一次撞击"我渴望爱"的心灵。作者将自己朦胧的、不确定的追求,放在看似芜杂、没有规律的各种意象中,正是反映了作者对现代文明中的人格失落和精神困境的一种困惑,文章字里行间所流露出的感情倾向,正是作者既想融入这种现实而又渴望超越这种现实的复杂情感的体现。

喧闹的、拥挤不堪的咖啡馆,中规中矩的、永远程式化的报纸,飘荡在酒杯与酒瓶中间的肆无忌惮的喧哗,这都是现代生活中最普遍的现象。我们只要心中有希望,只要我们还相信爱,我们的灵魂就不会死亡。这就是作者要告诉我们读者的。

玻璃动物园（节选）

◇ [美国] 威廉斯

读点

用美好的回忆反衬现实的悲凉，有极强的悲剧力量。

追忆也是一种心理安慰的方式。

剧情介绍：

"玻璃动物园"是剧中人罗拉收集的一些玻璃制品动物，其母亲阿美达送这些小玩意儿一个"动物园"的名字。

罗拉24岁了，因为跛脚，有自卑感，弃学家居，与玻璃动物为友。母亲被丈夫抛弃后，养大女儿罗拉和儿子汤姆。汤姆是一个与现实格格不入的青年工人，他有理想抱负，但为了母亲和姐姐而留在一个鞋厂做工，非常苦恼。母亲一心想让罗拉找一个好丈夫，为此而整天教诲女儿接待男朋友的技巧。她对儿子说，只要他姐姐成了家，他就可以自由自在地爱上哪儿就去哪儿。

汤姆很无奈，又不愿向母亲解释，便把仓库调度员杰姆请到家中应付。而杰姆恰恰又是罗拉在商业学校时暗恋的同学。杰姆富有上进心，与罗拉短暂相处里被她的温柔善良所打动，情不自禁吻了罗拉。但杰姆在明白这家人的意图后，坦诚告诉他们自己已经订婚了。罗拉勇敢地承受了这一打击，杰姆临行时，她以残缺的玻璃独角兽相赠。

母亲为此与儿子汤姆大吵一场，骂他是个自私的梦想家，对被遗弃的母亲和残疾的姐姐毫不关心。不久，汤姆因为在皮鞋上写了诗而被开除。汤姆不能忍受乏味的生活而离家出走，但他始终放心不下姐姐。

本文节选的是第一场中母亲回忆自己年轻时高朋满座的风光。

阿美达	（站起来）不，小姐，不，小姐——这回你做主人我做黑鬼。
罗拉	我已经站起来了。
阿美达	回去坐着，小姐——我要你保持新鲜美

批： 母亲是希望女儿早日能遇到心上人，极力让女儿自信起来。

丽——等待男客人。

罗拉　我不在等待什么男客人。

阿美达　(走向小厨房,轻快地)有时候,就在你最想不到的时候,他们来了! 对啦,我记得那个礼拜天下午,在蓝山——(走进小厨房)

　批:提醒女儿时刻保持美丽形象。

　批:母亲虽然被抛弃,生活艰苦,但常借美好的回忆聊以自慰。

汤姆　我知道她要说什么。

　批:可见母亲经常陷入回忆。

罗拉　是的。可是让她说去吧。

　批:女儿能容忍母亲经常性的回忆,可见其善解人意,心地善良。

汤姆　再说一遍?

罗拉　她爱说嘛!

　　　[阿美达拿回一碗甜食。

阿美达　有一个礼拜天下午,在蓝山——你们的母亲接待了——十七个——男客人! 可不,有时候连椅子都不够坐。我们只好让黑鬼到教区会堂去借折叠椅。

　批:跟孩子讲她过去的事情,时间具体、地点清楚、人物数量准确、情况记忆犹新,说明母亲对过去难以忘怀。

汤姆　(仍旧站在帷幕边)你是怎么招待这些男客人的呢?

　批:仍旧站着而问,实际已流露了他的态度,是怀疑而非好奇。

阿美达　我懂得说话的艺术。

　批:一语道破玄机。

汤姆　我相信你会说话。

阿美达　告诉你吧,那时候姑娘们就是会说话。

汤姆　是吗?

　　　[图像:年轻的阿美达在门口欢迎来宾。

　批:往昔难忘的美好画面。

阿美达　她们懂得怎样招待她们的男客人。对于一个女孩子来说,光是脸蛋美、身材好那是不够的——虽然我在这两方面都不差——她还得脑子灵,一张嘴能应付各种场面。

　批:除了"脸蛋美、身材好",还得"脑子灵""嘴能应付",可谓经验之谈。回应"说话的艺术"。

汤姆　你在说什么来着?

阿美达　我说的是世界上发生的重大事情! 从不说粗俗、平凡和无聊的事。(她跟汤姆说话仿佛他是坐在桌前那张空椅子上,虽然他事实上仍在帷幕边。他演这场戏好像他是个提词人)我的客人们是体面人——全都是! 有些是密西西比三角洲最杰出的年轻庄园

　批:这确实是一种说话的艺术。

　批:阿美达果然耽于幻想。

主——庄园主和庄园主的儿子!

[汤姆做手势让放音乐,聚光灯照在阿美达身上。

[她抬起眼睛,脸上发光,声调变得圆润而悲怆。

[幕布上出现说明:"有雪的地方。"

那里面有张普·拉夫林,他后来当了三角洲庄园主银行的副行长。

有哈特来·斯蒂文生,他淹死在月光湖里,留给他老婆十五万美元的公债券。

还有古特里尔兄弟、威斯来和贝茨,贝茨是我特别要好的男朋友中的一个。他跟那个韦来特野孩子吵开了,两个人在月光湖赌场的场地上枪战,结果贝茨肚子给打穿。在送往孟菲斯途中他在救护车上死去。他的老婆生活也很有着落,继承了八千或是一万英亩的土地。男的是在失恋之后跟她结婚的,从来没爱过她,他死的那晚身上还带着我的相片呢!

还有,三角洲上没有一个女孩子不追求的那个小伙子! 那个来自格林县的年轻、漂亮、聪明的费茨休!

汤姆　他留给他的寡妇多少财产?

阿美达　他没有结婚! 天啊,听你的口气好像过去爱慕过我的人都已经命归西天了似的!

汤姆　难道在你提起过的人中间,这位不是唯一还活着的一个吗?

阿美达　那个叫费茨休的小伙子跑到北方去,发了财——被称为华尔街的狼。他像米达斯国王那样,他的手碰到什么,什么就变成黄金。

我告诉你,我很可能成为邓肯·杰·费茨

批:灯光照在阿美达身上,意味着她将是舞台上表演的主角。

批:往昔是美好的,但内心里因现实的悲凉而"悲怆"。

批:这些人物一个个记忆犹新,可见她是多么难忘那段美好时光。

批:说明阿美达当年还是很有魅力的。

批:摆出一个个人物,终于引出自己当年的意中人。

批:有讽刺母亲什么也没得到之意。

批:不满意儿子对她的意中人的诅咒。

批:挖苦母亲对费茨休是一厢情愿。

批:狼既凶狠,又贪婪,比喻唯利是图的大亨,妙!

批:幻想毕竟只是幻想,婚姻毕竟

	休夫人！不过——我挑了你的父亲。	要现实，只是没有料到自己最终被抛弃。
罗拉	（站起来）母亲，让我来收拾桌子。	
阿美达	不，亲爱的，你到前面去研究你的打字机键盘表吧。或是练习一会儿速记。要保持新鲜和美丽。——现在差不多该是男客人们陆续来到的时候了。（她突然像一个小女孩那样跑向小厨房）你猜我们今天下午会接待多少位男客人呢？	批：为了女儿可谓尽心尽力。 批：陶醉于美好的往昔岁月。
	（汤姆扔掉了纸，唉声叹气地跳起来。）	批：对母亲痴迷于过去感到很无奈。
罗拉	（独自在吃饭间）母亲，我想不会有人来。	
阿美达	（重新出现，轻快地）什么？没有，一个也没有？你准是在开玩笑！（罗拉神经质地跟着她笑了笑。罗拉接着逃似的溜出半开的帷幕，在她身后把帷幕拉上。一束明亮的光线照在她脸上。背后衬着褪色的帘幕。音乐《玻璃动物园》轻轻地奏着。轻快地）连一个男客人都没有？那不可能！一定是发大水了，一定是起了龙卷风！	批：面对无奈的现实，有时也的确需要一点莫须有的心理安慰。
罗拉	母亲，不是发大水，也不是刮龙卷风。问题只是我不像你当年在蓝山那样讨人喜欢……（汤姆又发出一声呻吟。罗拉看了他一眼，脸上带着淡淡的抱歉似的微笑。说话声有点不自然）母亲怕我会变成老小姐。（在《玻璃动物园》音乐声中场景暗淡消失。）	批：虽然渴望美丽的爱情，但不沉溺于幻想。 批：善良而又善于体谅人。

（赵全章/译）

美好的回忆，悲凉的现实

田纳西·威廉斯(Tennessee Williams,1911 年 3 月 26 日~1983 年 2 月 25 日),美国作家。1938 年毕业于艾奥瓦大学,1943 年在米高梅影片公司任电影编剧,1944 年成为专业剧作家。在此之前,因经济困窘,曾做过工人、侍者、收发报员、电梯工等。他还写了小说、诗歌、散文、剧本和回忆录。成名作是半自传性质的《玻璃动物园》(1945)，代表作有戏剧《欲望号街车》(1947)、《热铁皮屋顶上的猫》(1955，一译《朱门巧妇》)。

　　《玻璃动物园》是一出具有象征主义倾向的现代戏剧，作者用"玻璃动物园"象征现代家庭一家三口的平凡生活和令人无法摆脱的社会现实，构思新颖、寓意深刻。全剧讲的是美国南方一个家庭的悲剧故事。阿美达，一个中年妇女，被丈夫遗弃后，艰难地维持着一个并不富裕的三口之家。女儿罗拉，跛足而自卑、脆弱，一如她所收集的那些玻璃动物玩具。儿子汤姆，一个爱写诗的文学青年，却做着仓库保管员的工作。杰姆则是汤姆的客人，一个善良而普通的青年。剧情是这样的：杰姆作为汤姆遵照母命所邀请来的客人，是他们有意给罗拉介绍的对象，但在本剧最后，他却宣布自己早已有了意中人。于是，幻想破灭，女儿伤心，母亲失望，儿子则一气之下，离家出走。一个普通家庭的悲剧就这样在一瞬间无法挽回地发生了。

　　这段台词主要是母亲阿美达关于年轻时的美好追忆，她不厌其烦，自豪地告诉儿子——她懂得说话的艺术，她有许多男客人，她当年很快乐。当然，追忆使人年轻！曾经拥有的幸福成了美好的记忆，人到中年还可以勾勒飘逝的风流，毕竟，拥有过，便是幸福！而她的儿子，特别是她的女儿，因残疾而困守家中，没有一个男人赏识。与母亲相比，她连今天都不曾拥有过，她与世界的联系除了那些玻璃动物外，没什么活生生的东西。

　　阿美达作为母亲，她的追忆，不仅是自慰，而且也是在告诉儿女们，要成为"体面人"，要有希望被别的"体面人"追求。既然生活的现实只有残酷和创痛，冷漠和孤独，追忆未尝不是一种寻求快乐的方式。阿美达眷恋自己的过去，同时也揭示了她现实处境的可悲。她的丈夫的出走，因为女儿的恋爱又导致儿子的出走，两代女性都失去了幸福，留下的是孤寂与悲凉。

　　"玻璃动物园"象征着阿美达这个凄凉的家庭，经不起风吹雨打，更没有发出本体的光，它易碎、冷面，没有鲜活的气息和生命。这段美好的回忆中透着苍凉，美好的逝去的不再来，而今年轻的并不美好。过去与现在交织一起，阿美达的回忆与年轻时欢迎来宾放在同一时空，很有力地反衬了现实对过去的否定，同时又表现了阿美达沉迷于过去回忆与现实生活的冲突心理，有极强的悲剧力量。（子夜霜、周红）

幸福是什么

　　幸福是什么？在我看来，幸福来源于"简单生活"。文明只是外在的依托，成功、财富只是外在的荣光，真正的幸福来自于发现真实独特的自我，保持心灵的宁静。

有人问我，"简单生活"是否意味着苦行僧般的清苦生活，辞去待遇优厚的工作，靠微薄的存款过活，并清心寡欲？这是对"简单生活"的误解。"简单"意味着"悠闲"，仅此而已。丰富的存款，如果你喜欢，那就不要失去，重要的是要做到收支平衡，不要让金钱给你带来焦虑。无论是中产阶级，还是收入微薄的退休工人，都可以生活得尽量悠闲、舒适，在过"简单生活"这一点上人人平等。这个时代，不是人人都必须像梭罗一样带上一把斧子走进森林，才能获得平静安逸的感觉。关键是我们对待生活的方式，是我们是否愿意抵制媒体、商业向我们大力促销的"财富中心论"，是我们如何在日常生活中挖掘、发展生命的热情、真实和意义。

简单，是平息外部无休无止的喧嚣，回归内在自我的唯一途径。当我们为拥有一幢豪华别墅、一辆漂亮小汽车而加班加点地拼命工作，每天晚上在电视机前疲惫地倒下；或者是为了一次小小的提升，而默默忍受上司苛刻的指责，并一年到头赔尽笑脸；为了无休无止的约会，精心装扮，强颜欢笑，到头来回家面对的只是一个孤独苍白的自己的时候，我们真该问问自己干吗这样，它们真那么重要吗？

简单的好处在于：也许我没有海滨前华丽的别墅，而只是租了一套干净漂亮的公寓，这样我就能节省一大笔钱来做自己喜欢的事，比如旅行或者是买只早就梦想已久的摄影机。我也再用不着在上司面前唯唯诺诺，我自己就是自己的主人，提升并不是唯一能证明自己的方式，很多人从事半日制工作或者是自由职业，这样他们就有更多的时间由自己支配。而且如果我不是那么忙，能推去那些不必要的应酬，我将可以和家人、朋友交谈，分享一个美妙的晚上。

我们总是把拥有物质的多少，外表形象的好坏看得过于重要，用金钱、精力和时间换取一种有目共睹的优越生活，却没有察觉自己的内心在一天天枯萎。事实上，只有真实的自我才能让人真正地容光焕发，当你只为内在的自己而活，并不在乎外在的虚荣时，幸福感才会润泽你干枯的心灵，就如同雨露滋润干涸的土地。

我们需求的越少，得到的自由就越多。正如梭罗所说："大多数豪华的生活以及许多所谓的舒适的生活，不仅不是必不可少的，反而是人类进步的障碍。对于豪华和舒适，有识之士更愿过比穷人还要简单和粗陋的生活。"简朴、单纯的生活有利于清除物质与生命本质之间的樊篱。为了认清它，我们必须从清除嘈杂声和琐事开始，认清我们生活中出现的一切。哪些是我们必须拥有的，哪些是必须丢弃的。

多一份舒畅，少一份焦虑；多一份真实，少一份虚假；多一份快乐，少一份悲苦，这就是简单生活所追求的目标。外界生活的简朴将带给我们内心世界的丰富，从而我们将发现新生活在面前敞开，我们将变得更敏锐，能真正深入、透彻地体验和理解自己的生活，我们将为每一次日出、草木无声的生长而欣喜不已，我们将重新向自己喜爱的人们敞开心扉，表现真实的自然，热情地置身于家人、朋友之中，彼此关心，分享喜悦，真诚以对。那时我们将发现不能接近他人，因隔阂而不能相互沟通，不过是匆忙、疲惫造成的假象。只有当我们轻松下来，开始悠闲地生活才能体验亲密和谐，友爱无间。我们将不是在生活的表面游荡不定，而是深入进去，聆听生活本质的呼唤，让生活变得更有意义。

［美国］丽莎·普兰特/文，佚名/译

丽莎·普兰特,美国作家。她原是美国一名律师,1993 年开始"简单生活"的研究和实践,与其同仁创办的《简单生活》月刊,被誉为"21 世纪的新生活导师"。出版过《简单生活》《简单生活就是美》《越简单越快乐》等书。其中,《简单生活》是作者多年来研究和实践简单生活的集大成之作,被译成 30 多种语言。

《幸福是什么》借助于对"简单生话"的阐释,讨论了人生中的"何为幸福""怎样才能获得幸福"的重大命题。作者将"简单生活"与"苦行僧般的清苦生活"加以比较分析,从而让读者准确地理解"简单生活"的含义。

何谓简单生活?简单生活不是吝啬,也不是"苦行僧",简单未必回归田园,简单也不是无所事事,简单是回到心灵的单纯明净与精神的轻松愉快中。简单生活是经过深思熟虑后,呈现真实自我,过上目标明确的生活,是一种丰富、健康、和谐、悠闲的生活方式。

美狄亚（节选）

◇［古希腊］欧里庇得斯

读点

女性争取自由幸福而斗争的千古绝唱，追求独
立人格而抗争的呐喊。

女性、母性与魔性、兽性同现，展示了人物性格
的复杂性。

剧情介绍：

故事发生在古希腊的英雄时代。伊俄尔科斯城邦王子伊阿宋本来是王位的合法继承人，但叔父窃据了王位，提出条件说伊阿宋去科尔喀斯取回珍奇宝物金羊毛才让出王位。科尔喀斯国王故意刁难伊阿宋，不想让他得到金羊毛，但公主美狄亚爱上了勇敢剽悍的伊阿宋，背叛了自己的父亲，把伊阿宋从父亲的阴谋毒害中解救出来，抢出金羊毛并同他一起回到伊俄尔科斯。可是叔父仍然拒绝交出王位，美狄亚施魔法害死了伊阿宋叔父，替伊阿宋报了仇，但得罪了伊俄尔科斯百姓，被城邦驱逐出境。

伊阿宋和美狄亚客居科任托斯，生了两个儿子，过得十分快乐。可是伊阿宋好色本性暴露，爱上了科任托斯的公主，要遗弃美狄亚，而且帮着科任托斯国王将她和两个儿子驱逐出境。这一切使美狄亚绝望了，激发起她疯狂的报复心理，她让两个儿子给公主送礼物，其实是施魔法毒死公主，国王为救公主也跟着被毒死。而后美狄亚又亲手用剑杀死了自己的两个儿子，以绝伊阿宋的后嗣。伊阿宋赶来找美狄亚复仇，她已经乘龙车在空中向伊阿宋告别，远走他乡。

全剧共五场。这里节选的是《美狄亚》中的第五场以及退场，是全剧的高潮和结局。

第五场

……

美狄亚	朋友们，我等候消息已等了许久，我要看那宫中的事情到底是怎样结果的。 看啊，我望见伊阿宋的仆人跑来了，他那喘	批：内心忐忑，渴望复仇计划的实施。 批：从仆人的神态揣测结果，临危

吁吁的样子,好像他要报告什么很坏的消息。

[传报人自观众右方急上。

传报人 美狄亚,快逃走呀,快逃走呀！切莫要留下一只航海的船,一辆陆行的车子！(注:意为不要扔下逃生的东西,或解作不要下船或下车)

美狄亚 什么事情发生了,要叫我逃走?

传报人 公主死了,她的父亲克瑞翁也叫你的毒药害了！

美狄亚 你报告了这最好的消息,从今后你就是我的恩人,我的朋友。

传报人 你说什么呀？夫人,我看你害了我们的王室,你听了这消息,不但不惊骇,反而这样高兴,你的神志是不是很清明？该没有错乱吧？

美狄亚 我自有理由回答你的话。请不要性急,朋友,告诉我,他们是怎样死的。如果他们死得很悲惨,你便能使我加倍地快乐。

……

歌队长 看来神明要在今天叫伊阿宋受到许多苦难,在他是咎由自取。(注:歌队由15个科任托斯妇女组成,歌队长是她们的领队。歌队长不介入剧中情节,只是从旁介绍剧情、表达感受、评论人物)

美狄亚 朋友们,我已经下了决心,马上就去做这件事情:杀掉我的孩子再逃出这地方。我绝不耽误时机,绝不抛撇我的孩儿,让他们死在更残忍的手里。我的心啊,快坚强起来！为什么还要迟疑,不去做这可怕的、必须做的坏事！啊,我这不幸的手呀,快拿起、拿起宝剑,到你的生涯的痛苦的起点上去,不要畏缩,不要想念你的孩子多么可爱,不要

不乱,十分冷静。

批:急切地呼叫美狄亚逃走、毫不犹豫地逃走,展示了底层人物的善良。

批:没有惊慌失措,反问更显沉稳。

批:喜形于色,居然称呼仆人为"恩人"。

批:仆人真切关心美狄亚,十分不解美狄亚的异常行为,侧面突出了美狄亚报复的疯狂。

批:不但不急于逃走,不急于解释,反而享受报复的快感,体现了凶狠残忍的一面。

批:理智看出孩子的危险,进退两难,内心不断警示自己。

批:爱与恨激烈冲突,极具矛盾性与复杂性。

批:明知是"痛苦的起点",明知慈母的挚爱,明知"坏事",却不能不去做,有如万箭穿心,再次

想念你怎样生了他们，在这短促的一日之间暂且把他们忘掉，到后来再哀悼他们吧。他们虽是你杀的，你到底也心疼他们！——啊，我真是个苦命的女人！

[美狄亚偕众侍女进屋。

退场

[伊阿宋偕众仆人自观众右方上。

伊阿宋　啊，你们这些站在这屋前的妇女呀，那做出了这可怕的事情的女人——美狄亚——究竟在家里呢，还是逃跑了？如果她不愿遭受王室的惩罚，她就得把她的身子藏入地下，或是长了翅膀腾上天空。她既然杀害了这地方的主上，还能够相信她可以平安地逃出这屋子吗？可是我对她的关怀远不及我对我的孩子们。那些被她害了的人自然会给她苦受的；我乃是来救我孩儿的性命的，免得国王的亲族害了他们，为了报复他们母亲的不洁的凶杀。

批：掀起复仇与反抗的高潮，展示了人性的复杂性。

批：盾问，山相毕露。

批：对自己的妻子，昔日的爱人，虚情假意地关心生死，有置身事外之感。

批：袒露心迹，诅咒妻子，拯救孩子。

歌队长　啊，伊阿宋，不幸的人呀，你还不知道你遭受了多么大的灾难；要不然，你就不会说出这话来了。

批：画外之音，暗示了狂风暴雨。

伊阿宋　那是什么灾难呀？难道她想要杀我？

批：未料到美狄亚报复之疯狂。

歌队长　你的儿子叫他们母亲亲手杀死了！

伊阿宋　哎呀，你说什么？女人呀，你竟自这样害了我！

批：猝不及防，大吃一惊。

歌队长　你很可以相信，你的孩子们已经不在人世了！

伊阿宋　她到底在哪里杀的？在屋里呢，还是在外面？

批：仍然不敢相信自己的耳朵。

歌队长　开开大门，你就可以看见你的孩子们遭了凶杀。

伊阿宋　仆人们，赶快下木闩，取插销，让我看看那双重的、可怕的景象，看见孩子们死了，还

批：几近愤怒，穷凶极恶，暗藏杀机。

看见她——血债用血还!

[美狄亚带着两个孩子的尸首乘着龙车自空中出现。(注:龙车吊在起重机下面,美狄亚站在车上)

美狄亚　你为什么要摇动,要推开那扇门,想要寻找这些死者和我这凶手? 快不要这样破费功夫! 如果你是来找我的,那你就快说你想要什么! 你的手可不能挨近我,因为我的祖父赫利俄斯送了我这辆龙车,好让我逃避敌人的毒手。

伊阿宋　可恶的东西,你真是众神、全人类和我所最仇恨不过的女人,你敢于拿剑杀了你所生的孩子,这样害了我,使我变成了一个无子的人! 你做了这件事情,做了这件最凶恶的事情,还好意思和太阳、大地相见? 你真该死! 当我从你家里,从那野蛮地方,把你带到希腊来居住的时候,我真是糊涂;到如今,我才明白了,你原是你父亲的莫大的祸根,原是那生养你的祖国的叛徒,原是上天降下来折磨我的! 自从你在你家里杀死了你的兄弟过后,你就上了那有美丽的船头的阿耳戈,你的罪行就是这样开始的。后来你嫁给我,替我生了两个孩子,却又因为我离开你的床榻,竟自这样杀害了他们! 从没有一个希腊女人敢于这样做,我还认为我不娶希腊女儿,娶了你,是一件很美的事情呢! 哪知这是一个仇恨的结合,对于我真是一个祸害,我所娶的不是一个女人,乃是一只牝狮,天性比堤耳塞尼亚的斯库拉(注:堤耳塞尼亚,即古意大利中部的伊特鲁立亚。斯库拉,是意大利南端墨塞涅——现称"墨西拿"海边石洞里吃人的妖怪。传说她有十二只脚,六个头。伊阿宋在气愤中把斯库拉居住的地点弄错了，因为这妖怪并不住在堤耳塞尼亚）更残忍！<u>可是这许多辱骂并不能伤害你，因为你生来就是这样无耻！啊，你这作恶的、杀害亲子的人，去你的吧！我要悲痛我自己的不幸，我再不能享受新婚的快乐，也不能叫我所生养的孩子活在世上，对我道一声永诀，我简直完了！</u>

批：谩骂美狄亚之时，可曾想过自己忘恩负义、见异思迁、利欲熏心的所作所为？咎由自取！

批：伊阿宋既死新妇又绝子嗣，尝尽断肠心碎的痛苦。

美狄亚　假如父亲宙斯还不知道我待你多么好，你做事多么坏，我就要说出许多话来同你辩驳。<u>可是你并不能鄙弃我的床榻，拿我来嘲笑，自己另外过一种愉快的生活。那公主和那把女儿嫁给你的克瑞翁，也不能不受到一点惩罚，就把我驱逐出境。只要你高兴，你可以把我叫作牝狮，或是住在什么堤耳塞尼亚地方的斯库拉。可是你的心已被我绞痛了</u>（注：美狄亚不杀害伊阿宋，而杀害他的新娘与他的儿子，原是为了使他心痛），我做这事本是应该！

批：不屑置辩，一针见血。

批：坦承胸臆，走投无路。

批：以其人之道还治其人之身，疯狂报复源自爱恨情仇。

伊阿宋　<u>可是你也伤心，这些哀痛你也有份。</u>

批：两败俱伤，薄情寡义。

美狄亚　<u>你很可以这样相信；我知道了你不能冷笑，就可以减轻我的痛苦。</u>

批：超乎常态的恨，在报复中得到满足。

伊阿宋　啊，孩儿们，你们的母亲多么恶毒呀！

美狄亚　<u>啊，孩儿们，这全是你们父亲的疯病害了你们！</u>

批：爱之深，恨之切。

伊阿宋　可是我并没有亲手杀害他们。

美狄亚　可是你的狂妄和你的新结的婚姻却害了他们。

伊阿宋　你认为你为了我的婚姻的缘故，就可以杀害他们吗？

美狄亚　你认为这种事情（注：这种事情，指抛弃原妻，破坏盟誓）对于做妻子的，是不关痛痒的吗？

| 伊阿宋 | 至少对于一个能够自制的妻子是这样的；可是在你的眼里，一切都是坏事。 | 批：表面上看起来是移情别恋，深层次是男权社会女性的悲惨命运。 |

美狄亚　他们已经不在人世了，这正好使你的心痛如刀割！

伊阿宋　呀，你头上飘着两个报仇人的魂灵！

美狄亚　神明知道是谁首先害人的！

伊阿宋　神明知道你那可恶的心！

美狄亚　随你恨吧！我也十分憎恶你在那里狂吠！

伊阿宋　我对你还不是一样！可是我们要分开是很容易的。

美狄亚　怎么个分法？怎么办？难道我还不愿意？

伊阿宋　让我埋葬死者的尸体，哀悼他们。

美狄亚　这可不行，我要把他们带到那海角上的赫拉的庙地上（注："海角"指科任托斯城对面伸入海中的小山，那山上有一所赫拉庙，因此这"海角上的"一词变成了赫拉的特别形容词），亲手埋葬，免得我的仇人侮辱他们，发掘他们的坟墓。我还要规定日后在西绪福斯的土地上，举行很隆重的祝典与祭礼，好赎我这凶杀的罪过。我自己就要到厄瑞克透斯的土地上，去和埃勾斯（注：埃勾斯，雅典国王，曾答应接受美狄亚事成之后前去逃难），潘狄翁的儿子，一块儿居住。你这坏东西，你已亲眼看见你这新婚的悲惨的结果，你并且不得好死，那阿耳戈船的破片会打破你的头颅（注："你这坏东西……那阿耳戈船的破片会打破你的头颅"，美狄亚是一个预言家；她在此处预言她丈夫不得好死。据说伊阿宋后来没有续娶，并且活了很高的寿命，终于像美狄亚所预言的这样死去。一说他因为遭了家庭的变故，忧郁而死）。倒也活该！

批：心思缜密，以防后患。

批：赎罪忏悔。

批：疯狂的报复行为，恶毒的后世预言。

伊阿宋　但愿孩子们的报仇神和那报复凶杀的正义

之神,把你毁灭!

美狄亚　哪一位神明或是神灵(注:"神明"指报仇神;"神灵"指"正义之神")会听信你,听信你这赌假咒,出卖东道主(注:伊阿宋去到科尔喀斯时,美狄亚曾作为东道主款待过他)的家伙?

伊阿宋　呸,你难道不是一个可恶的东西,杀孩子的凶手!

美狄亚　快回家去埋葬你的新娘吧!

伊阿宋　我就去,啊,我的两个孩儿都已丧失了!

美狄亚　这还不是你哭的时候,到你老了再哭吧!
　　　　(注:"到你老了再哭吧",老而无子,在古希腊人看来是很凄凉的)

伊阿宋　我最亲爱的孩儿啊!

美狄亚　对他们的母亲,他们是亲的,对你,哪能算亲?

伊阿宋　可是你为什么又把他们杀死呢?

美狄亚　这样才能够伤你的心!

伊阿宋　哎呀,我很想吻一下孩子们的可爱的嘴唇!

美狄亚　你现在倒想同他们告别,同他们接吻,可是那时候,你却想把他们驱逐出去呢。

伊阿宋　看在神明面上,让我摸摸孩子们的细嫩的身体!

美狄亚　这不行,你只是白费唇舌!

伊阿宋　啊,宙斯呀,你听见没有? 听见我怎样被人赶走,听见这可恶的、凶杀的牝狮怎样叫我受苦没有?

　　　　(向美狄亚)我哀悼他们,只要我办得到,我一定恳求神灵作证,证明你怎样杀死了我的孩儿,怎样阻拦我去抚摸他们,安葬他们的尸体。但愿我不曾生下他们,也免得看见你把他们杀害了!

　　　　[美狄亚乘着龙车自空中退出。

[伊阿宋偕众仆人自观众右方下。

歌队长　（唱）宙斯高坐在奥林波斯分配一切的命运，(注：此句或解作"保存着许多东西"。《荷马史诗》里曾说宙斯的门口有一对大瓶，里面装着人类的命运。奥林波斯为希腊北部的高山，相传是众神的居住处)神明总是做出许多料想不到的事情。凡是我们所期望的往往不能实现，而我们所期望不到的，神明却有办法。这件事也就是这样结局。

[歌队自观众右方退场。

（罗念生/译）

批：美狄亚和伊阿宋一生演出了两场戏：前一场是正剧，两人相知相爱，历尽千辛万苦终成眷属；后一场是悲剧，也就是我们现在所看到的，人生旅途突生波折，亲人反目为仇，最终家破人亡。

美狄亚的爱与恨

敢爱的美狄亚。美狄亚是会施法术的公主，当她爱上前来寻找金羊毛的伊阿宋时，便为了爱而可以不顾一切。美狄亚用自己的法术帮助伊阿宋完成了他叔父定下的不可能完成的任务，条件是伊阿宋要和她结婚。取得金羊毛后，美狄亚和伊阿宋一起踏上返回希腊的旅程。美狄亚的父亲听到她逃走的消息，派她的弟弟去追她。美狄亚杀死了自己的弟弟，并残忍地将弟弟的尸体切开，分割成碎段，抛在山上各处，让父亲和追赶的差役忙于收尸，以此拖延时间，以便和伊阿宋一行人离开。伊阿宋回国后，美狄亚用计杀死了篡夺王位的伊阿宋的叔叔。

为了爱，美狄亚不仅使用法术，而且充分发挥自己的聪明才智；为了爱，美狄亚舍弃荣华富贵，甘愿与心上人天涯浪迹、颠沛流离；为了爱，美狄亚不仅敢于背叛自己的祖国，而且不惜背叛自己的父亲，甚至杀死了自己的弟弟，并且肢解了弟弟的尸体。可以说，美狄亚爱得一往无前，爱得无拘无束，爱得极其残忍，爱得令人恐惧，难怪伊阿宋在取回王位的10年里对美狄亚也十分忌惮。

敢恨的美狄亚。后来伊阿宋移情别恋，美狄亚由爱生恨。美狄亚愤怒得要把一切都毁灭，决意要报复丈夫的不忠。国王克瑞翁命令将美狄亚驱逐出境，美狄亚为了部署复仇计划，假借与孩子做最后一次吻别。她要求带走孩子，伊阿宋说孩子是他的命根子，不许带走。美狄亚知道了孩子是他的致命弱点，于是假装平静下来。接下来，美狄亚开始实施报复计划。她先用毒药和烈火谋害了伊阿宋的新妇和国王克瑞翁，又亲手杀死了她和伊阿宋的一个孩子。当着伊阿宋的面，美狄亚又杀了另一个孩子，接着抛下孩子的尸体，乘龙车飞向天空，只留下孤零零的没有子嗣送终的伊阿宋。

美狄亚爱上伊阿宋时,可以不顾一切;她恨伊阿宋时,同样也是不择手段的。美狄亚复仇,就是要迫使抛弃自己的丈夫伊阿宋陷入孤独和痛苦之中。为了复仇,美狄亚痛苦地放弃了人类宝贵的亲情,熄灭了人类最本真的母爱;为了复仇,美狄亚谋害了伊阿宋的新妇和国王克瑞翁;为了复仇,美狄亚不仅杀死了她和伊阿宋的一个孩子,而且当着伊阿宋的面又杀死她和伊阿宋的另一个孩子。

美狄亚杀子这场戏里把美狄亚的绝望、觉醒、反抗这一发展过程推向最高潮。超乎常态的"爱"与"恨"是美狄亚性格中最鲜明的特征。在这场戏里,弃妇的恨和慈母的爱在美狄亚内心展开了强烈的斗争,复杂的心理矛盾细腻逼真。作为母亲,美狄亚很爱自己的儿子,想到生养孩子的痛苦和艰辛,想到孩子尚未享受到成年的幸福就要离开人世,想到自己尚未享受到儿子的孝敬就将与儿子永别,她有如万箭穿心,特别是当孩子们用纯洁无邪的眼睛看着她时,美狄亚几乎要打退堂鼓。但是,美狄亚想到伊阿宋的狂妄、克瑞翁的淫威,她又怒不可遏,然而慈母的爱毕竟使她舍不得孩子。她的内心反复斗争,几次母爱战胜复仇之心,软化了,但又几次坚强起来。最后,愤怒战胜了理智。为使伊阿宋断绝子嗣,永远痛苦,美狄亚做下了骇人听闻的事。而杀子的结果,又使她感受到双倍的痛苦和不幸,在惩罚他人的同时,也毁灭了自己的幸福。

美狄亚敢爱敢恨,可以说是她性格中的反抗精神促使她作出了这样的行为选择。美狄亚的行为和性格在世俗观念面前显露出了矛盾:一方面,她的行为是世俗观念所不能容忍的;另一方面,她的性格又是世俗观念铸就的。欧里庇得斯的贡献也就在这里,他让雅典人看到了他们所热爱的民主政治还存在着这样一个悖论。这个悖论,促使他们暂时忘却美狄亚所处的悲剧困境,而转头思考民主制度自身的矛盾冲突。从而得出美狄亚的悲剧是当时的民主制度造成的,美狄亚是雅典民主制度的牺牲品。而生活在这种不完备的民主制度下的雅典公民,都有可能成为他们眼前的美狄亚,因为他们的行为也许有一天在某一方面触犯了世俗观念,而在另一方面又被世俗观念所宽容,但是悲剧已经酿成,品尝苦酒的还是他们自己。所以,美狄亚的悲剧,就不再是她个人的悲剧,而有可能是每一个普通人的悲剧。(子夜霜、汪明)

芳草地 美狄亚和伊阿宋盗取金羊毛

美狄亚预感到,她帮助伊阿宋的事瞒不过她的父亲,于是决定逃走。她光着脚跑到赫卡忒神庙,取了一种能够麻醉毒龙的魔药,然后又飞快地朝海岸跑去。到了岸边,她大声呼叫着她姐姐的小儿子佛戎提斯的名字,伊阿宋听出是她的声音,急忙摇船过来接她。她告诉伊阿宋说:"你快救救我吧！事情已经泄露，现在没有别的办法了，我们必须逃走。不过在此之前，我得先把金羊毛给你弄出来。"伊阿宋轻轻地抚摩着受惊的美人，不但答应救她，而且还答应把她带回希腊去，娶她为妻。听了伊阿宋的话，美狄亚渐渐地平静下来。她吩咐众英雄划船到阿瑞斯的圣林去，在岸边等着，她自己则带着伊阿宋抄近路前往。

不眠的毒龙听见他们的脚步声，老远就向他们发出可怕的嘶嘶声，然后又蠕动着它那庞大的躯体向他们爬过来。美狄亚勇敢地走上前去。她一边唤出冥后帮助她，一边用甜美的声音唱着一首催眠曲。毒龙听见这奇异的歌声，庞大的身躯渐渐地瘫软下来。美狄亚又念着咒语，把一种神奇的药膏涂进毒龙的眼睛，毒龙终于闭上它的血盆大口，在树林里昏昏沉沉地睡着了。

伊阿宋按照美狄亚的吩咐从橡树上扯下金羊毛，他们迅速离开阿瑞斯的圣林，愉快地回到船上。英雄们看见这像闪电一样金灿耀眼的金羊毛，都惊异得目瞪口呆。美狄亚催他们赶快逃走。伊阿宋首先赞扬美狄亚帮助他们完成了这桩英雄壮举，然后郑重地宣布美狄亚为他的合法妻子。最后，他下令解开缆绳，准备抵御埃厄忒斯的突然袭击。于是，他们一半人划桨，一半人手持盾牌面对敌人可能来的方向。

与此同时，埃厄忒斯和所有的科尔喀斯人都知道了美狄亚的恋情、她帮助伊阿宋盗取金羊毛的行为以及她的逃跑。埃厄忒斯国王立即乘着他那豪华的战车，带领他的士兵向法细斯河的入海口追去。当他看到阿耳戈船已经驶向大海时，气得连手中的盾牌和火把都掉在了地上。他凶暴地向他的臣民们宣布，如果他们不把美狄亚给他追回来，他就把他们全都砍死。那些惊恐不安的科尔喀斯人当天就在王子阿普绪耳托斯的带领下，驾着轻便的帆船向海上追去。

令人满意的顺风鼓满了阿耳戈号的船帆。年迈的预言家菲纽斯曾经嘱咐过他们，返回时不要走同一条路线，于是英雄们绕了一个弯，把船向伊斯特洛斯河驶去。但是科尔喀斯人不肯放弃他们的追击，他们船轻路熟，不久就超过阿耳戈英雄们，提前来到了伊斯特洛斯的入海口。他们埋伏在各个港湾和岛屿上，等待着阿耳戈号的到来。阿耳戈英雄们看见敌人在数量上占有极大的优势，自己难以取胜，便占据了一个小岛，主动提出同敌人和解。

科尔喀斯人要求把金羊毛留下，因为伊阿宋在阿瑞斯田野上取得了胜利，可是他们又要求把美狄亚交出来。美狄亚知道，一旦回到科尔喀斯人中间，她就会受尽折磨和辱骂，被判火刑处死。她哭着对伊阿宋说："你要怎样处置我呢？请你不要忘记自己的誓言！我是为了你才离开我的父母，离开我的家乡的呀。要是你遗弃了我，将来你也会像我一样遭到不幸的；要是你不保护我，复仇女神也会惩罚你的。"

伊阿宋看着绝望的美狄亚，心里非常难受，他表示决不抛弃她，而且还要和她生死与共。他按照美狄亚的主意，以宴请的名义把阿普绪耳托斯引诱到一个荒凉的小岛上。当阿普绪耳托斯单独同他的姐姐在一起谈判时，伊阿宋突然从埋伏的地方冲出来，当着美狄亚的面一剑砍死了阿普绪耳托斯。阿普绪耳托斯就像献祭的羔羊一样倒在地上，鲜血溅满了美狄亚的面纱和衣服。美狄亚不忍目睹这残忍的杀戮，急忙把脸扭向一边。可是复仇女神却怀着恶意注视着这可怕的行为。

等伊阿宋洗去手上的血迹并埋掉阿普绪耳托斯的尸体以后,美狄亚举起火把,向阿耳戈英雄们发出了事先约好的进攻信号。他们迅速登上科尔喀斯人扎营的岛屿,就像狮子冲进羊群一样,肆意砍杀正在熟睡而又没有头领的科尔喀斯人。这些可怜的科尔喀斯人全部死在阿耳戈英雄的刀剑之下,无一生还。

[德国]古斯塔夫·施瓦布/文,司马仝、王霹/译

品读

古斯塔夫·施瓦布(Gustav Schwab,1792 年 6 月 19 日 ~ 1850 年 11 月 4 日),德国著名的浪漫主义诗人、牧师。曾任席勒的老师。他在文学上的主要贡献在于发掘和整理古代文化遗产,曾出版《美好的故事和传说集》《德国民间话本》《希腊神话故事》。

《美狄亚和伊阿宋盗取金羊毛》选自《希腊神话故事》。希腊神话故事中,金羊毛被看作稀世珍宝,许多英雄和君王都想得到它。金羊毛,不仅象征着财富,还象征着冒险和不屈不挠的意志,象征着理想和对幸福的追求。

美狄亚预感到她帮助伊阿宋的事瞒不过父亲,便决定和伊阿宋逃走。临走前,她帮伊阿宋盗走了金羊毛。埃厄忒斯和所有的科尔喀斯人都知道了美狄亚的恋情、她帮助伊阿宋盗取金羊毛的行为以及她的逃跑。埃厄忒斯国王向他的臣民们下令把美狄亚追回来。由于科尔喀斯人势力强大,阿耳戈英雄们主动提出同敌人和解。此刻,绝望的美狄亚感动了伊阿宋,伊阿宋表示决不抛弃她,将与她生死与共,表现出了对她的深爱。于是,他们设计诱杀美狄亚的弟弟阿普绪耳托斯,并且把所来的科尔喀斯人全部杀死。这个故事虽然表现了美狄亚爱情的炽烈,也显示出她为了爱而表现出来的残酷与血腥。

荒诞艺术

等待戈多（节选）

◇ [法国] 萨缪尔·贝克特

读点

作者运用荒诞的艺术手法来表现荒诞不经的社会现实。

演奏时代的失望之曲，反映一代人的内心焦虑。

剧情介绍：

两个瘪三式的流浪汉弗拉季米尔（又名狄狄）和爱斯特拉冈（又名戈戈）在黄昏里的一条荒凉的路上相遇。互相询问后，都说在等待一个叫戈多的人，但戈多是男是女、是老是少，他们也说不清。二人等得无聊，便一会儿脱帽子，一会儿说脏话、骂人。他们做些机械的动作，讲些不知所云的故事。但戈多迟迟不来，以至于烦闷得想到自杀，但又不甘心，想等戈多来弄清自己的处境再死。

两个流浪汉等来等去，终于等到了来人，却不是戈多而是奴隶主波卓。他手持鞭子，一手牵着被拴着脖子的奴隶幸运儿。幸运儿扛着沉重的行李，拱肩缩头，脖子被勒得正在流脓，惨不忍睹。波卓气势汹汹，虽原谅了恐惧的狄狄和戈戈，但随意虐待幸运儿，称之为"猪"，挥来斥去，幸运儿也唯命是从。波卓吃饱喝足，对黄昏作了一通"抒情"的解释，逼幸运儿为他们跳了一通舞。最后波卓才牵着幸运儿和流浪汉告别。

两个流浪汉在送走过路客波卓与幸运儿之后，天将黑时，终于来了一个小孩，他传达戈多的旨意：今天不来了，明天晚上才来。

次日黄昏，依旧是荒凉的路，只是枯树上生出几片新叶，昨日走过的波卓已经双目失明，幸运儿成了哑巴。昨日气势汹汹的波卓，跌倒在地爬不起来。两个流浪汉好不容易才把他扶起来，他才艰难地走了。两个流浪汉依然是焦躁不安地等待。来的还是个孩子，他通知说，戈多今天不来了，明晚准来，决不失约。

两个流浪汉觉得生活实在无聊，决定上吊，但没有成功。他们约定明天再上吊，除非戈多来解救他们。说走又不走，在二人静立中落幕。

本文选自《等待戈多》第二幕中两个流浪汉重见已经瞎眼的波卓后的一段对话。

波卓	**救命!**	批:波卓昨天安然无恙,今天因双目失明而跌倒爬不起来了,流露出命运变化无常的思想。
爱斯特拉冈	咱们过去狠狠揍他一顿好不好,咱们两个人?	
弗拉季米尔	你是说咱们趁他睡着的时候扑上去揍他?	
爱斯特拉冈	是的。	
弗拉季米尔	<u>不错,这听上去是个挺好的主意。可是咱们能不能这样做呢?他是不是真正睡着了?(略停)不,最好的办法还是利用波卓求救的机会。</u>	批:利用波卓身处险境的机会教训他,一来说明波卓是可恶的,应受到惩罚;二来说明两个流浪汉行为处事方式疯疯癫癫,不可思议。
波卓	救命!	
弗拉季米尔	<u>过去帮助他——</u>	批:他们在等待戈多的帮助,还能帮助人?所以连自己也怀疑。
爱斯特拉冈	<u>我们帮助他?</u>	
弗拉季米尔	<u>换取一些马上可以兑现的报酬。</u>	批:帮助就要报酬,这自然是戏言,是疯话。
爱斯特拉冈	可是万一他——	
弗拉季米尔	<u>咱们别再说空话浪费时间啦!(略停。激烈地)咱们趁这个机会做点儿什么吧!并不是天天都有人需要我们的。的确,并不是天天都有人需要我们个人的帮助的。别的人也能同样适应需要,要不是比我们更强的话。这些尚在我们耳边震响的求救的呼声,它们原是向全人类发出的!可是在这地方,在现在这一刻时间,全人类就是咱们,不管咱们喜欢不喜欢。趁现在时间还不太晚,让咱们尽量利用这个机会吧!残酷的命运既然注定了咱们成为这罪恶的一窝,咱们就至少在这一次好好当一下他们的代表吧!你说呢?(爱斯特拉冈什么也没说)确实,当咱们交叉着两臂衡量着得失的时候,咱们真不愧是咱们同类的光荣。</u>	批:这流浪汉也有比较理智的时候。
		批:从人类的灾难需要人类自己救助的高度,提出重要的不是衡量什么得失,而应赶快做些什么。人们行动了,说明人类还有希望。将自己上升为全人类的代表,将波卓的求救呼声视为全人类的呼声,这是弗拉季米尔这番话的核心所在。
		批:弗拉季米尔认为,人应该在同类遭遇不幸的时候及时地伸出自己的双手,不允许在伸手之

老虎会一下子跳过去援助它们的同类,决不会动一下脑子;要不然它就会溜进丛林深处。可是问题不在这里。咱们在这儿做些什么,问题是在这里。而我们也十分荣幸,居然知道这问题的答案。是的,在这场大混乱里,只有一样东西是清楚的,咱们在等待戈多的到来——

<table>
<tr><td>爱斯特拉冈</td><td>啊!</td></tr>
<tr><td>波卓</td><td>救命!</td></tr>
<tr><td>弗拉季米尔</td><td>或者说等待夜的到来。(略停)咱们已经守了约,咱们尽了自己的职责。咱们不是圣人,可是咱们已经守了约。有多少人能吹这个牛?</td></tr>
<tr><td>爱斯特拉冈</td><td>千千万万。</td></tr>
<tr><td>弗拉季米尔</td><td>你这样想吗?</td></tr>
<tr><td>爱斯特拉冈</td><td>我不知道。</td></tr>
<tr><td>弗拉季米尔</td><td>你也许对。</td></tr>
<tr><td>波卓</td><td>救命!</td></tr>
<tr><td>弗拉季米尔</td><td>可以肯定的是,在这情况下,时间过得很慢,咱们不得不想出些花招来消磨时间,这些花招——我该怎么说呢——最初看来好像有些道理,可是到头来终于成了习惯。你也可以说这样可以使咱们的理智免于泯灭。毫无疑问。可是在深似地狱的没结没完的夜里,是不是会迷失方向呢?这是我有时纳闷儿的问题。你听得懂我说的道理吗?</td></tr>
<tr><td>爱斯特拉冈</td><td>(像说警句似的)我们生来都是疯子。有的人始终是疯子。</td></tr>
<tr><td>波卓</td><td>救命!我会给你们钱的!</td></tr>
</table>

批:前先"交叉着两臂衡量着得失",纯粹是为了责任。

批:昨天是单纯地等待戈多来帮助自己,而今天他们在等待戈多时,已经像盼望戈多救他们一样去救助别人。

批:一味等待就意味着幻灭,人类要拯救自己,必须立即行动。

批:等待是无聊的,不如做些实际的事情。

批:如果流浪汉象征受苦受难、绝境盼救的人类,那么戈多则象征着上帝、救星、希望。人类盼着获救,但一盼再盼而不至,那就必须"自救"!

批:疯子有时也能道出富有哲理的话。

批:求救与金钱结合起来,奴隶主

爱斯特拉冈	多少?	
波卓	两个先令!	
爱斯特拉冈	这点儿钱不够。	
弗拉季米尔	我觉得你有点儿太过火了。	
爱斯特拉冈	你以为这点儿钱够了?	
弗拉季米尔	<u>不,我是说我不以为我自己出世的时候头脑就有毛病。</u>可是问题不在这里。	批:傻人不说自己傻,疯人不说自己疯。
波卓	五个先令!	
弗拉季米尔	我们等待。我们腻烦。(他举起两手)不,不,别抗议,我们腻烦得要死,这是没法否认的事实。<u>好,一个消遣来了,我们怎么办?我们让它随便浪费掉了。来,咱们干起来吧!</u>(他向那堆人和东西走去,刚迈步就煞住了脚步)在一刹那间一切都会消失,我们又会变得孤独,生活在空虚之中!	批:不让救人机会浪费掉,不是出于高尚,只是为了消遣!
		批:行事并无是非观念。
	[他沉思起来。	
波卓	五个先令!	
弗拉季米尔	我们来啦!	
	[<u>他想把波卓拉起来,没成功,又尝试一下,踉跄着倒了下去,想爬起来,没成功。</u>	批:尽管没有成功,毕竟付出了行动。

式的求救。

(施咸荣/译)

荒诞的无奈等待,命运的变化无常

　　萨缪尔·贝克特(Samuel Beckett,1906 年 4 月 13 日～1989 年 11 月 10 日),出生于爱尔兰的福克斯洛克,法国作家,创作的领域包括戏剧、小说和诗歌,尤以戏剧成就最高。他是荒诞派戏剧的重要代表人物。1969 年,他因"以一种新的小说与戏剧的形式,以崇高的艺术表现人类的苦恼"而获得诺贝尔文学奖。

贝克特一生的创作经历，以 1952 年话剧《等待戈多》的上演为标志而被划分为前后两个时期。前期主要创作小说，而后期则主要写剧本。尽管如此，贝克特的文学风格却始终没有很大变化，而是从一开始就选择了一条远离现实主义传统的道路。《等待戈多》是贝克特的代表作，也是荒诞派戏剧的奠基之作。

《等待戈多》剧作在荒诞的背后，深刻地表现了现代文明中的人生处境：生活在盲目的希望之中。人们遥遥无期地等待着一个模糊的希望，到头来只是一场梦幻，只有失望、再等待、再失望，在期待中耗尽生命，在失望中饱尝痛苦。

舞台上演出的是人类社会的抽象化缩影。两个流浪汉是人类的象征，他们生活在世上只有一件事：等待戈多。戈多是什么？有人问过作者："戈多究竟指什么？"作者回答："我要是知道，早在戏里说出来了。"对戈多的含义无法也无须去作琐细的考证，但剧中戈多确是爱斯特拉冈和弗拉季米尔的救星和希望。然而象征人类的流浪汉，等来的却不是救星，却是痛苦和压迫——幸运儿和波卓。幸运儿是痛苦的化身，他备受折磨，任人奴役。波卓是压迫的体现，他蛮横凶狠，傲气十足。

第二幕中波卓瞎了眼，求救于流浪汉，表明了作者的另一观点：命运变化无常。用剧中人的话说："天底下没有一件事情说得定。"流浪汉等待的希望是渺茫的，今天等不到，明天还是等不来，永远得不到。剧作第二幕的基本内容是第一幕的再现，加强了这种观念的直观性，要是继续写下去，第三幕、第四幕，照样还是等待、等待……

痛苦加失望、悲惨加迷惘是《等待戈多》内容的突出之点。幸运儿的痛苦直接呈现在读者或观众面前，是看得见的痛苦。两个流浪汉的痛苦是通过他们的无聊、烦闷来表现的。他们徘徊在虚无缥缈的人生道路上，等待着不可知的命运，忍受着生与死的折磨。在他们眼中，什么都没有意义，一切都无须去记忆，连时间概念都没有。（子夜霜、周流清）

芳草地

瞎子

帕森斯先生跨出旅馆，一个乞丐正沿着大马路走过来。

这是一个瞎眼乞丐，拄着一根瞎子常用的斑斑驳驳的旧拐棍，小心翼翼地敲打着路面，向前迈着步子。乞丐的脖子很粗，长着绒毛，衣领和口袋上满是油腻，一只大手握着拐棍的弯把，肩上搭着一条褡裢。显然，他还卖点什么东西。

空气里满含着春意，金色的阳光洒在柏油路面上，暖煦煦的。帕森斯先生站在旅馆门前，听着瞎眼乞丐嗒嗒嗒走过来的声音，心里突然升腾起一股对所有盲人的怜悯之情。

帕森斯先生想，自己活着真是幸运。几年前，他只不过是一名普通的技工，现在，他获得了成功，受到尊敬，被人羡慕……这都是他独自在无人援助的情况下，冲破层层障碍，艰苦奋斗的结果……他还年轻啊！春天清新的空气，还有对吹皱的池水和葱绿的灌木丛清晰的记忆，这种心情使他热血沸腾。

瞎眼乞丐刚从他面前嗒嗒嗒走过去，他就迈动步子。衣衫褴褛的乞丐立即转过身来。

"等一等，先生，耽搁你一点时间。"

帕森斯先生说："已经迟了，我有约会。你想让我给你点东西吗？"

"我不是乞丐，先生，我的确不是，我这儿有些小玩意儿。"——他摸索着，把一个小物件塞进帕森斯先生的手掌——"挺精巧的打火机，只要一元。"

帕森斯先生站在那儿，略略感到有些烦恼和尴尬，他是一个俊雅的男人，身着整洁的灰色衣服，头戴灰色宽边礼帽，手握一根棕榈木手杖。当然，兜售打火机的人不会看到这些……"我不抽烟。"他说。

"等一等。我断定你认识许多抽烟的人，买一个做送人的小礼物吧。"乞丐谄媚地说，"先生，你不会反对帮助一个可怜人吧？"瞎子乞丐紧紧抓住帕森斯先生的袖子。

帕森斯先生叹了口气，用手在内衣口袋里摸出两张五角票来，放在乞丐手中。"当然，我会帮你的。你说得对，我可以把这东西送人。或许电梯司机会——"他犹豫了一下，不想显得粗鄙好奇，即使是同一个瞎眼小贩在一起，"你是不是完全失明了？"

乞丐把钱装进口袋，"14 年了，先生，"接着，又加了一句，带着一种神经质的自豪，"韦斯特伯里，先生，我过去也是其中一员。"

"韦斯特伯里，"帕森斯先生念叨了一遍这个名字，"噢，是的，那次化学爆炸……报纸多年都不提它了。当时它被认为是最大的一次灾难。"

"人们都把它忘记了，"乞丐疲乏地动了动双脚，"我讲给你听，先生，一个曾在韦斯特伯里待过的人不会忘记它。我看到最后一幕是化学药品商店里腾起一股浓烟，那些他妈的毒气从破窗户口直往外涌。"

帕森斯先生咳嗽了一声，但这个瞎眼小贩被自己戏剧性的回忆扣住心弦，而且，他想到帕森斯先生口袋里或许还有不少五角票子。

"想一想，先生，180 个人死亡，大约 20 人受伤，50 多个人失去双眼，像蝙蝠一样看不见东西——"他向前探摸着，脏手抓住帕森斯先生的上衣，"我讲给你听，先生，没有什么事比战争中发生的事更糟糕。如果我是在战争中失去双眼，那倒好了，我会受到很好的照顾。但我只不过是个工人，和化学药品打交道。我受伤了，你他妈的也能看见我受伤，而资本家还在发他们的财！他们入了保险，什么也不愁，他们——"

"入了保险，"帕森斯先生重复了一句，"是的，那正是——"

"你想知道我是怎样瞎的吗？"乞丐喊道，"喂，听听吧！"他的话语里满含着痛苦，但又带着一种讲故事的人常有的夸张味道。"当时,在化学药品店里,我最后一个跑出去。楼房在不断爆炸,跑出去就有了活的希望。许多人都安全冲出门,跑远了。当我冲到门口,正在那些大铁桶之间爬动时,后边有人揪住我的腿,说:'让我过去,你——'他也许是个疯子,可也说不清。我试图从心里宽恕他,先生。但他比我壮得多,他把我拉了回去,从我身上爬了过去!他把我践踏进尘埃里,出去了。我躺在那儿,毒气把我包围了,还有火在燃烧。药品在……"他咽下一口唾液——颇为熟练地抽动一下鼻子——满含着期望,默默无语地站着。他或许还会讲出下面的话来:"太不幸了,伙计,不幸极了,那么,我想——"

"这就是那个故事,先生。"

春风从他们身上拂过,温润,刺骨。

"不完全是。"帕森斯先生说。

瞎眼的小贩发疯似的颤抖起来:"不完全是?你这是什么意思,你——"

"故事是真的,"帕森斯先生说,"除去信口雌黄的部分。"

"信口雌黄的部分?"他粗野地哇哇叫着,"哎呀,先生——"

"我也曾在化学药品店里待过。"帕森斯先生说,"可事实和你讲的不一样,是你把我拉回去并从我身上爬过去的,是你比我壮,马克沃德特。"

瞎子好长时间站在那儿一动不动,只是一个劲地狠狠咽着唾液。最后,他忍着气说:"帕森斯,上苍有眼,上苍有眼!我还认为你——"接着,他又友好地嚷叫起来,"是的,可能,可能,但我却瞎了!我是瞎子,你一直站在这儿让我滔滔不绝地讲啊讲,你一直在嘲笑我!我真是瞎了眼啊!"

街上的行人都扭过头来瞪着他。

"你走开,我瞎了,你听见没有?我是——"

"算了吧,"帕森斯先生说,"别这样吵吵啦,马克沃德特……我也是瞎子。"

[美国]麦克金利·坎特/文,余振作/译

品读

　　帕森斯先生在灾难中被害瞎了眼睛,但面对生活,他认为"活着真是幸运",通过努力奋斗终获成功。马克沃德特为逃命不择手段,不但没有悔意,反而自暴自弃。两人命运截然不同,是因为他们对人性的善恶取舍不同而造成的。

　　故事在帕森斯先生说出自己也是瞎子时戛然而止,给读者留下了更多的想象余地,给人以新奇感。至此,联系全文,可以看出小说以"瞎子"为题,有两个含义:一是标题集中体现了人物特点,马克沃德特始终强调自己是瞎子,并想以谎言来博得别人的同情;帕森斯先生也是瞎子,但他努力奋斗终获成功,使自己的生命有了尊严。二是标题暗示小说的主题,鞭挞人性丑恶的虚伪者,赞扬身处逆境却自尊自强的人性光辉、道德美善者。

　　小说运用对比手法表现人物。帕森斯与马克沃德特形成鲜明对比,外貌对比:马克沃德特的又脏又丑与帕森斯的俊雅脱俗形成对比。德行对比:马克沃德特的伪善自私与帕森斯的真诚善良形成对比。人生态度对比:马克沃德特的自暴自弃与帕森斯的自尊自强形成对比。

沉钟（节选）

◇[德国]霍普特曼

读点

富有象征性、暗示性是本剧的突出特点。
语言充满诗意美，洋溢着的律美。
层层铺垫，渲染感情，感人至深。

剧情介绍：

受人尊重的有名的铸工海因里希铸成一口大钟，当他用马车载着大钟登山送往教堂时，车子被怕听钟声的山中的森林之魔推翻了，海因里希和大钟一起滚落到谷底。遭难的海因里希被山中女妖罗登德兰救起，两人一见钟情。

村人上山，救出海因里希，将他送回家中。他回家后，因与女妖罗登德兰分开而丧失了创造的激情，陷于绝望，以致奄奄一息。海因里希走后，女妖莫名地悲伤，便决定去寻找他。此时，女妖化为女仆，她的爱令海因里希起死回生。恢复了生命活力和艺术创造力的海因里希跟随罗登德兰回到山上。他在爱的力量的驱使下，决心再铸一口神奇的大钟。

水怪尼格尔曼和森林之魔都爱慕罗登德兰，因此非常仇视这个来自人间的铸工海因里希。以牧师为首的村人寻上山来，劝海因里希回到教堂和民众中去。但海因里希和女妖把他们打了回去。海因里希对牧师说，他铸新钟是为了爱。他要让新铸的巨钟给人们报告世界上新光明的出世。

夜晚，牧师怂恿村人上山闹事，又被他打了回去。黎明时分，海因里希梦幻般地看到爬上山来的他的两个孩子。海因里希得知，他的妻子玛格达已在那沉钟的湖上投水自尽了，尸身与那只沉钟相触碰，发出强大的钟声。海因里希受到极大震动，便抛弃女妖，随孩子下山。深爱海因里希的罗登德兰悲痛欲绝，她跳入井中，嫁给了水怪尼格尔曼。

海因里希回村后，却为村人所仇视，大家要杀他泄恨，他又逃回山上。然而，铸钟的工场已被森林之魔焚毁，罗登德兰也已与水怪结婚。海因里希感到自己已经走上了末路，心力交瘁。此时此刻，海因里希多么希望能再见罗登德兰一面。在老妪的帮助下，濒死的海因里希终于唤来了罗登德兰。女妖也非常感伤，亲吻着他，此刻，海因里希终于听到了太阳的钟在敲响，他喃喃地呼唤着太阳,死在了女妖的怀中。

　　本文节选的是《沉钟》第四幕中海因里希在他打退上山闹事的村民到他离开铸钟工场期间与女妖罗登德兰的一段对白。

	[尼格尔曼退去。海因里希再登场。为着战斗而现出兴奋与夸耀胜利的狂笑。	批:海因里希深爱罗登德兰,打退了村民,他又能和所爱的人在一起,心里自是十分兴奋。
海因里希	他们像狗仔似的跑来了——像狗仔似的,我用火把将他们撵走了,我滚下大块的花岗石结果他们,没有压倒的全逃了。拿一杯酒来! 战斗是舒畅心胸,胜利锻炼钢铁,热血在沸腾,脉搏在狂跳,战争决不令人疲乏。战斗给人以十倍力量。爱也罢,憎也罢,都须再新一下!	批:把村民比作狗仔,而且反复强调,充分表现了他对村民干扰他和女妖的爱情的愤怒之情。 批:诗化语言,简短有力,掷地有声,抒发战斗豪情。
罗登德兰	喏,海因里希,请喝吧!	
海因里希	唔,拿到这儿来! 现在我又渴望着酒和光,渴望着爱和你了! (饮)我也要把它献给你,风那样轻盈的妖魔之精,用这酒,我要和你重新结婚。跟你失了和的创造者,他一定要蜕化成尘埃,不能不为地球的重量所压抑——请别离弃我吧。你是我灵魂的羽翼,嗳,请别离弃我呀!	批:倾诉肺腑,表达深挚爱情,感人至深。
罗登德兰	只要是你不把我离弃……	批:这是罗登德兰的肺腑之言。
海因里希	上帝给我们保卫! ——奏音乐吧!	
罗登德兰	跑来! 跑来! 我的小百姓! 从山峡、山孔、罅隙跑过来呀! 让我们同祝这胜利的节日! 奏响你们的乐器! 笛子与提琴,奏起来呀。我要跳一下旋转而躲闪的舞,萤儿放出绿光——舞旋并不停止——我添上我那皱缩的鬈	批:呼唤自己的臣民来同祝、奏响各种乐器,自己跳起舞来,这是胜利后能和所爱的海因里希在一起的由衷的高兴。

	发,以灿烂的轮桥当作冠冕,我不想再拿法莱雅的项链来做装饰了……	
海因里希	静一会儿!我是什么呢?……	批:巧妙转折,引出下文。
罗登德兰	怎么的?	
海因里希	你没有听到那个吗?	批:暗示他的妻子投湖自尽,撞响了湖底的沉钟。
罗登德兰	要我听到什么?	
海因里希	没有什么。	
罗登德兰	怎么啦,你?	
海因里希	我不晓得混在你的狂醉的歌声中,有一种音调……一种响声……	
罗登德兰	什么声音?	批:疑惑中又伴着担心。
海因里希	叹息的声音……一种埋没了许久的声音……别担心。好的,没有什么的。到我这儿来,把你那深红的樱唇之杯献过来,这是无论怎么喝也喝不干的杯——把这陶醉之杯献下,我就仿佛消失了一样!(他们接吻。一个长时间的沉寂——随后他们俩紧挽着走出门去——眺望的对象渐次为巨大的山景所掩住。)瞧呀,空间是深广而巨大地层开着,凉爽正向人间所住的谷中扩张着。我是人间的一分子。你懂得吗?那下面一半可说是异乡,一半也可说是故国——这上面一半可说是故国,一半也可说是异乡……你懂得这一点吗?	批:道出潜藏心底里的不自觉的叹息,但又不愿破坏了这欢庆的氛围和爱人的好心情。

批:人与妖只要真爱,也可以像人间情侣一样相偎相依。

批:虽沉迷于与女妖的爱情,但毕竟始终没有忘本。 |
罗登德兰	(低声地)唔唔。	批:理解爱人的心情,但又不愿意再添愁,只好无语了。
海因里希	你说这话的时候,怎么做着那个美妙的眼色?	
罗登德兰	我害怕一件东西。	
海因里希	怕什么?	
罗登德兰	怕什么,我也不知道。	

海因里希	什么也没有哩。来吧,休息一会儿—— (当他领她进岩门时,他又突然站住, 反身后转)挂在空中的月儿,脸颜好 似白铅粉,只要你不用冰冻的宁静的 光辉,照射于万物之上——于我爬上 来的平原,那么光明一定不会普照大 地!因为灰色的雾幕遮蔽了一切, 我就看不见了……哎哟! ——什么 也没有——你呀,你什么也没听见 吗?	批:海因里希的情绪总是在瞬间变 化,一来他真挚地爱罗登德兰, 二来总有一种莫名其妙的预感 在影响着他。
罗登德兰	不不!没有什么?可是你说的话我不 懂!	批:海因里希的反应预示将有意想 不到的事情出现。
海因里希	现在也还一点儿没听见吗?	批:呼应前文,引出下文。
罗登德兰	你说我将听到什么?我听到秋风吹过 荒芜的野草间,我听到山鹰呼唤渔舟, 我还听到你用奇妙的神态说奇妙的 话,谈着远方的异样的声音。	批:罗登德兰的不知不觉,并非是 不关心海因里希,只是海因里 希的心灵感应,只有他个人才 能感知。
海因里希	那下面,那对面,月儿的血色似的光 ……你看见了吗?月光反映在水面 上——	
罗登德兰	什么也没看见,什么也没有!	
海因里希	用你的鹰眼——还不能看见什么吗? 难道是那样地瞎了眼吗?那边慢吞吞 地跑上来的是什么呀?那样费劲、那 样踟蹰地?	批:盾问中伴着生气。
罗登德兰	胡说,只不过是胡说呀!	
海因里希	绝不是胡说!静些,静些吧!那并不 是胡说——是这样确凿的事,我可以 求上帝的宽宥,那样确凿。而今,他们 已经攀到那石上,那靠近山径上面的 大石块了——	批:海因里希绝非胡说,而是确有 其事。 批:海因里希依稀而似分明地感知 到孩子的到来。
罗登德兰	不好再看哪!我把门闭上,用尽力量	批:罗登德兰以为是村民来偷装。

	来救你吧！	
海因里希	不,听我说！我必须看看他们,我想要看看他们！	
罗登德兰	瞧呀,缥缈的白云打着旋涡,它要卷入那巍峨的岩釜中去——像你这般柔弱的身体,别跑进那圈子里去啦！	批:这是发自内心的关心。
海因里希	我并不柔弱。没有什么的。他们已经跑过去了。	
罗登德兰	那好极了！你又可以做我们的君主,我们的师父了。无情的幽灵不能吹散你的力量！握住铁锤,重新努力去捶打呀！……	批:为海因里希的平安而欢呼。
海因里希	你终究没有见到吗？他们渐爬渐高了。	批:"他们"出现,自然转折。
罗登德兰	哪里？	
海因里希	那边,爬上了狭隘的岩路上——只穿了一件衬衣……	批:一个"只"字,海因里希对来人的关爱之情立刻显露出来。
罗登德兰	是谁呀？	
海因里希	赤脚的孩儿们。提着一把小壶,沉甸甸的——非得互相替换着用他们的膝踝,小小的赤裸的膝踝承托着不可……	批:个性化的肖像描写,如见其人。
罗登德兰	啊,你亲爱的母亲,帮助一下这可怜的孩儿吧！	批:女妖也同样富有同情心。
海因里希	在孩子们头上,圣光向四周辉耀着……	
罗登德兰	是鬼火在愚弄你呀！	批:就其妖怪身份而言,这话绝非臆断。
海因里希	不对！合拢你的手掌！唉,你瞧……你瞧……他们在那儿……	
	[他跪下。同时两个小儿像幻影似的尽力提着水瓮走过来。他们只穿着一件汗衫。	批:孩子终于出现了,说明海因里希之前的感觉绝非幻觉。
第一个小孩	(用嘶哑的声音)爸爸！	批:摄人心魄的呼唤。

海因里希	啊,孩子。	
第二个小孩	妈妈叫我问候你。	批:海因里希虽然沉迷于女妖,但妻子仍然关心他、爱着他。
海因里希	谢谢,亲爱的孩子。妈妈好吗?	
第一个小孩	(缓慢地,悲痛地,一句一句地用力说出)妈妈还算是好的。	批:复杂、矛盾、沉痛的心情;"还算",弦外有音!
	〔从谷底传来那几乎听不见的钟声。	批:再暗示妻子的尸首撞响了湖底的沉钟。
海因里希	你们带着什么来的?	
第二个小孩	一个罐子哪。	
海因里希	拿来给我的吗?	
第二个小孩	是的呀,爸爸!	
海因里希	罐子里装了些什么,孩子们?	批:引出下文。
第二个小孩	咸的东西。	批:"咸的"是什么?一层渲染。
第一个小孩	苦的东西。	批:"苦的"是什么?二层渲染。
第二个小孩	是妈妈的泪哪。	批:点破真相,震撼人心。这也促使海因里希下决心离开女妖。
海因里希	天呀!	
罗登德兰	你在那里看些什么?	
海因里希	他们,孩子——他们,孩子——	批:心碎之语!
罗登德兰	谁呀?	
海因里希	你没有眼睛吗?是他们,孩子呀!嗳嗳,你们妈妈如今在哪里?	批:因心疼而发怒。
第一个小孩	妈妈吗?	
海因里希	啊啊——在哪里呀?	
第二个小孩	在湖底水玫瑰花那边。	批:纵然自尽,仍盼丈夫回心转意。
	〔这时从谷底发出强大的钟声。	批:环境渲染,增强悲剧性。
海因里希	钟啊……钟响了……	
罗登德兰	到底是什么钟呢?	
海因里希	是埋沉了的老的钟响了……它现在响了!是谁替我敲响的?唉,我不要听……不要听。救救我,救救我呀!	批:这撞击人的心灵的沉钟!
罗登德兰	静一静,海因里希!海因里希!	批:呼唤中显出深深的爱。
海因里希	它响了……上帝保佑我!是谁替我敲响的呀?听着,那轰响,埋没了的声	批:妻子为爱而自尽,以生命的代价撞响了沉钟,怎能不震撼人

音,它的声势像雷鸣那样弥漫——它越来越大,更凄凉地高涨起来了——(向罗登德兰)我憎恨你!我要把你唾弃!退去吧!我要打你,妖媚的淫妇!滚吧,该诅咒的妖精!连你、连我、连我的工作,一切都是该诅咒的——啊!我在这儿——这儿!我要走……要走呀!上帝哟,可怜我吧!(他一跳一顿,一跳一顿缓缓地退场)

罗登德兰 静一静,宽宽气吧,海因里希!留在这儿呀!——啊,你去了……去了。

(谢炳文/译)

批:短句、排比、层递等手法写出了海因里希的激动、暴躁、愤怒、愤恨等情绪,如激流、瀑布般倾泻而出,也突出表现出这愈来愈高涨的钟声对其产生的巨大震撼力!

心呢?

批:安慰、挽留、绝望、心碎在瞬间演绎了出来。

艺术创造与社会现实的冲突

盖哈特·约翰内斯·罗伯特·霍普特曼(Gerhart Johann Robert Hauptmann,1862年11月15日~1946年6月6日),德国剧作家、诗人。1912年,因"在戏剧艺术领域中丰硕、多样的出色成就"而获得诺贝尔文学奖。

霍普特曼早期文学创作主要表现为自然主义,主要作品有他的第一部戏剧也是成名剧作《日出之前》(1889)和他的最重要戏剧作品《织工》(1893)。他后期文学创作主要表现为象征主义,在戏剧《獭皮》(1893)遭受批评之后,他的创作从现实主义题材转向了神话、宗教和童话等象征主义题材,主要作品有戏剧《翰奈尔升天》(1894)、《沉钟》(1896)、《大老鼠》(1911)等。

《沉钟》这段台词充分表现了一种朦胧的神幻构思,海因里希狂欢胜利,扑朔迷离显示出他飘游的思绪和性格的变化。作者运用梦幻形式表达了他内心的矛盾冲突——艺术仙境与尘世思念的冲突,也即理想与现实的冲突。

欣赏本文台词乃至全剧,首先要弄清该剧中出现的象征体——未铸成的"钟"和"女妖"的象征意义。"钟"象征着艺术和创造的理想境界,"女妖"象征着超越现实的理想的"爱"。海因里希因女妖的爱情而生发创造力,这意味着:艺术是一种真爱的境界,创造是一种无世俗羁绊的艺术,真正的艺术创造是与爱结合在一起的。

但是,海因里希尘世上还有妻子,村人的闹事生非、愚昧无知,跟着牧师反对他铸钟,这一切抑制了他的艺术创造力,因而他无法从事艺术创造。这就暗示:真正的艺术创造又是与现实的社会相矛盾的。如何解决这一矛盾？海因里希只有割断一切世俗的感情,不怕村人的压迫,和女妖爱到底,才能把真钟铸成。

海因里希他绝望他痛恨,但同时又无法摆脱尘世的感情:妻子投湖自尽,孩子寻找父亲,他又很受感动,同时又痛恨女妖,可他又的确深爱女妖。这样矛盾的心理在这段梦幻的对白中表现得淋漓尽致。他狂欢时称罗登德兰是他灵魂的羽翼。他永远不离弃她,但是他听到了"叹息的声音",他感觉到了一种尘世的羁绊。当他的孩子叫他"爸爸"时,告诉他罐里装的是妈妈的眼泪,他被妻子的投湖真情和钟声感动了。于是,他的灵魂进行着强烈的搏斗:他不要听,他求女妖救救他,又诅咒,痛恨女妖;他想留在这儿,又想要走……艺术创造与现实世俗分裂着他的灵魂,这就是悲剧感人至深的力量。

最后的结局表明,现实与艺术格格不入,海因里希回到现实却得不到世俗承认,他最后选择了艺术,却是用死亡和悲哀绝望的方式选择了死在女妖怀里。这个主题与生活中事业与家庭,理想追求与现实羁绊的冲突一样,都带有某种牺牲的悲剧色彩。(子夜霜)

芳草地

时钟

中国人能在猫眼里看到时辰。

有一天,一个传教士在南京城外散步时,发现自己忘记带表,于是他问一个小孩子那时是什么时候。

天国的顽童起初犹疑着,随后,他高兴起来,回答道:"我就来告诉你。"过不多久,他回来了,怀里抱着一只很大的猫,他正面注视着它,毫不踌躇地断定道:"现在还没有完全到正午。"他的话是没有说错的。

至于我呢,如果我向那漂亮的慧灵,那名字取得那么恰当,那女性的光荣,同时又是我的心的骄傲,我的精神的芳香的慧灵,俯下身子时,不论是在夜晚,或是白天,在辉煌的阳光底下,或是暗黑的阴影里,我始终在她那对可爱的眼睛的深处,分明地瞧出时辰,一种老是相同的、渺茫的、庄严的,和空间一样大的,没有分和秒的区别的时辰———一种在时钟上看不出来的,静止的,却又像一口气一般轻微,一闪眼一般迅捷的时辰。

当我的眼光落在这愉快的时钟面上时,如果有什么讨厌的人来打扰我,如果有什么无礼的、没有涵养的精灵,有什么时机不好的魔鬼跑来对我说:"你这样聚精会神地在那儿瞧着什么? 你在这人的眼睛里寻找什么? 你在那里看到时辰吗,放荡而又怠惰的人啊?"我会毫不踌躇地回答:"是啊,我看到时辰,那即是永恒!"

这不是一首确有价值的,并且和你本人一样夸大的情歌吗,太太? 因为我绣造这篇矫饰的媚辞时,曾经那样高兴过,所以我绝不问你要什么来作交换。

[法国]波德莱尔/文,黎烈文/译

品 读

《时钟》是赞美永恒爱情的一篇佳作。法国人常把"猫"用作双关语,它既是指猫这种动物,又包含有"温顺者""恋人"或"心爱者"的意思。文中"慧灵",又是"猫"的同义词。写"慧灵"的眼睛时,其中隐喻自然是令人心领神会的。这篇短文通篇见不到"恋人""爱情"之类字眼,可谓"不明",但读者都能明白"永恒"是说爱情的,又可谓"明"。"不明"在外,"明"在其内,作者将隐喻艺术运用得恰到好处。

动物园的故事（节选）

◇［美国］爱德华·阿尔比

读点

叙述荒诞的故事，折射现实的问题：人与人之间
  是隔阂的。
步步紧逼与无处可退的强烈对抗的艺术。
呵痒的打趣与对抗的血腥相映成辉。

剧情介绍：

故事发生在一个星期天的下午。

三十六七岁的流浪汉杰利来到中央公园，看到坐在长凳上正悠闲自得地看书的衣冠楚楚的四十出头的彼得，便试图与他交谈。杰利先询问彼得的家庭、他的孩子和妻子，以及他所养的猫和鹦鹉。然后，杰利又问他喜欢哪些作家。

后来，杰利接着就开始介绍自己。他介绍了自己租住的寄宿公寓，还有一些其他的房客。他们互不往来。然后，杰利向彼得介绍自己游动物园的感受，认为人类同动物园里的动物一样，相互间是被栅栏隔开的。

彼得开始感到局促、困惑，最后终于不知不觉地领悟到他的家庭实际上也是个动物园，他表面上好像很满足，内心却空虚、苦闷。但由于彼得对他人漠不关心，除了最肤浅的敷衍之外，并没有任何有深度的反应。

杰利在作大段的独白，讲他渴望与人甚至东西甚至房东的小狗有某种感情交流。然而，令人沮丧的是任何人甚至动物都拒绝与他有精神上的交流，彼得也不例外。

绝望中，杰利为了打破与彼得之间的隔阂以求得"沟通"，便蛮横地把彼得从长凳上挤开，并扔给彼得一把短刀，挑动彼得跟他决斗。当彼得拿起短刀自卫时，杰利自己就扑上去，迫使彼得杀了他。杰利最终用自己的生命使彼得与自己有了交往。

本文节选的是杰利与彼得争夺长椅以致自刺身亡的精彩对白。

彼得　我真的该回家了,你知道……

杰利　[用手指在彼得的胁下呵痒(注:呵痒,一种玩笑动作。呵手搔人腋窝或腰际易痒处,使其发笑)]啊,得了。

[彼得非常怕痒,在杰利继续呵痒时,他的声音变成一种不自然的假声了。

彼得　不,我……啊呵呵呵呵呵呵!别那样,住手,住手。喔呵呵呵!别,别。

杰利　啊,得了。

彼得　(杰利还在那里呵痒)啊,嘻,嘻,嘻。我得走了。我……嘻,嘻,嘻。不管怎么说,住手,住手呀,嘻,嘻,嘻。不管怎么说,长尾巴鹦鹉一会儿就要把饭准备好了。嘻,嘻。猫儿在摆饭桌了。住手,住手,而,而且……(现在他控制不住自己了)……我们将……嘻,嘻……呃……呵,呵呵。

[杰利住了手,但是呵痒再加上他自己疯狂似的怪念头,使彼得几乎是歇斯底里地笑着。随着彼得笑声的延续和随后的逐渐消失,杰利带了一种好奇的固定不变的微笑,一直在观察着。

杰利　彼得?

彼得　唔,哈,哈,哈,哈,哈。什么?什么?

杰利　喂,听着。

彼得　啊,啊,啊。什么……什么事,杰利?啊,我的天。

杰利　(神秘地)彼得,你想知道动物园里发生了什么事吗?

彼得　啊,哈,哈。什么事?啊,对了,动物园。啊,啊,啊。我有一阵子有过自己的动物园……嘻,嘻,长尾巴鹦鹉在那儿准备开饭,那个……哈,哈,不管那是什么……那个……

批:杰利是一个成年人,却在公园里对也是成年人的彼得呵痒,行为举止的确怪异。这也是他渴望与人交流的一种方式。

批:举止优雅显得有修养的彼得止不住地笑,且一再制止杰利呵痒,可见杰利呵痒之狂,确实有些过分了。

批:说明杰利一直关注着彼得,交流之心可谓迫切。

批:一连串的"哈"声表现出彼得的不耐烦。

批:故意引诱彼得进入话题和自己交流,也给对方留个悬念。

杰利	（冷静地）是的，这很滑稽，彼得。我本来怎么也没料到。但是，你要听动物园里发生的事吗？要还是不要？	批：潜台词是"不听就继续呵斥"。
彼得	要的，要的，当然是要的。告诉我动物园里发生了什么吧。啊，我的老天，我不知道自己是怎么了。	批：彼得进入杰利设计好的话题，但他并不知道这是事先设计好的。
杰利	现在我要让你知道动物园里发生的事。但是，首先我得告诉你，我为什么去动物园。我去那儿是为了更深入了解人和动物共同生存的方式，动物和动物以及动物和人的共同生存的方式。由于所有的生物都用栅栏彼此隔开，动物之间绝大部分是相互隔开的，人和动物也总是隔开的，我这样的考察可能是不够典型的。但是，既然是个动物园，情况就是这样的。（他捅捅彼得的胳膊）坐过去。	批：理解杰利怪诞行为的关键语句。他招惹彼得，就是希望人与人之间没有这道"栅栏"。 批：开始发起挑衅。
彼得	（友好地）对不起，你地方不够吗？（他挪过去一点）	批：彼得很客气，毕竟还是一个"文明人"。
杰利	（稍稍地微笑）喔，所有的动物都在那儿，所有的人都在那儿，这是星期天，孩子们也都在那儿。（他又捅彼得）坐过去。	批：再次挑衅。
彼得	（耐心地，仍然友好地）好吧。	批：彼得还算客气。
	［他又挪过去一点，现在杰利的地方足够了。	批：言外之意，杰利不应当再挑衅。
杰利	天气很热，因此那儿臭气冲天，还有所有卖气球的，卖冰淇淋的，也都在那儿。所有的海豹都在吼，所有的鸟儿全在叫。（更用力地捅彼得）坐过去！	批：挑衅的动作更厉害，挑衅的语气更严厉！
彼得	（开始着恼）瞧瞧，你占的地方已经绰绰有余了！（但他还是坐过去了，现在他相当局促地缩在长凳的一头上了）	批：彼得有些生气，人的忍耐毕竟是有限度的！
杰利	我也在那儿，在狮房里，正好是喂食时间，管狮子的人到狮笼里去，到其中一只狮笼里，去喂其中的一只狮子。（用力捶打彼得的胳膊）	批：从"捅"到"捶"，挑衅不断升级。

坐过去！

彼得　（非常恼火）<u>我没法挪了。别打我，你这是怎么了？</u>　　　　　　　　　批：彼得终于忍不住了，开始盾问，但没有开始实施武力。

杰利　你想不想听故事？（又捶打彼得的胳膊）

彼得　（大吃一惊）<u>我不一定那么想听，但我肯定不要人家捶打我的胳膊。</u>　　　　　　　批：表明自己可以听，但不能再容忍挨打。

杰利　（又打）像这样打吗？

彼得　<u>住手。你是怎么回事？</u>　　　　　　批：呵斥中又有克制！

杰利　<u>我发疯了，你这狗杂种。</u>　　　　　批：真是发疯了，开始破口大骂。

彼得　这可不是好玩的。

杰利　听我说，彼得。我要这条长凳。你去坐那边的凳子。<u>如果你乖乖的，我就把故事讲完。</u>　　　　批：目的还是为了交流。

彼得　（心慌意乱地）但是……这究竟为什么？你这是怎么了？<u>再说我也不明白干吗我非得放弃这条长凳不可。天气好的时候，我几乎每个星期天下午都坐在这条长凳上。这儿僻静，从来没人上这儿坐，所以就我一人占了。</u>　　　　批：反驳得有理。彼得对杰利侵入自己的私人空间表现出了非常的不快。

杰利　（柔声细气）<u>从长凳上滚开，彼得，我要它。</u>　　　　批：声音虽柔细，话语却令人难以接受。

彼得　（几乎哀叫了）不。

杰利　<u>我说了我要这条长凳，我决心要占住它，现在你给我上那儿去。</u>　　　　批：可谓霸道！

彼得　<u>人不可能要什么就有什么，这个你总该知道，这是一条规律。人可以拥有他所想要的一部分东西，但是不可能一切都有。</u>　　　　批：依然在讲理。

杰利　低能儿！你这个迟钝的笨货！

彼得　<u>别来这一套！</u>　　　　批：话语开始反击了。

杰利　你是根木头，去躺在地上吧。

彼得　（紧张地）<u>现在你听我说，我容忍你一下午了。</u>　　　　批：彼得忍耐到了极限。

杰利　不见得。

彼得　够长的了，我忍受你的时间够长的了。我一直听你说，是因为你好像……唔，因为我认为<u>你想和别人谈谈。</u>　　　　批：点到了问题的实质。

杰利　你真会说,很简洁,而且,可是……啊,我要用
　　　什么话来公正评价你的……耶稣,你令人作
　　　呕……<u>滚开,把我的长凳给我。</u>

批:杰利故意激怒彼得。

彼得　是我的长凳!

杰利　<u>(差一点儿没把彼得从凳子上推下去)给我滚
　　　开。</u>

批:言行不仅没有收敛,反而继续
　　升级!

彼得　<u>(重新坐稳)你这混……蛋,够了!我受够你
　　　了。我决不放弃这长凳,你不能占有它,就是
　　　这话。喂,走开。</u>
　　　〔杰利鼻子里哼了几声,但没动。
　　　<u>我说了,走开。</u>
　　　〔杰利不动。
　　　<u>从这儿滚开。如果你不走……你就是个流氓
　　　……就是流氓……如果你不动,我要叫警察
　　　来把你赶走。</u>
　　　〔杰利笑起来,仍待着不动。
　　　<u>我警告你,我要叫警察了。</u>

批:彼得言行开始了反击,矛盾很
　　快就要彻底激化了。

批:彼得很生气,但没有大打出手,
　　就想到一个文明的解决问题的
　　办法——叫警察。

杰利　<u>(柔声细气地)附近你找不到一个警察。</u>他们
　　　全在公园西头,正在把小精灵从树上或灌木
　　　丛里赶出来呢。那是他们所做的唯一事情。
　　　这就是他们的职能。所以你尽管把嗓子喊破
　　　好了,这对你没有一点好处。

批:"柔声细气"实则是一种嘲弄。

彼得　<u>警察!</u>我警告你,我要让你给抓起来。<u>警察!</u>
　　　(停顿)<u>我说警察!</u>(停顿)我感到真可笑。

批:警告无效叫警察,叫警察无应
　　答,便降低激烈情绪而自嘲。

杰利　你的样子才可笑呢:<u>在阳光明媚的星期天下
　　　午,一个成年人,也没人伤害他,居然在公园
　　　尖声叫喊警察。</u>要是有那么一个警察真的执
　　　行了他的职责,朝这里踢踢踏踏地走来,他也
　　　许会把你当作一个疯子抓进去。

批:杰利的话不无道理,"没人伤
　　害",只是为了长凳,警察的确
　　不会管这无聊的事情。

彼得　(又厌恶又无可奈何)伟大的上帝啊!我只是
　　　<u>上这儿来看书的,现在你却要我放弃长凳。</u>
　　　<u>你疯了。</u>

批:失去自己宁静的私人空间,彼
　　得非常生气。

杰利	<u>就像人们说的,我有条新闻要告诉你,我就坐在你这条宝贝长凳上,你永远再也得不到它了。</u>	批:显得有些无赖。
彼得	<u>(勃然大怒)你小心点!从我长凳上滚开。我才不管这有没有道理呢。我自个儿要这条长凳,我要你走开。</u>	批:彼得被激怒了。
杰利	(嘲弄地)哟——看看到底是谁疯了。	
彼得	滚开!	
杰利	不。	
彼得	我警告你!	
杰利	<u>你知道你现在这副样子有多可笑吗?</u>	批:对警告不屑一顾。
彼得	<u>(完全被狂怒和羞愧控制了)我不在乎。(几乎在哭了)从我凳上滚开!</u>	批:彼得彻底被激怒,无法控制自己。
杰利	为什么?<u>你已经有了这个世界上你所要的一切。你对我谈了你的住所,你的家,和你自己的小动物园。你有了一切,而你现在还要这条长凳。人们为之奋斗的难道就是这些东西吗?告诉我,彼得,这凳子,这铁架,这木条,就是你的荣誉所在吗?这就是你在世界上愿意为之斗争的东西吗?你还能想得出比这更荒唐的事吗?</u>	批:这段话是有深刻含义的,长凳象征着人在生活中的地位,杰利要把麻木不仁的彼得从长凳上挤下来,就是要使他意识到自己的地位受到威胁。他就是要迫使从不越轨的彼得突破习惯的束缚,起来保卫自己的权利,从而推倒他与彼得之间的"栅栏",和他沟通。
彼得	荒唐?注意,我不打算和你谈论荣誉,甚至不想向你解释。况且,这也不是有关荣誉的问题,即便是,你也理解不了。	
杰利	(轻蔑地)你甚至连自己在说什么都不知道,对吗?也许这是你有生以来第一次碰上比倒小猫便盆更麻烦的事吧?蠢货!其他人需要什么,难道你就不知道,连一丁点儿都不知道吗?	
彼得	噢,伙计,听你说的。得了,你不需要这条长凳。这是肯定无疑的。	
杰利	不,不对,我需要它。	

彼得	（哆嗦着）我到这儿来有几年了。我就在这儿度过许多非常愉快、非常称心的时光。而这对于一个人来说是重要的。我是一个认真负责的人，我是一个成年人。这是我的长凳，你没有权利从我这儿夺走。	批：彼得仅有的所谓的愉快时光也即将不复存在。
杰利	那么，就为它而斗争吧。保卫你自己，保卫你的长凳。	批：杰利进一步接近自己的目的：迫使彼得起来保卫自己的权利。
彼得	你逼得我走这一步的。站起来，咱们打吧！	
杰利	像一个男人似的打一架？	批：盾疑中带着挖苦。
彼得	（仍然怒气冲冲）是的，像个男人似的打一架，要是你非继续挖苦我不可的话。	
杰利	有一点儿我没法不佩服你：你确实是一根呆木头，一根稍微有点近视的呆木头，我认为……	批：杰利从讽刺的反面角度刺激彼得。
彼得	够了……	
杰利	……但是，你知道，就像电视上老说的：彼得，我真的这么认为，你有某种威严，它使我感到惊奇……	批：杰利从赞赏的正面角度刺激彼得。
彼得	住口！	批：彼得彻底被激恼了！
杰利	（懒洋洋地站起来）很好，彼得，我们将为这条长凳搏斗，但是我们并不是势均力敌的。 〔他掏出并打开一把模样难看的短刀。	批：处尊养优的彼得的确不是历经磨难的流浪汉杰利的对手。
彼得	（突然认识到情况的严重性）你疯了，你不折不扣地彻底疯了！你居然要杀我！ 〔但是，在他还没来得及想该怎么办时，杰利就已经把刀子扔在他的脚旁。	批：面对死亡威胁，彼得怎能不害怕？ 批：杰利是让彼得用刀，以使彼得有勇气与他决斗。
杰利	去把刀捡起来！你拿着刀，这样我们力量均衡些。	
彼得	（吓坏了）不！ 〔杰利冲向彼得，抓住他的衣领，彼得站起来，两个人的脸几乎挨着了。	批：逼迫彼得起来反抗。
杰利	你去把刀捡起来，和我搏斗。为维护你的自	批：杰利目的就是要打破他和彼得

尊心搏斗,为那该死的长凳搏斗!

彼得　(挣扎着)不!放……放开我!救……救命!

杰利　(每说一个"搏斗",打彼得一下耳光)你搏斗呀,你这个卑鄙的狗杂种;为长凳搏斗吧;为你的长尾巴鹦鹉搏斗吧;为你的猫儿搏斗吧;为你的两个女儿搏斗吧;为你的老婆搏斗吧;为你的男子气概搏斗吧。你这可怜的小呆木头。(唾彼得的脸)你甚至不能使你的老婆生个男孩。　　批:殴打、辱骂、利诱、侮辱等无所不用,杰利的目的就是激起彼得的男子汉气概,起来与他搏斗。

彼得　(挣脱开,怒不可遏)这是遗传学的问题,与男子气概无关,你……你这个恶棍。(他飞快地弯下身去捡起刀,往后退了一点,喘着粗气)我给你最后一个机会,从这儿滚开,别惹我!
　　〔他使劲握着刀,但胳膊远远地伸在身前,不是为了进攻而是为了防御。　　批:忍无可忍,开始自卫!

　　批:仍抱一丝幻想。

　　批:为了自卫!

杰利　(沉重地叹气)那么就这样吧。
　　〔他猛地向彼得冲去,让刀子刺进自己的身子。出现戏剧性场面:片刻间一切静止不动,杰利钉在彼得手中的刀上,彼得先是有力地握着刀,接着尖叫,松手倒退,刀留在杰利身上。杰利留在原地,一动不动,接着他也尖叫起来。这应该是一种受了致命伤的狂怒动物发出的声音。杰利身上带着刀子,踉踉跄跄回到彼得已经离开的长凳那儿,面朝彼得弓腰曲背,缩成一团地坐着,眼睛由于痛苦而睁大,嘴也张着。　　批:已经清楚彼得不会与他搏斗!
　　批:呼应他的叹息。

　　批:为了打破隔阂,付出的是生命的代价。

彼得　(耳语似的)啊,我的上帝,啊,我的上帝,啊,我的上帝……
　　〔彼得多次重复这几个字,讲得很快,杰利快死了,但现在他的表情似乎变了。脸部整个松弛了,虽然声音在不断变化,有时痛得声调都变了,但总的说来,他看上去好像是以置身　　批:为终于能沟通而欣慰。

<u>事外的态度对待自己的死亡的。</u>他微笑。

杰利 谢谢你,彼得。我现在是真心诚意的,非常感谢你。

[彼得张大嘴,动弹不得,他吓得呆住了。

啊,彼得,我刚才多么担心我会把你给逼走了。(他尽可能笑得像样)你不知道我刚才多么担心你会走开,把我撂下。<u>现在我要告诉你动物园里发生了什么事。我想……我想这是动物园里发生的事……我想。我想我是在动物园里决定朝北走的……是朝北方向,更确切地说一直到我找到你……或者某个人……我决定和你谈谈……我要告诉你一些事,我告诉你的事会……</u>唔,我们在一起了。你明白不? 我们在一起了。但是……我不知道……这一切会不会是我预先计划好的? 不……不,我不可能那样做。但是我认为我做了。现在我已经把你想知道的告诉你了,对吗? 现在你对动物园里发生的一切都知道了。你知道你会在电视里看到什么了吧,还有我告诉你的那张脸……我的脸,你现在看见的这张脸。彼得……彼得……彼得……谢谢你。我来找你,(他笑了,声音那么低弱)你安慰了我。亲爱的彼得。

批:杰利终于达到了自己的目的,以死来彻底地否定他所生活的世界。动物园的故事也有了结局,谜底揭开,一切都是杰利设计好的。

彼得 (几乎昏过去)唔,我的上帝!

杰利 <u>你最好现在走吧。也许会有人走过,而有人来的时候,你不会愿意还在这儿的。</u>

批:看似凶悍,其实心地善良!

彼得 (没动,但开始啜泣)唔,我的上帝,唔,我的上帝。

杰利 (已经奄奄一息,声音极其微弱)彼得,你再也不会回到这儿来了,你的东西已经被夺走了。<u>你失去了你的长凳,但是维护了自己的荣誉。</u>彼得,我现在要告诉你一些事。你真的不是

批:维护荣誉、尊严有时是要付出代价的。

根呆木头;没关系,你是个动物。我也是个动物啊。但是你最好快点走吧,彼得。快点,你最好走开……明白吗?

［杰利拿出一块手帕,带着极大的痛苦,非常费劲地把刀把上的指纹擦干净。

快走开,彼得。

［彼得开始摇摇晃晃地走开。

等等……等等,彼得。把书拿走……书。在这儿……在我身边……在你的凳子上不如说,我的凳子……来……拿你的书。

［彼得开始朝书走过去,但又往后退。

快点……彼得。

［彼得冲向长凳,抓住书,后退。

好极了,彼得……好极了。现在……快走开。

［彼得犹豫了一下,然后朝台左面飞奔。

快走开……(他的眼睛现在闭上了)快走开。你的长尾巴鹦鹉在准备开饭……猫儿在摆饭桌……

彼得　(在台后,一种可怜巴巴的号叫)啊,我的上帝。

杰利　(眼睛仍然闭着,摇摇头,说话,声调里混合着轻蔑的模仿和祈求)唔……我的……上帝。

［他死了。

　　　　　　幕落

（郑启吟/译）

批:免得自己的自杀式的死连累了彼得。

批:奄奄一息也不忘提醒彼得不要留下任何"把柄"。

批:为彼得带走于他不利的证据而欣慰。

批:为了"沟通",他付出了生命的惨痛代价!

一出荒诞不经的独幕剧

　　爱德华·阿尔比(Edward Albee,1928 年 3 月 12 日~　　　),美国荒诞戏剧代表作家之一。代表作品有独幕剧《动物园的故事》(1958)、多幕剧《谁害怕弗吉尼亚·伍尔芙?》(1962)、《脆弱的平衡》(1966)、《海景》(1974)等。他的剧作在荒诞的形式和离奇的情节中,常包含发人深思的生活哲理或对社会问题的严肃嘲讽。他的后期作品不如早期剧作受欢迎,但他的作品始终以犀利的笔触剖析现代人的空虚心理和实际生活中的暴力表现,始终表现出一种睿智的幽默感和摄人心魄的震撼力。

《动物园的故事》是一出荒诞的独幕剧,作品看似荒诞不经,却尖锐地表现了现代生活的空虚、人际关系的隔膜。

剧情发生在动物园里,人物只有两个——彼得和杰利。杰利自幼丧失父母,贫困潦倒,孤独绝望,憎恨现实社会,和任何人都不能"思想沟通"。彼得是个有家室、有身份的中产阶级人物,有妻子、女儿,似乎一切都万事如意,但是他为躲避家庭的烦恼,每天只能在公园的长椅上找到片刻宁静,维持那自认为和谐的生活。

杰利是一个一无所有的流浪汉,他遇上彼得便攀谈起来。但是,彼得并不想听,他沉浸在自己的世界里。杰利却执意要讲,他也沉浸在自己的世界中。一个极力保护自己的私人空间,一个执意要侵入,于是矛盾被激化。彼得在杰利近乎强迫的交流中放弃对自己私人空间的固守,他的精神领地被侵入。

杰利想要彼得承认自己的生活不如意,他的地位并不总是很稳定。但是没达到目的。于是,杰利一步一步激怒彼得,让他和自己搏斗,他抢占长椅,击打、辱骂彼得,刺激彼得的男子汉气概,使之与他决斗。彼得虽然被激恼,但最终不敢与杰利搏斗。最后绝望的杰利借助彼得做了很圆满的自杀。

戏剧中的栅栏与长凳是具有象征意义的,栅栏象征着人与人之间的隔阂,长凳象征着人在生活中的地位。杰利要把麻木不仁的彼得从长凳上挤下来,就是要使他意识到自己的地位受到威胁。他就是要迫使从不越轨的彼得突破习惯的束缚,起来保卫自己的权利。杰利实际也是孤独的,正如躲到公园的彼得一样。孤独就需要交流。而现实是,人与人之间就像动物园里的栅栏一样,相互间缺乏交流。最后,杰利激起了彼得的愤怒,使得交流得以进行,从而推倒他与彼得之间的"栅栏",和他进行了沟通。不过,这个代价是巨大的,杰利付出了自己的生命。

故事看起来很荒诞,但在物质文明高度发达的现代社会却一再上演。(子夜霜、李荣军)

悲观也是福

多年前,我第一次在家乡公园里看走江湖的人玩把戏,那个人油嘴滑舌,手脚灵巧,飞快地把几个胡桃壳搬来搬去,然后问四周围观的乡巴佬:"哪个空壳子下面有一颗豌豆?"当时我对世上的坏事虽毫无所知,却突然提高嗓子尖声说:"说不定都没有。"

那个人狠狠地瞪了我一眼,随后又把我咒骂了一顿:"小姐、太太、老爷们,"他说,"这个小鬼啊,你们瞧,长大了一定是个哭丧鬼,悲观主义者。"

那时我还不懂什么叫悲观主义者,后来查字典,才知道那个人讲的一点都不错。字典上说:悲观主义者是"凡事都往坏处想,总以为结果一定不好的人"。这正是我的写照。我可不是存心要悲观,而是天生悲观。不过,我倒觉得:我们这些悲观主义者过的日子,比起那些乐观主义者要高明得多了。

比方说,我每次坐上飞机,口里就不出声地念念有词,黯然向世界告别,自言这次一定劫数难逃。每次送朋友上飞机,我也有同样的感觉,总要恋恋不舍地多看他们一眼,内心觉得这次生离或许就会死别了。

这有什么高明呢?咳,你不知道,他们平安到达目的地之后,我心里该有多么高兴!我自己下了飞机,是多么的欣喜若狂!

乐观主义者从不会想到灾难临头,而悲观主义者时时都在想。人无远虑,必有近忧。这种天昏地暗的思虑,迟早一定有好处。有事实为证。我住在乡下,离城三英里路,心里总觉得早晚家里会失火,烧得精光。我常常揣想火是怎样着起来的:烟囱的火星可能使屋顶着火,电线可能走火……一旦失火,我怎么办呢?是晕过去,还是拔腿就跑?我知道:失火时一定会惊慌失措,丑态百出,即使大难不死,亦无颜再见左邻右舍。

事有不幸,12月的一个早晨,家里油炉漏油,房子果然失火了。当时我临危不乱,我的一举一动皆有条不紊。我打电话通知消防队,把车子开出烟火弥漫的车房,接上花园浇花的水龙头,一边等消防车,一边自己救火。对此,家里的人至今还津津乐道。乐观主义者绝不会这样准备妥当,说不定还会站在那里发呆呢。

我做事也悲观。我著书立说写文章,每次写完一篇文章,就全身发抖,左思右想评论家大概要骂得我体无完肤。果真评者一字一刀,我亦不以为意,因为原在意料中也。倘使蓦然有赞誉之词,或有稿费可拿,则是飞来的洪福,心里十分受用。

不妨举个例子。某夏日午后,我的出版商来电话,说有好消息,叫我听了不要晕过去。他说:"有一个人要买你那部小说的版权——听着,不要晕过去——他出10万美元!"

"好啊,"我说,"不过现在电视上的球赛非常精彩,等一会儿我再给你打电话,好吗?"

一直到今天,我的出版商还是逢人就说,那次我听到这样好的消息,竟然无动于衷。说实话,还不是我的悲观主义在作祟?当时他说的话,我压根儿就不相信。我一下子得了10万美元,天下哪有这样的事情?所以我仍旧看我的球赛。

后来,我和那个人会了面,签了合同,言明他第二天交付那10万美元。但是第二天大清早,有人到法院去告了那人一状,逼他破了产,所以我始终没有拿到分文。不过没关系,因为早就料到了。

有人说:"悲观主义者心里好过的时候觉得难受,因为害怕期望过高,失望也重。"这话也许不错。不过我觉得,我的悲观主义使我知足常乐。我看见许多人一心只往好处想,等到时运不济,就怨天尤人,这时我的心里就觉得很舒畅。对于我的悲观主义,我可真是乐观得很呢!

[美国]艾伦·史密斯/文,艾柯/译

品读

　　这是一篇颇有哲理的美文,它包含了居安思危、知足常乐等生活哲理,读后能给人以启示。

　　文中一个悲观主义者坦诚地自白了悲观主义者的"优势"。艾伦认为:"我们这些悲观主义者过的日子,比起那些乐观主义者要高明得多了""乐观主义者从不会想到灾难临头,而悲观主义者时时都在想。人无远虑,必有近忧"。这是一种居安思危的思想,居安而不思危,遇到危险时就会手忙脚乱,无所适从,会遭到严重的打击。

　　悲观主义并非都是不可取的,它有消极与积极的区分。像艾伦这样居安思危式的悲观主义,就是积极的。他与大多数悲观主义者对生活的态度,表面上看似一样,但实质并不一样。悲观主义者最大的问题是缺乏生活的自信心,而艾伦的悲观主义却是对生活的预期,权衡再三,注重努力的过程,低估所得结果。所以,他说了"我的悲观主义使我知足常乐"。即使时运不济时,也早有思想准备,所以心理上没有多大的失落感。

　　不是任何人都可以接受艾伦式的悲观主义的,艾伦的悲观主义是建立在理智的基础上,并没有丧失对生活的信心,是一种于我们有益的悲观主义。

人格魅力

坦白（节选）

◇［美国］珀西瓦尔·怀尔德

读 点

情与理的交锋，正直与虚伪的映照。

富有预示性的人物台词披露了人物真实的内心

世界。

剧情介绍：

这出独幕剧的故事是发生在罗伯特·鲍德温家庭中的。

鲍德温是一家银行的职员，同时和银行老板约翰·格雷沙姆又是多年的至交，连他儿子的名也取名约翰·格雷沙姆·鲍德温。格雷沙姆受到挪用储户存款的指控，银行倒闭，鲍德温作为银行的秘书必须出庭作证。鲍德温将在好友和公正面前怎样选择呢？

唯一了解内情、会作出对格雷沙姆不利指控的人，是鲍德温。格雷沙姆先生为了减轻自己的罪孽，用十万块钱作为对鲍德温的贿赂，只须他在法庭作证时说四个字"我不记得"。他的妻子（马撒）、儿子（约翰）、女儿（埃维）对这种行为十分愤慨。不过，当他们知道这钱足足有十万块，单靠做工要做好多年时，他们的态度发生了变化，开始试图说服鲍德温帮助银行老板格雷沙姆。

家人摆出了种种理由，其一就是如果鲍德温证明格雷沙姆不诚实的话，人们也会认为近墨者黑一直同格雷沙姆搭档的鲍德温也是不诚实的，他会找不到工作。而鲍德温之所以拒绝格雷沙姆，其实他也怕家里人知道后会说出去。不过，即使有了家人的支持和怂恿，鲍德温仍然没有很快表态作伪证，其实，他是希望给妻子和儿女做个表率。

然而，十万块钱的诱惑非同小可，正当他决定作伪证的时候，执法官到来了，剧情发生了有意思的变化，格雷沙姆先生彻底坦白交代了，这是他作为对好友鲍德温的最高敬意。格雷沙姆先生的坦白无疑让鲍德温内心想拥有的这十万块钱化成了一个肥皂泡。

本文节选的一段台词是全剧的高潮，此时全家人已经知道十万块的事情了。

约翰	他们要惩罚格雷沙姆，是吗？
鲍德温	我怕会这样。

批：格雷沙姆因为挪用储户存款，

将面临法律的制裁。知情的又

约翰	为了什么呢?
鲍德温	挪用存款——
约翰	(打岔)哦,那我知道。可他犯了什么罪?
鲍德温	那就是犯罪,约翰。
埃维	但是如果没有人因此受到损失呢?
鲍德温	那仍然是犯罪。
约翰	为此他们将要惩罚他!
鲍德温	他们不会放过他的,约翰。他太引人注目了。
约翰	你认为这样做对吗,爸爸?
鲍德温	我的意见起什么作用,约翰。
约翰	那你怎样想呢?
鲍德温	我想——我想我为约翰·格雷沙姆感到惋惜——非常惋惜。
约翰	(缓慢地)这算不了什么,不过是技术性问题,爸爸。没有人损失一分钱,我说,这对格雷沙姆太严厉了。
鲍德温	(沉默了一会儿以后)是的,约翰。
埃维	(胆怯地)爸爸,如果你让他脱身,有什么大不了呢?
鲍德温	(微笑)我想我是可以的,埃维。不过我不是法官。
埃维	对,但是——
鲍德温	但是什么?
埃维	你是唯一对他不利的证人。
鲍德温	(茫然不知所措)埃维!
约翰	她说得对,爸爸。
鲍德温	你也这样想,约翰?
约翰	如果他们把约翰·格雷沙姆送进监狱,那将是一个十分尴尬的局面——你的儿子就取他的名字!这对我说来太愉快了!约翰·格雷沙姆·鲍德温!

批:是好友鲍德温,担心是在所难免的。

批:鲍德温非常清楚格雷沙姆挪用储户存款是什么性质,就是犯罪。

批:断断续续的话语,突出鲍德温内心的犹豫与不忍。

批:挪用储户存款是严重的经济犯罪问题,尽管"没有人损失一分钱"。儿子这是试图说服父亲做伪证。

批:淡化做伪证的严重性,试图说明让父亲作出利于格雷沙姆的证词。

批:"微笑"写出了作为父亲的慈爱,"不过"显示出鲍德温在女儿面前要表现出自己并非没有同情心,但又坚持正义。

批:鲍德温对案件起着关键作用。

批:友情、利益、为子女做表率、正义的冲突,使鲍德温不愿也害怕面对残酷的现实。

批:儿子用感情为武器劝阻鲍德温。

| 马撒 | (沉默一会儿以后)罗伯特,我还拿不准是不是听懂了你刚才说的话。格雷沙姆先生要你为他做点什么? | 批:妻子的话明确了剧情的关键。 |

马撒　(沉默一会儿以后)罗伯特,我还拿不准是不是听懂了你刚才说的话。格雷沙姆先生要你为他做点什么?　批:妻子的话明确了剧情的关键。

鲍德温　明天放过他。

马撒　你做得到吗?

鲍德温　行。

马撒　怎么办呢?

鲍德温　当他们问我危险的问题的时候,我只要回答"我不记得"就行了。　批:想要说服自己,放过好友是一件很容易的事。

马撒　哦! 你是记得的吗?

鲍德温　记得,几乎每一件事都记得。

约翰　不论他们问你什么吗?

鲍德温　我总是能设法回忆起来。你知道,我有笔记。　批:不仅能回忆起好友的犯罪行为,而且还有证据,鲍德温要举证好友有罪是很有力的。

约翰　但是没有这些笔记你就记不得了?

鲍德温　你这是什么意思,约翰?

约翰　(没有回答)事实上,你几乎全都要依靠你的笔记,是吗?

鲍德温　人人都是这样。

约翰　那么,如果你说"我不记得",也不能说离事实太远吧?　批:意为作伪证算不上违背事实,咬文嚼字地劝阻,用心可谓良苦!

马撒　我认为格雷沙姆先生对你的要求并不太多。

鲍德温　马撒!

马撒　罗伯特,我和你一样正直——　批:意在让丈夫作伪证,帮助好友渡过难关。

鲍德温　那是不消说的,马撒。

马撒　把一个老朋友送进监狱,我觉得总不大对。(鲍德温要插嘴时,她举手表示阻止)不要打断我的话! 我正在回忆。约翰受洗礼那一天,格雷沙姆先生做他的教父,我们何等自豪! 我们从教堂回家的时候,你说——你记得你说什么吗,罗伯特?　批:亲手将一个有恩于自己的好朋友的前途毁灭,情与理的强烈交锋,一言一行突出人物内心剧烈的矛盾。

鲍德温	<u>不记得了。我说什么？</u>	批：并非真的不记得。
马撒	<u>你说："马撒，但愿我们的儿子永远不辜负我们给他取的名字！"你记得吗？</u>	批：以一家人与格雷沙姆先生的深厚友谊来说服丈夫。
鲍德温	嗯——有点模糊了。	
约翰	嘿！仅仅是模糊吗，爸爸？	
鲍德温	你这是什么意思，约翰？	
马撒	（不让约翰有回答的机会）罗伯特，如果约翰·格雷沙姆这名字，也就是我们儿子的名字，要因为你遭殃，那真是可悲——太可悲了。	批：妻子明确表明了自己的态度。
鲍德温	<u>（停了一会儿）马撒，你是要我接受约翰·格雷沙姆给我的贿赂吗？</u>	批：这才是一家人前后态度发生截然不同变化的原因。
埃维	为什么你要叫它贿赂，爸爸？	
鲍德温	（悲痛地）为什么，这还用问吗？格雷沙姆<u>倒说得好听。他说他这些年来一直克扣我的工资。你们知道，到银行垮台的时候，我一星期还只有六十块钱——</u>	批：试图维护自己坚持正义的形象。
约翰	（不耐烦地）嗯，嗯？	
鲍德温	<u>他说十万块钱是他已经付给我的工资和我对他实际的价值之间的差额。</u>	批：以巨额金钱的诱惑让剧情进一步深入发展。
马撒	这倒是真的，罗伯特。你一直忠心耿耿地为他办事。	
鲍德温	<u>他说，如果他已经付给我他应该付的钱的话，到现在我储存的钱会超过十万。</u>	批：所谓的正直，也不过是以金钱来衡量罢了。
约翰	确定如此，不是吗，爸爸？	批：不敢相信拥有如此巨款。
鲍德温	谁知道呢？我从不要求他给我加工资。他加是他自愿。（停了一下，他看着周围）喂，你的意思怎么样，埃维？	批：目的是让儿子明白自己作伪证是合情合理的，并不违背做人原则，虚伪的父亲！
埃维	（迟疑地）如果你明天走上证人席——	批：一念之差，天上地下。
鲍德温	哎？——	
埃维	——他们就把约翰·格雷沙姆送进监狱，人家会说些什么？	

鲍德温　他们会说我尽了我的责任,埃维,不多也不少。

埃维　他们会这样说吗?

鲍德温　怎么,他们要怎么说呢?

埃维　我当然不会这样想,不过别人可能说你出卖你最要好的朋友。

批:为了公正却要背负舆论的谴责,两难的选择。

鲍德温　你不认为是这样吗,埃维?

埃维　他们发觉他们任何钱也没有损失——约翰·格雷沙姆告诉他们他会还他们每一分钱——那时他们就不会要他进监狱了。他们将为他感到惋惜。

批:无论储户的钱是否受到损失,格雷沙姆已经触犯犯法律,储户的钱没有损失,无非可以减轻对格雷沙姆的惩罚,但并不能改变其犯罪事实。

鲍德温　嗯,我相信。我希望如此。

约翰　那么他们对于那个促使他进监狱的人不会有什么好感了。

马撒　他们会说你背叛老朋友,罗伯特。

批:情与法的冲突!

约翰　你到了法庭里拿出笔记来,就肯定会把他送进监狱——!

[他突然停止说话,哼了一声。

批:语气越来越强烈,情绪越来越激动。

埃维　而且格雷沙姆先生没有干任何真正的错事。

约翰　这是一个技术性问题,就是这么回事。没有人损失一分钱。没有人想看到他受惩罚。

批:极力淡化格雷沙姆先生行为的严重性。

埃维　除了你,爸爸。

批:全家都反对,都在劝阻鲍德温。

约翰　对。你就愿意把你儿子取他名字的那个人关进监狱!

批:母子二人都试图以情打动鲍德温。

马撒　(停了一会儿以后)我相信人是仁慈的,罗伯特。

鲍德温　仁慈?

马撒　格雷沙姆先生总是对你非常好的。

[又是一阵沉默。十分奇怪,他们似乎彼此眼光不敢相对。

批:巨大的分歧让一家人变得尴尬起来。

马撒	唉,好吧!你现在怎么办,罗伯特?	
鲍德温	你指的什么?	
马撒	<u>自从银行关门以后你就失业了。</u>	批:提出可能出现失业的后果,再次交锋。
鲍德温	(耸耸肩)哦,我会找到一个位置的。	
马撒	<u>(摇头)照你这样的年纪——?</u>	批:全家人新一轮的"轮番轰炸"。
鲍德温	要考虑的是。	
马撒	对,你一个月以前就说过这话。	
约翰	我从多诺万(注:多诺万,银行助理出纳员)那里听说——	
鲍德温	(急问)你听说什么?	
约翰	他跟联邦法官去了,你知道的。	
鲍德温	是的,他去帮忙整顿。	
约翰	他们不想要你去——	
鲍德温	<u>他们的人满了。他们不能很好地给我一个办事员的位置。</u>	批:鲍德温的确面临就业压力的现实问题,作伪证也将是他不得不考虑的问题。
约翰	那是他们对你说的。	
鲍德温	不是真的吗?	
约翰	<u>(摇头)执法官说,他不想雇用一个和约翰·格雷沙姆同样有罪的人。</u>	批:看到有说服父亲的希望,便旁敲侧击。
鲍德温	可我没有罪!	
约翰	谁知道呢?	
鲍德温	到明天人人都会明白!	
约翰	<u>他们会相信你吗?或者他们会想你是要保全自己?</u>	批:作不利于好友的证词就会给人"保全自己"的印象,这是一种为人不齿的卑鄙行为。
鲍德温	我仅仅在垮台的前一天才发觉。	
约翰	谁相信呢?	
鲍德温	他们不得不相信!	
约翰	你怎样使他们相信呢?爸爸,我怕你会发觉你无论到哪里都有人反对你。你的不利于约翰·格雷沙姆的证词不会使事情有什么改善。如果你要再找到职业,除非跟他在一起!(这对鲍德温来说是个惊人的主	批:非常现实的分析,揭发对方是"双输"的结局,而且违背良心则使双方受益。很有说服力。

	意,他显得很惊讶)如果格雷沙姆不进监	
	狱,他将重振事业,不是吗? 他至少可以让	
	你做他的股东。	
鲍德温	股东?	
约翰	(带有深意地)爸爸,你可以拿十万元资金	批:以利相诱,体现出约翰的心机。
	加入事业中。	
鲍德温	约翰!	
约翰	当然,资金算不了什么。此外,他还对你感	批:有利又有情,可谓一箭双雕!
	恩不尽。	
	[一阵沉默。	
马撒	十万块钱对我们来说是一笔很大的数目,	批:面对巨额的金钱,谁都不可能
	罗伯特。如果你不能马上找到职业,只好	无动于衷,何况家庭生活困难。
	由约翰来养活我们。	
约翰	靠三十块钱一星期,爸爸。	批:儿子的揶揄,生动而富有情趣。
埃维	这不会维持很久的。	
马撒	这对约翰是不公平的。	
约翰	(愤怒地)别为我操心。	
	[埃维开始哭起来。	
约翰	听我说,爸爸,你对报纸没有说过什么。如	
	果你明天也不多说,这除了忠于你的朋友	
	外,还有什么呢? 这是公平交易——他也	
	会照样报答你。	
鲍德温	(恳求似的从一张脸看到另一张脸。他们	批:复杂而极富戏剧性的表情描
	都躲开他的视线。然后)你们——你们要	写,在利益与情感的多重考验
	我拿这笔钱? (没有回答)你们哪个说一声	下,鲍德温理所当坚守做人
	"是"。(依然没有回答)或者说一声"不"。	的纯洁与良知。
	(长久的沉默。最后)我不能和格雷沙姆合	
	股。	
马撒	(迅速地)为什么不能?	
鲍德温	人家不相信他。	
约翰	那么你可以和别的人一起做生意,爸爸。	
	十万块是一大笔钱。	

鲍德温　（走到窗口。望出去）上帝明白，我从没想到会有这样一天！我知道——我知道不管你想怎样为它辩解——我知道，如果我拿了这笔钱，我就做了一件不名誉的事。而你们知道这件事！你，你，还有你！你们全体！来吧，承认吧！

约翰　（坚定地）没有人听到这件事。

鲍德温　但是我们自己之间呢，约翰！不管世人来看我们是什么样的人，我们彼此之间总要诚实，我们四个人！对吗？（他的眼光从约翰转到埃维，埃维的头低着；又从埃维转到他妻子，她似乎是在忙于结毛线。他抬起马撒的头，看着她的眼睛。他发抖了）弄虚作假的人！假冒行善的人！说谎的人！贼！而我并不比你们任何一个好一点！我们已经看见我们赤裸裸的灵魂，简直臭气熏天！哎，为什么你们不回答我？

马撒　（虚弱地）这并不错，罗伯特。

鲍德温　这并不对。

约翰　（坚定地面对他）十万块钱是一笔大数目，爸爸。

鲍德温　（慢慢地点头）你现在可以看到我的眼睛深处了，我的孩子，你能吗？

约翰　（没有动）爸爸，你为什么拒绝？是不是因为你怕我们说出去？

鲍德温　（经过长久的沉默）是的，约翰。

约翰　那么，没有人会知道。

鲍德温　除了我们四个人。

约翰　是的——爸爸。

[他们突然分开了。埃维悄悄地在哭。马撒没有那么激动，大声地擤鼻子，笨手笨脚地结着毛线。约翰没有什么事情好做，皱

批：在良知面前，"一件不名誉的事"的确让所有的诱惑变得不堪一击，变得一钱不值。鲍德温的话语似乎显出了自己高贵的人格。

批：亲人之间的彼此真诚，千金难买。

批：细写目光的交锋，突出了人的内心最深处的良知与公正。

批：语气真切，字字千金，让人心潮澎湃。"我并不比你们任何一个好一点"，精彩阐释了鲍德温的内心世界，他并非不为利所动。发自肺腑的一句话让一家人的所有说辞变成滑稽的表演。

批："你怕我们说出去"，道出了鲍德温真正所担心的。现在看来，鲍德温完全不必在家人面前掩饰了。虚伪至极！

着眉头望着窗外。鲍德温站在壁炉边,时而握紧拳头,时而放开。

约翰　　有人来了。

马撒　　(抬起头来)谁?

约翰　　我看不清。(忽然领悟)像是执法官。

鲍德温　执法官?

　　　　[门铃响了。当女仆从一边进来,从另一边出去时,他们都一动不动。女仆回进来。

女仆　　一位先生要见你,先生。

鲍德温　(恢复镇定)谁,找我么?

女仆　　是的,先生。(她用托盘把名片递给他)

鲍德温　是执法官。

马撒　　联邦法院的院长?

鲍德温　是的。他到这儿来干什么?

女仆　　我要领他进来吗,先生?

鲍德温　好。好。当然。

　　　　[女仆出去。

马撒　　(飞快地走到他面前)罗伯特! 说话要小心,明天你要去作证了。

鲍德温　(紧张地)是,是。我会当心的。

　　　　[女仆进来,为执法官开门。

执法官　(十分轻快地走进房间)唷,唷,你们一下午都待在家里?你好,鲍德温太太?(亲切地和她握手)你好,鲍德温?

马撒　　我们正要出去。来,埃维。

执法官　哦,你们不用出去。我要说的话,你们都可以听。(他转向这家的主人)鲍德温,如果这个星期随便什么时候你喜欢到联邦法院来的话,我们给你留着一个位置。

鲍德温　(大吃一惊)这是真的吗? 执法官先生?

执法官　(微笑)如果做不到我就不说了。(他更严肃地继续说)今天下午我去看格雷沙姆,他

批:情与理仍然在交锋,但鲍德温早已作出作伪证的决定,只不过是为自己不能在子女面前保持正直的形象而担心罢了。

批:执法官的出现预示剧情将发生戏剧性的变化。

批:院长亲临,预示一定是有特别的情况出现。

批:怕他在外人面前泄露了秘密,妻子慎重地提醒。

批:执法官的好心情、友善话语预示将有出人意料的情况出现。

批:为后文设下悬念。

批:峰回路转,格雷沙姆的坦白让

告诉我关于他要提出给你的东西,不过他知道无论多少钱都不能使你做你认为是错的事情。鲍德温,他对你表示了最高的敬意:他不愿跟你到法庭上听你的不利于他的证词,他宁愿坦白了。

鲍德温　(倒在椅子上)坦白!

执法官　他把全部情况都说了。(他转向马撒)我只能告诉你,明天人人都要说:我多么景仰,多么尊敬你的丈夫! 我衷心——

马撒　(令人哀怜地抓住他的手)对不起! 对不起! 你没有看见他在哭吗?

　　　　　　　　　　　　——幕下

　　　　　　　　　　　　　(万紫/译)

批:一切难题迎刃而解。格雷沙姆虽然一直未出场,但从执法官话语中可以看出,格雷沙姆才是真正为朋友着想的,反衬出鲍德温的真虚伪。

批:坦白将让十万元化为乌有,他如何不心痛啊!

批:虚伪的鲍德温竟赢得所有人的尊重,多么绝妙的讽刺啊!

批:鲍德温的哭,为钱财的破灭?为格雷沙姆的举动?也许二者兼有吧。

当灵魂面对金钱诱惑的时候

　　珀西瓦尔·怀尔德(Percival Wilde,1887 年 3 月 1 日~1953 年 9 月 19 日),美国作家、戏剧家、小说家。他特别擅长写独幕剧,适合在小剧场演出,也写过几部长篇小说和一些评论文章。

　　《坦白》这个剧本揭露了资产阶级的虚伪道德,对于所谓"正直"作了深刻含蓄的讽刺,但是他们对于法律的尊重,值得我们借鉴。

　　节选自《坦白》的这一戏剧片段为我们塑造了一位貌似忠厚正直实则也不乏贪婪虚伪之弱点的人物形象。

　　这段台词简洁生动,却是人物内心冲突的高潮。

　　鲍德温在他朋友银行做职员,一星期只拿六十块钱,他知道好友在克扣他的工资,但他仍对朋友忠心。这的确是可贵的。"我忠于他——我总是忠于他——但是一旦约翰·格雷沙姆不再是个诚实的人,我就和他分手!""我到死都要清清白白的!""格雷沙姆要给我钱的时候,我发火了。但是我拒绝了他,他毫不惊讶,我看了颇为满意。"其实,鲍德温当时是不会当面收十万块钱的,而且发了火,毕竟与格雷沙姆做了几十年朋友。

　　然而,鲍德温并非没有对这十万块钱动心,十万块相当于他 32 年或他儿子约翰 64 年的全部工资。其实,他已经动心了。格雷沙姆用十万块钱作为对他的贿赂,只须他在法庭作证时说四个字"我不记得",而且法庭又无法证明他"记得"。所以,鲍德温作伪证是不需要付出什么代价的。面对家庭的生活状况,鲍德温也不得不在正直、职责与金钱之间作出选择。无疑,他是选择了后者。

　　不错,鲍德温是具有一些可贵的品质,很忠诚,几十年如一日地忠实地服务于好友格雷沙姆,即使到银行垮台的时候,他仍然是"一星期还只有六十块钱";即使几十年"应该付的钱"一直没有付,他也从不要求格雷沙姆给他加工资。但是,这是不正常的,我们得清楚格雷沙姆获得了暴利而没有给好友的他加一分钱,所以,鲍德温从心理上自然也会觉得接受这十万块钱也不过分,用他自己的话来说,就是:"到现在我储存的钱会超过十万。"因此,鲍德温最终会坦然地接受这十万块钱。

　　但是,鲍德温与妻子儿女的对话中为什么表现出不愿意接受这十万块钱呢?这实际上有两个因素,其一,作为丈夫、父亲的鲍德温,他在家人心目中一直都是有正义感、坚守职责的人,他不能打破他们心目中的这一美好形象。其二,用鲍德温自己的话来说,就是:"弄虚作假的人!假冒行善的人!说谎的人!贼!而我并不比你们任何一个好一点!"所以,他与妻子儿女的对话如此煞费周折,实际上是怕妻子儿女说出去。现在妻子儿女劝他作伪证,他也就不用顾虑作伪证了。

　　不过,作家高明的是,并没有以鲍德温愿意作伪证而结束,而是以鲍德温十万块钱终将无法获得而结局。格雷沙姆以平素的相处,觉得鲍德温不可能作伪证,于是坦白了一切,同时格雷沙姆向好友鲍德温表达最真诚的敬意。格雷沙姆坦白了,鲍德温就无法作伪证,无法作伪证,十万块钱自然也就不可能装入自己的腰包了。鲍德温倒在椅子上的哭,可以说是百感交集,既为钱财的破灭,也为格雷沙姆的真正的友谊、自己心灵的醍醐等。如此结局,可以说是一种非常绝妙的讽刺。(子夜霜、刘宇)

芳草地

彻底坦白

　　"怎么样了? 那家伙已经彻底坦白了吗?"

　　"报告警长,还没有。那家伙简直太顽固了。"警长的办公室里,一位警察正无奈地挠着头向警长汇报。

　　接受调查的是前几天抢劫银行的一名罪犯。警察已经找到了目击者,也取到了充分的物证,可是抢劫犯就是不肯供认出窝藏赃款的地方。无论警察怎么晓之以理、动之以情,这名顽固的抢劫犯就是咬紧牙关,一个字都不说。

　　"好吧,看来得动用这个了。"警长从抽屉里掏出了一瓶白色的药剂。这是警察局的科学调查研究所刚刚研制出来的一种新药,叫"自白剂"。虽然目前这种药还没有应用于警察局的一线工作,但是据开发此药的科研人员说,从理论上讲,人只要喝了这种药,就会把自己曾经做过的所有事情一一彻底坦白。

"可是,警长,如果我们用'自白剂'审讯犯人被外界知道了,肯定会引起轩然大波。再说,这种药还没有用于实践,不知道会不会有副作用啊。"

"没关系。我们把它混在咖啡里让犯人喝下去,神不知鬼不觉,不会有人知道的。"研制这种药的 M 博士一向以严谨闻名于警界。5 分钟后,一杯热气腾腾的咖啡被端到了银行抢劫犯面前。

一分钟后,银行抢劫犯的脸变了颜色。他一个劲地想捂住自己的嘴,可是他的嘴却不由自主地大张着。终于,银行抢劫犯大声喊道:"我想起来了,我都想起来了。我说,我全说……"

20 天后,警察筋疲力尽地从审讯室中走了出来。他哈欠连天,一脸倦色,跌跌撞撞地走进了警长办公室。警长关心地问道:"怎么样了,已经坦白到哪个阶段了?""刚刚坦白到幼儿园阶段,我一个人实在支撑不住了,其他同事在帮我继续听呢。估计怎么也要半年时间才能坦白到抢劫银行的阶段……"

审讯室里,银行抢劫犯还在喋喋不休地说着:"然后是 1978 年 6 月 1 日。那天我是 6 点 45 分起的床。起床后我特别高兴,因为那天我竟然没有尿床。那天是奶奶给我做的早饭……"

[日本]奥村弘幸/文,田秀娟/编译

品读

微型小说最关键的是构思,因为篇幅短、文字少,所以必须构思精巧,这样才能吸引读者。而微型小说在构思上往往喜欢采用悬念法,到最后才揭开事情的真相,让人回味不已。

这篇微型小说有三大特点。一是标题新颖,暗扣故事的结局。"彻底坦白"这个标题引人遐思。坦白什么?怎么彻底?"彻底"又暗扣小说的结尾,非常巧妙。二是悬念巧妙。微型小说的情节先是缓缓推进,在结尾处却来个 180 度的大转弯,让人捧腹。三是语言简练。微型小说因为其"小",所以要惜墨如金。

全文只有几百多字,却把故事叙述得有条不紊,语言功夫十分了得。当然,也正因为微型小说的这些特点,使得它在刻画人物上所用的笔墨就很少了,人物性格特征就不明显,人物退至次要地位,情节才是主要的。

杜兰朵（节选）

◇［意大利］卡尔洛·戈齐

读点

鲜活的性格与扭曲的心态演绎着智慧的爱情。
生死考验凸现着对爱情的真挚与执着。

剧情介绍：

传说中国皇帝阿尔图有个女儿名叫杜兰朵，冷若冰霜却又绝顶聪慧，她性情高傲，虽然芳名远播，但选婿甚苛。她订立的残酷条件是：凡前来求婚的王子，都必须回答她自编的三个谜语，全答对者可和她结婚，否则，一律砍头示众。

年轻的鞑靼王子卡拉夫由于战乱流落到京城，看到画像上美貌绝伦的杜兰朵公主，顿时为之倾倒，不顾他人劝阻毅然去求婚。杜兰朵照旧当众宣布了三个谜语，卡拉夫全部答对。本来按照约定应该允婚，但杜兰朵反悔，想再出三个谜语，遭到国王拒绝。

卡拉夫见状，忙请求让他出一个谜语，如果公主答对，他愿牺牲性命，如果答不出来，杜兰朵就应和他结婚。杜兰朵使用巧计，从卡拉夫的女奴柳儿口中获知了答案。第二天，杜兰朵在朝廷上当众说出答案。卡拉夫如雷轰顶，毅然拔出匕首，但是杜兰朵阻止了他，并说明答案是用巧计得来的。

卡拉夫用他的勇敢和智慧以及火热的爱情征服了杜兰朵，两人幸福地结为夫妇。后来，在中国皇帝的帮助下，卡拉夫重返故国，登上王位。

第二幕

第五场

杜兰朵	<u>王子，别去冒这个致命的危险。</u>上天知道，那些把我说成残酷无情的女人的传说都是一派谎言。<u>我是如此憎恶你们这般男人，这使我不得不自卫。我懂得，并且尽可能远离我憎恶的男</u>	批：有善心，并非残酷无情！ 批：杜兰朵是一位具有高度自觉意识的女性。她自觉地意识到自己与他人的不同，不希望自己

性而生活。我为什么不能享有每一个人都能拥有的自由呢？谁让您违反我的意志行事，说我残忍？如果祈求还能起作用的话，我谦卑地祈求您，放弃冒险，王子。不要同我的才能较量。才能是我唯一的骄傲。上天赐予我聪明和才能。如果在朝廷上，有人以聪明取胜我，让我当众蒙受羞辱，我会慨然去死。要么给我解开谜语，时间还来得及，要么为您的死而徒劳地哭泣。

卡拉夫　如此美妙的声音，如此美丽的容貌，如此罕见的精神和无法超越的智慧，竟能融合在一个女人身上。啊！男人为了拥有她而拿生命去冒险，该是怎样的荒谬！杜兰朵不是为她罕有的聪敏而自豪吗？其实她没有发现自己有着别人难以企及的优点，她又是多么执着地反对成为男人的妻子。她还要点燃男人的欲念吗？千百条生命丧失了，为了您的肉身，残忍的杜兰朵。为了您，我宁愿千百次地在断头台展示我的一颗心。

柴丽玛　（低声对杜兰朵）啊，但愿他拿到容易的谜语。他跟您很般配。

阿德尔玛　（旁白）多么温柔！啊！可他本该是我的！因为我不知道，他是个王子，当他沦落底层，充当奴仆时，曾经表示要给我带来好运！啊！如今我心中爱的火焰燃烧得多么热烈，我看出了他出身高贵！他对待爱情从不退缩！（低声对杜兰朵）杜兰朵，愿荣誉永远在您心中。

批：仅仅是男性的附属品，而是把自己当成一个独立的个体。

批：展露了公主骄傲自信的性格。

批：通过卡拉夫的视角，反衬杜兰朵的美丽动人。

批：连自己都认为的荒谬事情，为了爱情，宁愿死也要去做。可见王子对公主的爱可以超越生死，即使死去也在所不辞。

批：从侧面写出了王子卡拉夫的英俊潇洒和聪明。

杜兰朵	(犹豫,自言自语)莫非他是唯一有力量唤醒我心中的同情的人?(果断地)不,我应当战胜自己。(冲动地对卡拉夫)固执的家伙,你准备接受考验吧。	批:表明公主已对王子动心。 批:显示不服输的性格。
阿尔图	王子,您还坚持吗?	
卡拉夫	陛下,我已经说过了。要么去死,要么娶杜兰朵为妻。	批:无论生死,都说明王子已深深爱上了杜兰朵公主。

……

柴丽玛	(旁白)也许这是最后一个谜语。	
阿德尔玛	(迷惘地,旁白)唉,我将失去他!(低声地对杜兰朵)公主,您当着皇上和众大臣的面输掉了每一个回答,他超过您了。	批:侧面写出王子的聪明智慧。 批:提醒杜兰朵应当遵守自己的诺言。
杜兰朵	(愤怒,低声地)住嘴!只有天塌下来,人类才会沦亡。(大声地)你知道,胆大妄为的蠢人,你越想超过我,我就越加憎恶你。你放弃猜最后一个谜语,离开宫廷,就能保住你的脑袋。	批:公主任性、骄傲、古怪。
卡拉夫	尊敬的公主,您的仇恨让我遗憾。如果我不配您的怜悯,那我的脑袋也就保不住。	批:永不放弃是因为深爱。
阿尔图	放弃吧,亲爱的孩子。或者你,我的女儿,不要再提出新的谜语。他完全配当你的郎君。	批:说明卡拉夫是理想的驸马。
杜兰朵	(愤怒地)我的郎君!要我放弃!那个谕旨应当执行。	
卡拉夫	陛下,不必多虑。我要么去死,要么杜兰朵将成为我的新娘。	批:写出卡拉夫的自信,无所畏惧是因为对杜兰朵爱之深切。
杜兰朵	(非常生气)死亡将是你的新娘。哼,等着瞧吧。(站起身来,用严肃的口吻念道)告诉我,这凶猛可怕的野兽是什么动物?它有四条腿,一副翅翼,它富	

有怜悯之心,它用爱回报爱它的人,它
对一切仇敌傲慢无礼。它让世界颤
抖,它神气十足地漫游,至今所向无
敌。它能让自己强壮的躯体在汹涌激
荡的大海上歇息。它用自己凶猛的脚
爪和胸部压迫无垠的大地。这高傲的
野兽的翅膀永远不知疲倦地在大地和
大海上留下幸福的影子。(念完谜语,
杜兰朵愤怒地从脸上撕下面纱,以恐
吓卡拉夫)看着我的脸,别害怕。你有
本事就说出这是什么造物,否则,就去
拥抱死神吧。

批:古怪的问题显示了公主的聪明
才智,也难怪她如此自负。

卡拉夫　　(惊奇地)啊,美人!啊,多么光彩照
　　　　　人!(把手掌置于眼前,局促不安)

批:侧面烘托出公主的美丽无比。

阿尔图　　(不安地)哦,他要输了!孩子别惊慌
　　　　　失措,要冷静。

批:众人的担忧,烘托了公主的刁
钻、狡猾。

柴丽玛　　(焦急不安,旁白)我觉得简直喘不过
　　　　　气来了。

阿德尔玛　(旁白)异乡人,你是属于我的。爱情
　　　　　让我带你远走高飞。

潘塔隆内　(焦急地)勇敢些,勇敢些,孩子。啊,
　　　　　如果我能助他一臂之力!我的腿直打
　　　　　哆嗦!因为他恐怕要输了。

塔尔塔利亚　如果不是因为有失文雅,我真会去厨
　　　　　房拿醋罐子。

杜兰朵　　可怜的人,你死定了。你捉弄自己的
　　　　　命运,这是咎由自取。

卡拉夫　　(恢复了神智)杜兰朵,是您的美貌突
　　　　　然震动了我,让我茫然失措。我并没
　　　　　有败下阵来。(转向众人)你,长着四
　　　　　条腿和翅膀的野兽,你是宇宙的恐怖,
　　　　　你生活在陆地和海洋所向无敌,你用

批:谜底简单,谜面却说得错综复
杂,凸显了提问者和回答者的
机智。

自己的巨大的翅翼,给捉摸不定的物体,给大地,给优秀的子孙们,给亲爱的平民们投下令人感激的、幸福的影子。你是新的长生鸟,真的,你是有福的野兽。你就是亚德里亚海的凶猛狮子。千真万确。

潘塔隆内　(冲动地)啊,上帝赐福予你!我激动得不能自已了。(跑上前去拥抱他)

塔尔塔利亚　(对阿尔图)陛下,您该感到欣慰了。

大臣们　(打开第三个密封好的纸袋,齐声念道)是亚德里亚海的雄狮。千真万确,千真万确。

[听到众人兴高采烈的欢呼声和一阵震耳的乐器声,杜兰朵晕倒在座椅上。

批:自负的公主非常震惊,没有想到自己居然没有难住王子。

[柴丽玛和阿德尔玛上去扶她。

柴丽玛　您平静下来,公主。他赢了。

阿德尔玛　(旁白)唉,我失去了我的爱……不,我没有失去你。

[阿尔图由潘塔隆内和塔尔塔利亚搀扶着,高兴地从御座上下来。

批:卡拉夫赢得了杜兰朵的父皇的喜爱和欣赏。

[大臣们排成队退到舞台尽头。

阿尔图　我的女儿,你别再用那些稀奇古怪的方式来作威作福了。亲爱的王子,上我这儿来。

批:皇帝对未来的驸马由衷地满意。

(拥抱卡拉夫)

[杜兰朵恢复了知觉,从座椅上怒气冲冲地走下来。

杜兰朵　(着魔似的)停下。他别奢望成为我的新郎。明天我再出三个新的谜语。你们给我考验他的时间太短了。我简直没办法好好地思考。

批:企图不认账!

阿尔图　停下……(打断她)你过于轻率、残酷!

批:反对公主毁约,说明皇帝对王

再也没有时间了。你别再指望我迁就你了。严肃的法令应当执行,我要对我的大臣们宣布我的旨谕。

子非常满意。

潘塔隆内　　请您原谅她。不必再出别的谜语了,更不用像砍南瓜似的砍掉其他的脑袋。这位年轻人已经猜中了全部谜语。法令应当执行,我们该吃喜糖了!(对塔尔塔利亚)大臣,您说呢?

塔尔塔利亚　说得太对了。不必再猜谜语了。你们说呢,诸位尊敬的大臣?

众大臣　　　问题已经解决,已经解决。

批:希望与现实切合。

阿尔图　　　该去神庙了。这位异乡人在那儿会向我们表明自己的身份,然后祭司们……

杜兰朵　　　(绝望地)啊!父亲,请暂缓……

阿尔图　　　(蔑视地)不能再拖延了。我已下定决心。

杜兰朵　　　(下跪)父亲,您对我充满了父爱,您如此珍惜我的生命。请您明天再给我一次机会吧。我不能忍受这样的屈辱。我宁愿去死,也绝不屈服于这傲慢的男人,成为他的妻子。啊,只要一想到我要屈从于这个男人,成为他的妻子,我就痛不欲生。(哭泣)

批:公主的反悔使情节变得更加曲折。

阿尔图　　　(愤怒地)你真是固执透顶,随心所欲,残酷无情。我再也不听你的了。好了,大臣们,你们走吧!

卡拉夫　　　请起来,踩躏我这颗心的美丽的公主。陛下,唉,我请求您收回您的旨谕。如果她厌恶我,仇视我,我也不会获得幸福。我绝不愿意我的爱成为她蒙受痛苦的原因。如果我的爱的火焰只配

批:这些语言体现了"最坚贞不渝的爱情观是为爱存在"的说法。

换得她的仇视,那么,我的这份感情又能算得上什么?您,残忍的母老虎,如果我不能化解您的铁石心肠,那就请便吧,您尽可以欢欣鼓舞,尽可以去享受您的生活。我不会成为您的新郎。啊,如果您看到这颗破碎的心,我能肯定您会对它充满怜悯。莫非您如此渴望我的死?陛下,请您给予我新的考验。我已经视这生命如草芥。

阿尔图　不,我已下了决心。都去神庙吧,不会再有另一次考验的机会……不谨慎的……

杜兰朵　(激动地)那就去神庙吧,但您的女儿会在祭坛上死去。

批:公主的倔强、薄情,在王子三番五次的表白之后,依然坚持不愿接受王子的爱。

卡拉夫　她要去死!我的陛下……公主,请二位再次给我开恩。明天,在这大殿里,当着你们和大臣们的面,我要向这桀骜不驯的人提出一个谜语:那王子是谁的儿子,他叫什么名字?他曾经低三下四地流浪和乞讨,忍辱负重,苟且偷生。当他达到幸福的顶峰时,却陷于比以往更加不幸的境地。明天,在这大殿里,残酷的灵魂,请您猜出这不幸的人儿和他父亲的名字。如果您猜不出来,那就请您让这不幸的人跳出苦海。请不要拒绝我的良苦用心。让那颗心变得温柔吧。如果您能猜出我的谜语,您那颗残酷无情的,不可驾驭的心将会因我的鲜血和死亡而得到满足。

批:猜出公主三个谜语,按约定就能娶到公主为妻——王子感到十分幸福,却因为公主的反悔,使他陷入可能失去生命的危险之中。

杜兰朵　异乡人,我很高兴,我接受这一条件。
柴丽玛　(旁白)这是新的冒险。

阿尔图	我对此并不感到高兴。我不会后退半步。法令必须执行。	
卡拉夫	(跪下)陛下,如果您觉得我配不上公主,如果您以仁慈为怀,那您就满足您女儿的愿望吧,那也就满足了我的愿望。啊,请不必理会我,但愿她能心满意足。她是个聪明绝顶的人,她肯定能猜出我在这里提出的问题。	批:为了获得公主的爱不惜再次冒险,可谓爱得执着。
杜兰朵	(旁白)我尽情地发泄我的愤怒,他却在嘲讽我。	批:依然不能体会和接受王子的感情。
阿尔图	冒失的年轻人,你竟提出这样的要求!你不知道,她是多么聪明机灵。好吧,我同意你们再进行一次新的考验。如果她猜出了你和你父亲的名字,她便不再成为你的新娘。她一旦猜中,你只有远走高飞,我不愿看到新的悲剧发生,阿尔图也不会再为其他的不幸而悲伤。	批:卡拉夫非常优秀,皇帝不忍心他死去。
	(低声对卡拉夫)你跟我来。你都干了些什么呀,愚蠢的家伙!	批:埋怨卡拉夫,表明皇帝十分欣赏他,不希望失去这位未来的驸马。
	[进行曲重新响起。阿尔图与卫队,众大臣们、潘塔隆内、塔尔塔利亚庄重地走进了先前从那儿出来的大门。	
	[杜兰朵、阿德尔玛、柴丽玛、特鲁法金诺、众太监及女仆们随着鼓声进入另一扇门。	

(吕晶/译)

永不褪色的爱情故事

卡尔洛·戈齐(Carlo Gozzi,1720 年 12 月 13 日~1806 年 4 月 4 日),意大利剧作家。代表作《杜兰朵》。卡尔洛·戈齐生于威尼斯一个贵族家庭。他的哥哥加斯帕尔·戈齐是个优秀的文艺批评家。兄弟二人树起维护美的传统的旗帜,宣扬保护意大利语言的纯洁性。1762 年卡尔洛·戈齐创作了童话剧《杜兰朵》,刻画出一个非同凡响的艺术形象:美丽而任性的中国公主杜兰朵。

其故事情节大致是:落难王子卡拉夫历经艰险,漂泊流浪来到了北京城,当他看到了杜兰朵的画像,立刻惊为天人,不顾他人的苦苦劝阻,"要么去死,要么娶杜兰朵为妻"。在这样的决心下,卡拉夫凭借自己超人的智慧和胆识前往皇宫回答杜兰朵公主的谜语。卡拉夫猜出了杜兰朵的全部谜语,而且也获得了杜兰朵的父皇的喜爱和欣赏。但是杜兰朵却反悔了,不愿嫁给卡拉夫,想再出三个谜语,遭到国王拒绝。卡拉夫见状,忙请求让他出一个谜语,如果公主答对,他愿牺牲性命,如果答不出来,杜兰朵就应和他结婚。杜兰朵使用巧计,获知了答案。第二天,她在朝廷上当众说出答案。卡拉夫如雷轰顶,毅然拔出匕首,但是杜兰朵阻止了他,并说明答案是用巧计得来的。卡拉夫以其勇敢、智慧和火热的爱情征服了杜兰朵,两人幸福地结为夫妇。

选段表现卡拉夫与杜兰朵在皇宫大殿的斗智斗勇场面,人物性格刻画得十分鲜明。

杜兰朵:她,光彩照人,卡拉夫听到她的声音会赞叹,看到她的容貌会激动。她,残忍,杀掉那些不能猜出她谜语的求爱者。她,聪明骄傲,非常看重自己的智慧,认为这是自己强于别人的东西,并用这一点来考察男性、甄选男性;她自认为无人能战胜她的智慧,比她更聪明。她,薄情,她恨男人,希望远离她憎恨的男性而生活,她希望享受别人都能享受的自由,她不愿意违背自己的意志而轻易妥协,不希望自己仅仅是男性的附属品,而把自己当成一个独立的个体。当卡拉夫按规定猜出谜语之后,不断表明情感,人们都等着办喜事之时,她却反悔不愿嫁给这位求婚者,并要求再出谜语考验王子,以达到反悔的目的。

卡拉夫:他,聪明,智慧超人,能猜出公主的三个谜语(这是很多人都没猜出来的)。他,痴情,选段中反复穿插一句类似的话,表明卡拉夫对杜兰朵爱之深切:"为了您,我宁愿千百次地在断头台展示我的一颗心""要么去死,要么娶杜兰朵为妻""我要么去死,要么杜兰朵将成为我的新娘"。这些话语阐释了"最坚贞不渝的爱情观是为爱存在"的说法,讲述着一个永不褪色的爱情故事。(苏先禄、京涛)

不朽感

其实，一个人从一出生开始就不可避免有一死，而这种变化看来就好像是一个寓言。变化尚未开始之前，不把它看作幻想还能当成什么呢？有些事情已经过去很久了，有些地点和人物我们从前见过，如今它已经消失在模糊中，我们不知道,这些事发生时，自己大脑是处于昏睡还是清醒。这些事宛如人生中的梦境，记忆面前的一层薄雾、一缕青烟。我们想要更清楚地回忆时，它们却似乎试图躲开我们的注意。所以，十分自然，我们要回顾的是那段寒酸的往事。

对于某些事，我们却能记忆犹新，仿佛是昨天刚发生的——它们那样生动逼真，以至于成为了我们生命中的永存。因此，无论我们的印象可以追溯多远，我们发觉其他事物仍然要古老些(青年时期,岁月是成倍增加的)。我们读过的那些环境描写，我们时代以前的那些人物，普里阿摩斯和特洛伊战争，即使在当地，已是老人的涅斯托尔仍高兴地常和别人谈起自己的青年时代，尽管他讲到的那些英雄早已不在人世，但在他的讲述中我们仿佛可以看见这么一长串相关的事物，好像它们可以起死回生。于是我们就不由自主地相信这段不确定的生存期限属于我们自己。我们为此也就不感到什么奇怪的了。彼得博罗大教堂有一座苏格兰女王玛丽的纪念碑，我以前常去观看，一边看，一边想象当时的各种事件和此后所发生的种种事情。如果说这许多感情和想象都可以集中出现在转瞬之间的话，那么人的整个一生还有什么不能被包容进去呢？

我们已经走完了过去，我们期待着未来——这就是回归自然。此外，在我们早年的印象里，有一部分经过非常精细的加工后，看来准会被长期保存下去，它们的甜美和纯洁既不能被增加，也不能被夺走——春天最初的气息。

浸满露水的风信子、黄昏时的微光、暴风雨后的彩虹——只要我们还能享受到这些,就证明我们一定还年轻。这是谁也无法改变的事实。真理、友谊、爱情、书籍能够抵御时间的侵蚀，我们活着的时候只要拥有这些就可以永不衰老。我们一门心思全用在自己所热爱的事情上，所以，我们充满了新的希望，于是，我的心神出窍，失去知觉，永远不朽了。

我们不明白内心里某些感情怎么竟会衰颓而变冷。所以，为了保持住它们青春时期最初的光辉和力量，生命的火焰就必须如往常一样燃烧，或者毋宁说，这些感情就是燃料，能够供应神圣灯火点燃"爱的摧魂之光"，让金色彩云环绕在我们头顶上！

[英国]威廉·赫兹里特/文,佚名/译

品读

威廉·赫兹里特(William Hazlitt,1778年4月10日～1830年9月18日),

英国散文家、文艺评论家、社会评论员、哲学家、画家。他出身于牧师家庭,去过巴黎学习绘画,早期以作画为生,当过记者,以后转向文学和戏剧评论。

赫兹里特著述面较广,有历史、哲学和政论等著作,如《拿破仑传》(1828～1830)、涉及18世纪的各种思潮及其相互关系的《论人的行为准则》(1805)。他的主要成就在于文艺批评和小品随笔。随笔中有他的一些最优秀的作品,如《论青春的不朽之感》。在文艺批评中,有论述戏剧的《英国戏剧概观》(1818)。

赫兹里特鼓吹个人主义,从而使他成为浪漫主义运动的一个典型。他的所有著作都可以看作是对反对权威、习俗和狭隘思想的个人主义的肯定。他的批评往往带有个人的感情色彩,尖锐而充满激情,富有想象,流露着智慧。他对所处的时代思潮作了颇具洞察力的评论。

"真理、友谊、爱情、书籍能够抵御时间的侵蚀,我们活着的时候只要拥有这些就可以永不衰老。"的确,有些事情能让人们记忆犹新,这主要得益于生动逼真的描述,这正说明了书籍的不朽。人的生命是有限的,终究难免一死,怎么才能不朽呢?用作者的话来说,就是:"我们一门心思全用在自己所热爱的事情上,所以,我们充满了新的希望,于是,我的心神出窍,失去知觉,永远不朽了。"

第十二夜 (节选)

◇[英国]莎士比亚

读点

幽默风趣的对白，人性人文的觉醒。
透着浓郁的人文主义气息和爱情的甜美。

剧情介绍：

《第十二夜》叙述了两对恋人曲折而又浪漫的爱情故事。

罗马帝国的西巴斯辛与薇奥拉是一对孪生兄妹，这对孪生兄妹长得十分相像，如果不是穿的衣服不同，根本就没法把两人分清。一次他们海上遇险，彼此分离，生死不明。薇奥拉逃生后流落伊利里亚，女扮男装，化名西萨里奥，当上伊利里亚公爵奥西诺的侍童。

奥西诺苦恋伯爵小姐奥丽维娅，遭拒绝。薇奥拉作为使者，往来二者之间，反而引起奥丽维娅的爱恋，可是薇奥拉呢，却暗暗地爱上了公爵，她怀着矛盾的心情促成他们的结合，她衷心希望自己所爱的人得到幸福。

后来，与薇奥拉长得一模一样的哥哥西巴斯辛被安东尼奥所救，也来到伊利里亚。奥丽维娅在街上误将他认作薇奥拉，向他表达了爱情，得到了应允。他们在神父的主持下，悄悄地在后花园里举行了婚礼。婚后，西巴斯辛与新婚夫人奥丽维娅小别，到旅店取行李去了。

就在这时，奥西诺公爵在薇奥拉的陪同下亲自来向奥丽维娅求婚。出于礼貌，奥丽维娅只好出来迎接。奥丽维娅把薇奥拉当成了刚完婚的丈夫，就毫无拘束地与她亲热地交谈起来。奥西诺公爵非常恼怒，奥丽维娅宣称站在她面前的薇奥拉是她的新婚丈夫。薇奥拉矢口否认，但奥丽维娅与神父却一口咬定这是事实。

正在相持不下的时候，西巴斯辛来了。谜底终于揭开了，薇奥拉脱下了男装，奥西诺公爵这才恍然大悟，原来薇奥拉早已爱上他了。于是，奥西诺公爵择定良辰吉日，与薇奥拉结为连理。

本文选自《第十二夜》第一幕第五场，是薇奥拉代奥西诺公爵向奥丽维娅求亲的一段对白。

奥丽维娅　　把你的尊意告诉我。

薇奥拉　　　我是一个使者。

奥丽维娅	你那种礼貌那么可怕,你带来的信息一定是些坏事情。有什么话说出来。	
薇奥拉	除了您之外不能让别人听见。我不是来向您宣战,也不是来要求您臣服,我手里握着橄榄枝,我的话里充满了和平,也充满了意义。	批:薇奥拉是为奥西诺来提亲的,自然"不能让别人听见"。
奥丽维娅	可是你一开始就不讲礼。你是谁?你究竟想要什么?	
薇奥拉	我的不讲礼是我从你们对我的接待上学来的。我是谁,我要些什么,是个秘密,在您的耳中是神圣,别人听起来就是亵渎。	批:以对方的无礼回敬对方,有说服力。
奥丽维娅	你们都走开吧,我们要听一听这句神圣的话。(玛利娅及侍从等下)现在,先生,请教你的经文?	批:支开身边的人,好自由交流。经文只是借口。
薇奥拉	最可爱的小姐——	
奥丽维娅	倒是一种叫人听了怪舒服的教理,可以大发议论呢。你的经文呢?	批:打断对方的恭维,急于听经文,她还不知薇奥拉的意图。
薇奥拉	在奥西诺的心头。	批:委婉表明是为奥西诺提亲的。
奥丽维娅	在他的心头!在他的心头的哪一章?	批:心头第一章表明对奥丽维娅的爱是奥西诺心头最重要的事。
薇奥拉	照目录上排起来,是他心头的第一章。	
奥丽维娅	噢!那我已经读过了,无非是些旁门左道。你没有别的话要说了吗?	批:委婉回绝对方的话题。
薇奥拉	好小姐,让我瞧瞧您的脸。	批:只好另起话题。
奥丽维娅	贵主人有什么事要差你来跟我的脸接洽的吗?你现在岔开你的正文了;可是我们不妨拉开幕儿,让你看看这幅图画。(揭除面幕)你瞧,先生,我就是这个样子,它不是画得很好吗?	批:让薇奥拉目睹自己芳容,以绝薇奥拉为奥西诺提亲的念想。
薇奥拉	要是一切都出于上帝的手,那真是绝妙之笔。	批:赞美,以让对方能耐心听下去。
奥丽维娅	它的色彩很耐久,先生,受得起风霜的侵	批:言外之意自己美丽永远。

	蚀。	
薇奥拉	那真是各种色彩精妙调和而成的美貌；那红红的白白的都是造化亲自用他的可爱的巧手敷上去的。小姐，您是世上最忍心的女人，要是您甘心让这种美埋没在坟墓里，不给世间留下一份副本。	批：赞美中引出新的话题。让坟墓埋没美真可惜，表达了希望奥丽维娅的美丽能有人欣赏之意。
奥丽维娅	啊！先生，我不会那样狠心；我可以列下一张我的美貌的清单，一一开陈清楚，把每一件细目都载在我的遗嘱上，例如：一款，浓淡适中的朱唇两片；一款，灰色的倩眼一双，附眼睑；一款，玉颈一围，柔颐一个；等等。你是奉命到这儿来恭维我的吗？	批：把美貌的清单载在遗嘱上，言外之意是说自己不愿接受男人的爱情。
薇奥拉	我明白您是个什么样的人了。您太骄傲了，可是即使您是个魔鬼，您还是美貌的。我的主人爱着您。啊！这么一种爱情，即使您是人间的绝色，也应该酬答他的。	批：这是希望奥丽维娅能接受奥西诺的爱情。
奥丽维娅	他怎样爱着我呢？	
薇奥拉	用崇拜，大量的眼泪，震响着爱情的呻吟，吞吐着烈火的叹息。	批：形象表达了炽热的爱，同时，也是她对主人的爱的表露。
奥丽维娅	你的主人知道我的意思，我不能爱他，虽然我想他品格很高，知道他很尊贵，很有身份，年轻而纯洁，有很好的名声，慷慨，博学，勇敢，长得又体面；可是我总不能爱他，他老早就已经得不到我的回音了。	批：明确地表达自己的观点，尽管奥西诺非常出色、优秀，但她丝毫不为所动，不会接受奥西诺的爱情。
薇奥拉	要是我也像我主人一样热情地爱着您，也是这样的受苦，这样了无生趣地把生命拖延，我不会懂得您的拒绝是什么意思。	批：设身处地为奥丽维娅着想，为奥丽维娅爱上男扮女装的薇奥拉张本，奥丽维娅爱上了薇奥拉，才有以后与薇奥拉哥哥误会结缘的美丽。
奥丽维娅	啊，你预备怎样呢？	批：吃惊又有些好奇。
薇奥拉	我要在您的门前用柳枝筑成一所小屋，	批：代替奥西诺表达对奥丽维娅的

不时到府中访谒你的灵魂；我要吟咏着被冷淡的忠诚的爱情的篇章，不顾夜多么深我要把它们高声歌唱；我要向着回声的山崖呼喊您的名字，使饶舌的风都叫着"奥丽维娅"。啊！您在天地之间将要得不到安静，除非您怜悯了我！

奥丽维娅 <u>你的口才倒是颇堪造就的。你的家世怎样？</u>

薇奥拉 超过于我目前的境遇，但我是个有身份的士人。

奥丽维娅 <u>回到你主人那里去。我不能爱他，叫他不要再差人来了，除非或者你再来见我，告诉我他对于我的答复觉得怎样。再会！多谢你的辛苦，这几个钱赏给你。</u>

薇奥拉 <u>我不是个要钱的信差，小姐，留着您的钱吧；不曾得到报酬的，是我的主人，不是我。但愿爱神使您所爱的人也是心如铁石，好让您的热情也跟我主人的一样遭到轻蔑！再会，忍心的美人！（下）</u>

（朱生豪/译）

批：执着的爱，实际也是表达自己对爱情的渴望。想象丰富，描述情景真挚动人，奥丽维娅以后错爱上薇奥拉也便在情理之中了。

批：赞赏中已对薇奥拉产生了兴趣。

批：再次明确地回绝提亲的请求。"除非或者你再来见我"，表明奥丽维娅已经有些喜欢这个信使了。

批：所爱的人能得到他所渴望的爱情，她心里觉得自己也是幸福的。

选择爱情的权利

　　《第十二夜》是莎士比亚喜剧艺术的顶峰之作。剧名"第十二夜"与剧情无关，副题"各遂所愿"，与《皆大欢喜》为姊妹剧。圣诞节过后的第十二夜是冬季节日的终结，是和欢乐告别的日子。《第十二夜》的创作对莎士比亚而言也是一次告别，因为从此以后他再也不写这种充满快乐的喜剧了。

　　《第十二夜》充分体现了莎士比亚喜剧的艺术风格，既具备抒情喜剧的欢快优雅，又融合了通俗喜剧的嬉笑怒骂，令人在捧腹大笑的同时品味出生活的哲理。在艺术技巧上，莎士比亚综合运用了乔装、误会、错爱等喜剧元素，使作品自始至终都洋溢着欢快谐趣的气氛。

　　薇奥拉是作品中塑造得最为成功的人物形象，也是一个寄托了莎士比亚人文主义理想的文艺复兴"新人"形象，英国文学批评家赫兹里特甚至认为"《第十二夜》巨大的、秘密的迷人之处在于薇奥拉这个人物"。不过，就选文而言，奥丽维娅也是一个非常出色的女性形象。

奥丽维娅是一个美丽自信的姑娘，她并不因为公爵的富有、尊贵、慷慨、博学、勇敢、痴情而感动，她不爱就不爱，忠实于自己，斩钉截铁。她明白自己有爱的权利，表明她是不甘被动承受某人爱情的人，而是按照自己的意愿去主动追求自己理想爱情的独立自主的人。

本文的台词中还表露出女性美的自信。奥丽维娅开列的美貌清单，带着一种乐观自信。她不喜欢被人恭维的爱情，她要主动选择自己的爱人。爱情有了独立自由的权利，无论什么人，都有选择爱情的权利，是人文主义时期自我意识的觉醒。（子夜霜、王崇翔）

芳草地　　汽车等着的时候

夜幕初降的时候，这位身穿灰色衣服的女子又来到那宁静的小公园里的那宁静的角落里。她坐在一条凳子上，开始看书。她的衣服灰色朴素。她的脸蛋非常漂亮。前一天和再前一天，她都在同一时间来到这里，有一个年轻人知道这件事。

这个年轻人走近前来。就在这一刹那间，她的书滑出了她的手指，落在地上。那年轻人捡起来，有礼貌地将书还给那女孩子，说了几句关于天气的话，然后就站在那里等着。

那女孩子看看他朴素的衣服和平凡的脸。

"如果你愿意的话，可以坐下，"她用女低音说，"光线太差了，不宜看书。我倒愿意谈谈。"

"你知不知道，"他说，"你是我见到过的最漂亮的女孩子。我昨天就看见你了。"

"不管你是谁，"那女孩子用一种冷冰冰的语气说，"你必须记住我是一个有身份的女人。"

"请原谅，"这个年轻人说，"这是我的不是，你知道——我的意思是说在公园里有些女孩子，你知道——当然你不会知道，但是……"

"让我们换一个话题吧。当然，我知道。好吧，请你给我说说这些来往的人群。他们都上哪儿去？他们干吗这么匆匆忙忙？他们快活吗？"那年轻人不明白他应该扮演个什么样的角色。

"我跑来坐在这儿，是因为只有在这里我才可以接近群众。我跟你说话，是因为我要跟一个自然人，一个未受金钱玷污的人说话。哦，你不知道我多么讨厌它——钱，钱，钱！还有那些包围我的男人。我讨厌享受，讨厌珠宝，讨厌旅行。"

"我一直认为,"年轻人说,"金钱一定是一样很好的东西。"

"当你拥有几百万几千万的时候! 兜风,宴会,戏院,舞会,晚餐! 我讨厌这一切!"这位年轻姑娘说。

小伙子颇有兴趣地看着她。

"我一直喜欢,"他说,"读到或是听到有关富人生活的情况。"

"有时候,"女孩子继续说,"我想,如果我有朝一日爱上一个男人的话,我要爱一个普通的人——你的职业是什么?"

"我是一个非常普通的人。但是我希望出人头地。当你说你能够爱一个普通人的时候,你是当真的吗?"

"我确实是当真的。"她说。

"我在一家餐厅工作。"他说。女孩子缩了回去。"不是当跑堂的吧?"她问。

"我在那家餐厅里当出纳员,也就是那家你现在看得到的有着耀眼的电灯招牌的'餐厅'。"

女孩子看看表,站了起来。"你怎么不上班呢?"她问。

"我上夜班,"小伙子说,"我得一个钟头之后才开始工作。我还有希望再见到你吗?"

"我不知道,也许。我必须快走。哦,今晚还有一个宴会和一个音乐会呢。也许你来的时候注意到一辆停在公园拐角上的白色汽车吧?"

"是的,我注意到了。"年轻人说。

"我总是坐那辆车来的。司机在那里等我,晚安。"

"可是现在天色挺暗了,"年轻人说,"公园里坏人多。我能陪你走到汽车那边吗?"

"你得在我走后再在这条凳子上坐十分钟。"她去了。在她走向公园的入口时,年轻人看着她那优美的身材。然后他站起来,跟着她。当她走到公园门口时,她转过头来看看那辆汽车,在它边上走过,穿过大街,走进那着有耀眼的电灯招牌的餐厅。一位红发女郎离开出纳员的桌子,这位穿灰色衣服的女子接替了她。

年轻人把手插到口袋里,慢慢地沿大街走去。然后他跨进那辆白色的汽车,吩咐司机说:"亨利,俱乐部。"

[美国]欧·亨利/文,筱越/译

品 读

欧·亨利(O. Henry,1862 年 9 月 11 日~1910 年 6 月 5 日),原名威廉·西德尼·波特(William Sydney Porter),欧·亨利是其笔名。世界三大短篇小说家(即法国的莫泊桑、俄国的契诃夫、美国的欧·亨利)之一。美国著名批判现实主义作家,曾被评论界誉为曼哈顿桂冠散文作家和美国现代短篇小说之父。

所谓"欧·亨利笔法"是指作品的结尾既是出乎意料的却又是在情理之中的合乎逻辑而令人信服的。由于欧·亨利认为在生活中充满意料不到的事情，所以他的小说大多这样结尾。所以，文学界也把这样的结尾方法称之为欧·亨利式结尾。

《汽车等着的时候》是一篇构思巧妙、颇有讽刺意味的微型小说。

素不相识的姑娘和年轻人相遇于宁静的小公园。姑娘一副高高在上、愤世嫉俗的样子，她向年轻人倾诉自己过腻了上流社会的日子，甚至讨厌钱，讨厌享受，讨厌珠宝，等等。相比之下，年轻人在姑娘面前则显得十分卑微，他对姑娘所说的"有钱人"的生活表露出了足够的兴趣，言语之间充满了对钱的向往。

这个姑娘实际上只是一个社会地位不高的餐馆出纳员，只是年轻漂亮。女子身穿灰色朴素的衣服，不可能马上去参加宴会、音乐会，说明她并非富人。但她装腔作势，故作矜持，自欺欺人，内心空虚，说自己讨厌金钱，实则羡慕富人生活。她听说男青年"在一家餐厅工作"时，便"缩了回去"，暗示她不想和穷人交往的心理。

小说结尾处情节突转，出现了令人意想不到的结局，姑娘和年轻人之间出现了戏剧性的角色错位。原来，小伙子才是真正的"有地位"的人，而姑娘则是小伙子所自称的出纳员。姑娘有漂亮的脸蛋和优美的身材，却没有与之匹配的身份、地位与金钱。因此，虚荣心使她扮演了一场很快便露出马脚的戏。

我们在现实生活中应该丰富自己的内心，提高精神追求，而不是在物质上和别人攀比。这样才能做到平静地生活，而不失去自己的追求，不为外界所诱惑。小说的主人公——她本可以是一个真诚善良的"灰姑娘"，但却因为满足自己的虚荣心而变成了可怜又可悲的"玛蒂尔德"。小说的结尾既出人意料，又在情理之中，既令人忍俊不禁，又叫人掩卷沉思。

奇异爱情

欧那尼（节选）

◇[法国]维克多·雨果

读点

感人肺腑的内心表白。
忠贞爱情的深情诉说。

剧情介绍：

16世纪初,西班牙王国。深夜,西班牙国王卡洛化装成蒙面人潜入吕古梅公爵侄女素儿小姐的闺房内。在他的威逼下,女仆说素儿虽与吕古梅公爵订婚,但真心爱的却是英俊的欧那尼。卡洛随即潜入闺房壁柜。素儿和欧那尼相继到闺房幽会。贵族出身的欧那尼因其父早年被西班牙国王卡洛之父所杀害,多年来浪迹江湖,寻机报杀父之仇。欧那尼与素儿约定次日午夜出逃。这时,卡洛从壁柜内跳出来,欧那尼拔剑准备与其决斗时,吕古梅公爵出现了。他看到即将与他结婚的素儿小姐闺房内有两名陌生男人,勃然大怒,喝令仆人取来刀剑。蒙面人露出真相,卡洛借口祖父即日耳曼帝国皇帝刚刚去世,来此是为了与公爵密商继位大计,并诈称欧那尼是他的跟班。

次日午夜时分,卡洛诱骗素儿。素儿中计,落入卡洛手中。国王早为素儿的姿色所倾心,但素儿坚贞不渝,乘其不备夺下国王的短剑,准备自刎。此刻,欧那尼率部下赶到,救下素儿。为报杀父之仇又不失侠客气质,他决定与国王决斗。卡洛认为与强盗决斗会玷污名誉,声称宁愿被对方杀死,也不愿与其决斗。欧那尼决定暂时放走卡洛。欧那尼深知自己身处逆境,不愿拖累素儿。正当他们难舍难分之际,卡洛率追兵前来缉拿欧那尼一行。欧那尼只得与素儿告别。

国王四处悬赏,缉拿欧那尼。几天后,吕古梅公爵与素儿成亲。有消息说欧那尼已被剿杀,素儿痛苦万分。结婚之日,欧那尼化装成宾客来到城堡,公爵热情款待。欧那尼见素儿身着新娘礼服,不禁气喘色变,脱下道袍露出了本貌。公爵为着贵族荣誉观念,决定保护欧那尼。欧那尼痛斥素儿不贞,素儿向欧那尼哭诉准备完婚后自刎的打算。两人正在拥抱之际,公爵返回大厅,见此形状,怒不可遏。这时卡洛率兵包围了城堡,准备捉拿欧那尼。公爵出于贵族荣誉观念,再次保护了欧那尼。卡洛未能俘获欧那尼,便带走素儿做人质。欧那尼为报答公爵救命之恩,把贴身号角交给公爵,起誓说,只要公爵吹响这支号角,他立刻以死相报。

西班牙贵族反王党共商谋反卡洛国王的大计。反王党成员经过抽签决定由欧那尼谋刺国王。

吕古梅公爵出于荣誉观念,为了换回谋刺国王的权利,不惜把全部房产、十万奴隶奉送给欧那尼,甚至同意把素儿也给他,并归还索命的号角。然而,欧那尼不肯转让到手的权利。这时,卡洛与伏兵突然闯进会场,将反王党人一网打尽。

卡洛当选了日耳曼帝国皇帝,为了显示自己宽宏大量,卡洛赦免了全体反王党人,并将素儿许配给欧那尼,还封他为简武安伯爵。至此,欧那尼对卡洛的深仇大恨一笔勾销。

欧那尼与素儿的新婚之夜的舞会后,新郎新娘在阳台上凭栏眺望美丽的夜色。这时,阴暗中传来一阵号角声。欧那尼明白死期已到。当素儿明白欧那尼曾向吕古梅公爵发誓以命相抵时,她苦苦哀求叔父宽恕欧那尼。吕古梅认为他们的结合有损自己的声誉,执意要欧那尼兑现誓言。欧那尼不愿与素儿永别,但碍于贵族声誉,不愿食言,遂接过公爵递过来的毒酒。素儿夺过毒酒,喝了半瓶,欧那尼将剩余的毒酒一饮而尽,一对新人拥抱而死。吕古梅见状,气绝身亡。

理想主义使该剧的几个人物都闪现着人道主义色彩。不能用"正"或"反"来规范他们。虽然"他们身上还残存着此举的泥尘和污迹,却已闪出彼岸的纯洁和光华"。

《欧那尼》全剧分五幕,节选的一段台词为第三幕中欧那尼与素儿的对话。

素儿	(凝思,没有听他的话)哼!居然有人以为<u>我的爱情是朝三暮四的!我的心上本来深刻着一个情人的姓名,而居然有人以为一些无知无识的人,可以随便使我变心,再去爱他们所谓有钱有势的人!这真是太可笑了!</u>	批:吐露心声,不为金钱和权势所惑。其对坚贞爱情的表白,可谓掷地有声。
欧那尼	唉!我该死,我说话太不谨慎,侮辱了你!如果我是你的话,那我就讨厌这个疯子,他只能够在伤害了人家以后才去怜悯人家。我就要赶走那个疯子。我说了,请你把我赶走吧。而我呢,倒情愿向你祝福;因为你一向都很仁慈温柔。我是一个恶人,我竟用我的黑暗,来吞没了你的光明;你一向都是待我很好。然而,这到底太过分了;你的灵魂,又高尚又美丽又纯洁;如果我是罪大恶极的话,难道说是你的错吗?<u>快去嫁给那位公爵吧,因为他很和善,又很高贵。他的父母,都是贵族出身。你跟了他,荣华富贵,享受不尽。你难道不知道我这一双慷</u>	批:推心置腹,设身处地,真诚感人。 批:对比说理,貌似理由充分;口是心非,是为了掩盖内心无比的痛苦。两个反问句和"快去嫁给"的祈使句的运用,更是增强了悲情效果。

慨的手,能给你什么一种富贵吗？唉,我只能够把不幸的命运,送给你做嫁妆,拿流血或是流眼泪,给你去选择。流浪、杀头、死亡,以及我周围的一切恐怖。这些就是你的项圈,你的珠冠;我这百宝箱里所装的东西,实在比任何新郎送给他新娘的礼品,还要丰富。不过,我这百宝箱里所装的礼品,只是数不清的悲哀和痛苦罢了。快去嫁给那老头儿吧,他很配得上你！啊,谁会想到,像我这个罪犯的脑袋,配得上你那纯洁的额角呢？像你那样安静美丽,像我这样粗野凶暴;你,和平得像生长在暖房里的鲜花一样,而我,像被风暴冲到岩石上打得粉碎一样;一个旁观的人,看到了我们俩的样子,谁敢说,我们俩的命运,应该受同一条法律的支配呢？不,那位主宰万物,至公无私的上帝,决不会把你来配给我的。上天并没有给我爱你娶你的权利;所以我也只好听天由命了。我曾经得到了你的心;不过那是偷得来的！我现在把你的心,交还给一个比我更好的人。上天对于我们的恋爱,从来没有现出笑脸;要是我以前说过,你的命运应该跟我的一样,那是瞎说！从此以后,我再不想报仇,也不想恋爱了！就这一辈子,快完了;我已经是个废物,报仇和恋爱这两个梦,也就完了。我真惭愧,我既不能惩罚人家,又不能给人快乐;我本来是为了恨才生的,却只想爱。请你原谅我,丢开我吧;这是我向你的祷告,你千万不要拒绝,因为这是我最后一次真心诚意的表示了。你活着,我死了。我不明白,你为什么一定要把你自己关在我的坟墓里呢！

批:将自己与所爱的人作比较,虽然言过其实,但态度显得十分诚恳。

批:借上帝与上天说事,极力推说自己无权恋爱,无权娶对方,请求对方原谅、丢开自己,其内心的无奈与痛苦可见一斑。

素儿	你这个没有良心的人哪！
欧那尼	亚拉岗山野，迦里西地方！凡是那些在我周围的，都遭了我的殃！多少好弟兄们，丝毫也不悔恨，跟着我去打仗；可是现在你瞧，他们都死了！他们都是西班牙最勇敢的战士，一个个真像不怕死的军人，现在仰面躺在地上，对着永生的上帝。他们的眼睛如果还能睁开着的话，一定可以看见苍天。你瞧，凡是跟我的人，都得到这样不幸的结局。难道说每一个人都是命该如此的吗？啊，素儿小姐，你还是嫁给公爵，嫁给魔鬼，或者嫁给国王，嫁给随便什么人，总而言之，一切都比我好得多。你听我说，我已经没有一个朋友再来想到我，现在正是轮到你来丢开我的时候了，因为，我命该孤独。所以，请你丢开我吧，不要受我的传染了。请你千万别把始终不变的爱情，当作一种神圣的职责。我哀求你，丢开我吧。你也许以为我跟旁人一样，头脑清楚，向着你定的目标，按部就班地往前走去。啊，你大错了，请你别再欺骗你自己吧。我是一种不能抵抗的力量，我自己看不见，听不见，处处受着噩运的支配。我的灵魂是漆黑的，充满着痛苦。我要上哪儿去？我自己也不知道。我只觉得被那猛烈的气息和那狂暴的命令，催着我，逼着我；我往下掉，往下掉，一直掉下去没有个完。有时候，我憋住气，大胆回过头去向后看一眼，就听得有个声音，在喊着，"不准停止！"而我所要掉下去的那个深渊，真是深不可测，到了底里一看，只见鲜红一片，不知道是火，还是血！在我这条可怕的路上，四周的一切东

批：无奈与痛苦之状跃然纸上。

批：由己而及跟随自己打仗的战士，表面是在谈自己的"不幸"，实际是在褒扬自己。

批：四个"嫁给"，表面上言辞恳切，实际上是言不由衷。

批：极力诉说自己"命该孤独""处处受着噩运的支配""灵魂是漆黑的""充满着痛苦"，自己正被"那猛烈的气息和那狂暴的命令"，"催着""逼着""往下掉"，甚至要掉进"深渊"，请求素儿丢开自己。表面上这是诚恳的请求，实际上却是无奈的表白。

	西，都炸了，都死了！我请你，丢开我吧！别再走上我这一条没命的路子吧。咳，我对你说这番话，完全出于一片好心，没有丝毫恶意。	
素儿	老天爷哪！	批：无奈之情！
欧那尼	我的魔鬼什么都干得出来，可是有一件事情却是办不到，那就是我的幸福。因为你就是幸福，所以你还是另外去找一个情人吧，因为你并不是为了我才生下来的，我是一个命中注定不幸的人。请你千万别相信上帝忽然会开恩，向我微笑；纵然是笑，也不过是嘲笑罢了。所以你还是去嫁给公爵吧！	批：以魔鬼说事，再次请求素儿嫁给公爵。
素儿	你伤了我的心，还嫌不够，一定要把我的心，扯得粉碎吗？天哪！这么说，你现在不爱我了？	批：一连串的简短语言辅以疑问、感叹，既是无比痛苦的质问，也是心有不甘的疑问。
欧那尼	啊，你就是我心上的命！你就是发出红光的火炉，一切温暖都是从你那里来的。亲爱的，如果我丢开了你，那你会不会怪我呢？	批：终于露出真容，原来，前面的所有谈话都是言不由衷，痛苦的表白！
素儿	不，我决不怪你。只是从此我也不想活了！	批：一个"不怪"，一个"不想活"，其理解宽容、忠贞不二之心令人动容。
欧那尼	不想活！为什么？为我吗？难道说，你居然为了这么小的一点原因，就想死吗？	
素儿	（泪如雨下）别说了。（跌坐椅中）	批：痛苦之状跃然纸上。
欧那尼	（在她身旁坐下）你哭了，这又是我的罪过！谁来惩罚我呢？因为我知道，你还是会原谅我的。你那明媚的眼睛里的光辉，本来是我生命中最大的快乐，现在我害得你流眼泪，使得你的眼睛因此暗淡无光，我心上的痛苦，谁能说出一半来呢？我的朋友们都死完了。啊，我真要发疯了！请原谅我吧，我真不知道怎么样的爱你呢！咳，我们	批：深情的诉说，真诚安慰，深爱之情，感人肺腑。

的爱情是一种最深刻的爱情。别哭了。还是让我们一块儿死吧！我真希望，我能够把全世界献给你才好！然而，我是不幸的苦命人！

素儿　（抱着他的颈子）你是我的狮子，又豪爽，又雄壮。我真爱你！

批：一个比喻句，一个感叹句，倾心爱慕之情，跃然纸上。

（陈瘦竹/译）

心灵解剖与爱情表白的完美结合

　　1828 年 8 月 29 日至 9 月 24 日，雨果用了不到一个月的时间完成了剧本《欧那尼》的创作。该剧于 1830 年"七月革命"前夕上演，爆满百场而不衰。此前，1826 年 8 月至 9 月创作的五幕韵文剧《克伦威尔》及其序言，如果被视为法国浪漫主义的宣言，那么《欧那尼》的上演成功则宣布了古典主义的彻底失败和浪漫主义的完全胜利。

　　选文是从法国著名剧作家雨果剧本《欧那尼》第三幕中节选的一段台词。这是简武安公爵因父亲被国王杀害，为了报杀父之仇，他不得不化名欧那尼，落草为寇。当自己的队伍被卡洛国王的军队打败后，他逃到了吕古梅家，希望与过去的恋人素儿见上一面。他万万没有想到，这时素儿已准备做别人的新娘了，本文就是在这一特定环境下，欧那尼与素儿的一段对白。欧那尼终于从百宝箱中的短刀上，看到了素儿对自己的深爱、对爱情的忠贞，于是，两人的误解顿然冰释，欧那尼也在内心深处产生了深深的自悔。

　　欧那尼深爱着素儿，一直渴望能够拥有，甚至曾乞求素儿说一句"我还是爱你"，认为只要有了这句话，就能医治他的痛苦与不幸。当他落魄归来，素儿向他表示她的爱情不是"朝三暮四的"，她深深地爱着欧那尼，绝不会去爱"所谓有钱有势的人"。这时，欧那尼才突然醒悟，而且突然间感到了爱的义务，觉得自己不能给素儿幸福，只能把"不幸的命运""做嫁妆"送给她，只能"拿流血或是流眼泪"给她"选择"，他能给素儿的只能是"流浪，杀头，死亡"，以及自己"周围的一切恐怖"，因此，他不得不劝素儿离开自己，嫁给公爵。欧那尼不断的表白，滔滔不绝的诉说，将其内心的无奈与痛苦表现得淋漓尽致。

　　他们两人的真情倾诉，可以说是心灵解剖与爱情表白的完美结合；他们之间的彼此谅解和爱慕，可以说是在特殊环境下相恋者纯真爱情的热烈升华。有人认为，相爱使人糊涂。这段台词不但是对这种世俗观念的有力批判，而且是对"相爱使人清醒、使人无私、使人崇高"的生动诠释。（唐仕伦、屈平）

欧那尼（节选）

欧那尼　公爵，不要走。(向素儿)唉，现在我倒要哀求你了！难道你愿意我变成一个不讲信义的人，而且不管我到什么地方去，额角上总是写着"叛逆"两个大字吗？请你可怜我，把那毒药还给我吧。凭着我们的爱情，凭着我们永生的灵魂，我向你哀求。

素儿　(凄然)你一定要吗？(她饮毒药)还有一半，你拿去喝吧。

吕古梅　(旁边)那么，这毒药是给她预备的吗？

素儿　(以半空之瓶还欧那尼)我叫你拿去吧。

欧那尼　(向吕古梅)你这该死的老头儿，你瞧见没有？

素儿　不要为我难受，你的一份，我给你留下了。

欧那尼　(取瓶)啊，天哪！

素儿　你决不会像这样的给我留下一份。你没有妻子一样的诚心。你不像我们吕家姑娘一样知道怎样去爱！可是我现在已经先喝了，放心吧。你如果愿意喝的话，那么就喝吧。

欧那尼　苦命的人，你知道你干了什么事吗？

素儿　那是你要这样的。

欧那尼　你知道，这就是可怕的死呀！

素儿　不，不，怎么会死呢？

欧那尼　这迷魂药，领你到坟墓里去！

素儿　今天晚上，我们难道不应该睡在一块儿吗？那么，管它睡在什么样的床上呢！

欧那尼　那么，我的父亲呀，我先忘掉了你，现在你来向我报仇了！(他饮毒药)

素儿　(投入欧那尼怀中)天哪，这痛得真是古怪！你快把那毒药扔掉吧！我的神智，已经昏迷了，别喝了！唉，我的简武安，这药真厉害，喝了下去，像是一条毒蛇，有一千个牙齿，在咬你的心。我真是痛得说不出来！你知道，这是什么？这是一股火呀！别喝了！太痛苦了呀！

欧那尼　(向吕古梅)你真是毫无半点儿心肝！你难道不能够给她预备另外一种药吗？(一饮而尽，掷瓶于地)

素儿　你干了什么？

欧那尼　我干了你自己所干的事。

素儿　到我的怀抱里来吧，我亲爱的。(两人并肩而坐)你很难过吗？

欧那尼　不，一点儿也不。

素儿　　这就是我们的结婚仪式！不过,就一个新娘来说,我未免太苍白了吧,你说不是吗?

欧那尼　啊,天哪!

吕古梅　厄运圆满了!

欧那尼　我眼看着她受苦,真比要我的命还难过!

素儿　　请你放心。我好些了。我们现在张开翅膀,向着更光明的地方飞去。让我们比翼双飞,到那极乐世界去吧。给我一个吻,给我一个吻吧。

　　　　[两人拥抱。

吕古梅　啊,我痛苦极了!

欧那尼　(声音微弱)啊。托天之福,我这一辈子,虽然后面有魔鬼,前面有深坑,可是等到临死了,我在这崎岖的人生旅途上走不动的时候,反而让我的嘴唇靠着你的手臂,安安稳稳地睡了。

吕古梅　他们多么幸福呀!

欧那尼　(声音渐微)来,来,素儿小姐,一切都黑了。你不觉得难受吗?

素儿　　(声音同样微弱)不,一点儿也不。

欧那尼　你没有看见在黑影中的火光吗?

素儿　　还没有看见呢。

欧那尼　(叹息)你瞧……(倒地)

吕古梅　(抬起头来,旋又垂下)他死了!

素儿　　(不信,站起半个身子)啊,不,我们是在睡觉。他睡着了。你看见的这个人,就是我的丈夫。我们彼此相爱。我们就这样睡了。这儿就是我们的洞房。(声音更弱)我求你别叫醒他,公爵,因为他累了。(她将欧那尼的脸转过来)亲爱的,脸向着我。这样,我们就更亲近,更密切了……(她亦倒地)

吕古梅　死了? 啊,现在该我入地狱了!(他自杀)

[法国]维克多·雨果/文,陈瘦竹/译

品 读

　　维克多·马里·雨果(Victor Marie Hugo,1802 年 2 月 26 日~1885 年 5 月 22 日),法国浪漫主义作家的代表人物,是 19 世纪前期积极浪漫主义文学运动的领袖,法国文学史上卓越的作家。

　　作为一部典型的浪漫主义戏剧,《欧那尼》从内容到艺术技巧上都打破了古典主义的清规戒律,具有明显的浪漫主义色彩。

　　首先,题材是反封建的。

剧本揭露和讽刺的对象是封建王朝的国王、贵族及朝臣。该剧的第一幕即题为《国王》，但这里国王不再是正义和道德的最高典范。相反，雨果用一种近乎漫画的笔触写出卡洛国王是如何深夜潜入民宅及抢劫少女的。同时，作者还写出在朝廷里国王又是怎样的手段卑劣和暴虐。为了衬托国王的这种形象，雨果将那些王公贵族写成一群跟在国王后面"摇着尾巴，寸步不离"、只会"用舌头去舔国王的影子"的卑鄙龌龊之辈。在古典主义戏剧中被美化和赞颂的一切都成为该剧抨击的对象。吕古梅公爵是一位自私自利、内心狠毒的封建贵族老爷，他虽然早已白发苍苍，却依旧贪恋女色。为了满足个人的情欲，他不惜拆散一对恩爱的情侣，硬要与自己的侄女结婚。出于贵族荣誉观念，有时在紧要关头，他倒不乏慷慨侠义之举；然而在个人情欲破灭、名誉扫地之时，他又像幽灵那样露出狰狞的嘴脸，把一对新人置于死地。无怪乎剧本还未上演就遭到种种刁难和攻击。

其次，着意刻画了与国王对立阶级中的某些正面人物。

该剧第二幕名为《强盗》，但实际流落山林的欧那尼无论在道德、精神境界还是在才智能力方面都远远超过了国王卡洛。欧那尼是一位年轻英俊、勇敢正直的绿林好汉。他强烈地爱着素儿，心甘情愿为她赴汤蹈火。为报杀父之仇，他与西班牙国王势不两立。然而贵族出身的欧那尼却把荣誉观念看得高于一切。为了能与国王公开决斗，充分显示侠客气质，他情愿在得胜的情况下放走自己的情敌与仇人。为了能够保住单枪匹马刺杀国王的权利，他甚至可以抛弃生命与自己心爱的人。为顾及脸面和维护贵族荣誉的道德观念，欧那尼终于在痛苦之中作出死亡的抉择。这是一个充满浪漫色彩的人物形象。素儿小姐是一位年轻漂亮、热情奔放的姑娘。她对爱情忠贞不渝。无论是至高无上的国王还是极其富有的公爵都无法打动她的心扉。她明知欧那尼身处逆境，却热恋着这位被通缉的大盗。为了能与自己的恋人在阳光下呼吸自由的空气，她甘愿抛弃金银珠宝随欧那尼浪迹江湖。在看到丈夫无法生还的情况下，她毅然喝下毒酒，以死殉情。两相对照，更加突出了剧本反封建的资产阶级民主主义色彩。

作者在这个剧中同时纳入了悲剧和喜剧的成分。为了达到这个目的，雨果依据其对照原则的理论进行了艺术技巧上的革新。首先，它在情节设计上采取了明显的对照。例如，第一幕题为《国王》，与之相对照，第二幕名为《强盗》；第四幕《坟墓》则对照着第五幕《婚礼》。同时每一幕的主要内容又与各自的标题形成对照。国王的卑劣行为与他的高贵身份相对照，而强盗的侠肝义胆又与他的不幸身世相对照。在《坟墓》一幕中，谋杀国王者反得宽恕并事事皆似如愿；到了《婚礼》时，喜庆反被死亡代替。作者运用对照手法确实打破了以往剧情推动的戒律。另外，在其他方面，作者也比较典型地运用了对照。这个剧围绕欧那尼与唐娜·素儿的爱情展开戏剧冲突。对照这两个青年人的真挚爱情，作者描写了国王和公爵对少女的占有欲,并由此突出了人物的性格和命运。具体地说,在人物刻画上,作者一方面让欧那尼的高尚勇敢与国王的卑鄙龌龊及公爵的阴险狠毒相对照,另一方面,又让人物性格前后不同相对照。开始时,国王卑劣可恨,到后来却又宽容大度;公爵原本是慷慨仗义到后来却嫉恨万分。

沙恭达罗 (节选)

◇[印度]迦梨陀娑

读点

"以情动人"的情味美，充满哀婉动人的离情别
意。

"情景交融"的意境美，洋溢着浓厚的诗情画意。

剧情介绍：

国王豆扇陀到郊外狩猎。他见到净修林尊师干婆的养女沙恭达罗。沙恭达罗美丽绝伦，豆扇陀一见倾心，而沙恭达罗也对豆扇陀一见钟情。豆扇陀为了寻找机会向沙恭达罗求爱，便留住在净修林里。

一日，豆扇陀在树林里散心，望见沙恭达罗病容憔悴，忍受着爱情的折磨。在两位女友追问下，沙恭达罗吐露了心声。豆扇陀便向沙恭达罗表白了爱情。于是，两人以自主方式结了婚。婚后不久，豆扇陀起程返回京城。临别时，他将刻有自己名字的戒指作为信物交给沙恭达罗。

豆扇陀离去后，沙恭达罗终日思念，无意间怠慢了一位脾气暴躁的大仙。大仙发出咒语，只有豆扇陀看到他给沙恭达罗作为纪念的饰品，才会再想起她来。净修林尊师干婆从外地回来，他祝贺沙恭达罗匹配如意郎君，并派徒弟陪送有孕在身的沙恭达罗到国王那里去。

沙恭达罗来到京城，见到了国王豆扇陀。但是，由于大仙诅咒的魔力，沙恭达罗在途中失落了戒指，豆扇陀已经完全忘掉了她，拒绝相认。沙恭达罗悲痛万分，愤怒谴责豆扇陀的无情无义。她向天求告，空中闪起一道金光，沙恭达罗的生母弥那迦将她接上天国。

后来一个渔夫在鱼肚里发现了那枚戒指，献给了国王，豆扇陀如梦初醒。他痛恨自己的薄情，不断向沙恭达罗的画像膜拜。不久，天神因陀罗邀请豆扇陀去天国协同战胜恶魔。豆扇陀完成使命回国，途中见到一个长有轮王相的小孩，觉得十分亲近。从两个女苦行者的交谈中，他得知这孩子正是自己同沙恭达罗的儿子。此时，沙恭达罗来到。豆扇陀上前相认，全家得以团圆。

本文选自《沙恭达罗》第四幕，描述沙恭达罗告别净修林的动人情景。

第四幕

干婆(注:干婆,沙恭达罗的义父)　喂,喂! 净修林里的住着树林女神的树啊!

在没有给你们浇水以前,她自己决不先喝。

虽然喜爱打扮,她因为怜惜你们决不折取花朵。

你们初次著花的时候,就是她的快乐的节日。

沙恭达罗要到丈夫家去了,愿你们好好跟她告别!

批:义父的话,可以看出沙恭达罗对这里的一草一木都十分爱护,充满感情,很善良。

舍楞伽罗婆(注:舍楞伽罗婆,干婆的徒弟)　(似乎听到杜鹃的叫声)尊者!

树木也是沙恭达罗的亲属,它们现在送别她,杜鹃的甜蜜的叫声就给它们用作自己的回答。

批:树木、动物皆有情!

幕后　愿她走过的路上点缀些清绿的荷塘!
愿大树的浓荫掩遮着火热的炎阳!
愿路上的尘土为荷花的花粉所调剂!
愿微风轻轻地吹着,愿她一路吉祥!
　　[大家都吃惊地听。

批:如诗如画的美好祝愿。

乔答弥(注:乔答弥,沙恭达罗的养母)　孩子呀! 净修林里的女神们爱自己的亲属,她们祝你一路平安。那么向女神们鞠躬致敬吧!

批:沙恭达罗要去见夫君豆扇陀国王,养母祝福她一路平安。

沙恭达罗　(鞠着躬,绕行,向毕哩阇婆陀)毕哩阇婆陀(注:毕哩阇婆陀,沙恭达罗的女友)! 虽然我很希望看到我的夫君,但是要离开这个净修林,我却很难过,一抬脚向前走,就跌倒在地上。

批:表现了沙恭达罗思念丈夫、渴望见到丈夫,同时又对养育她的净修林难舍难分的内心复杂的矛盾情感。

毕哩阇婆陀　你同净修林分别,伤心的并不只是你一个人。你也注意一下在你离别时净

批:连净修林里的动物和草木也对沙恭达罗有无限的感情,也是

修林的情况吧！小鹿吐出了满嘴的达梨薄草，孔雀不再舞蹈，蔓藤甩掉褪了色的叶子，仿佛是把自己的肢体甩掉。

依依难舍，也为她的别离感到悲哀，可见沙恭达罗与这里的一切都有着深厚的感情！

沙恭达罗　（回忆）父亲！我想去向我的妹妹蔓藤告别。

干婆　孩子！我知道你是爱它的。它就在右边。看呀！

沙恭达罗　（走上去，拥抱蔓藤）蔓藤妹妹呀！用你的枝子，也就是用你的胳臂，拥抱我吧！从今天起我就要远远地离开你了。父亲！你就把这蔓藤当我一般看待吧！

批：把蔓藤当作自己的同胞妹妹，真是依依不舍。

干婆　孩子！正遂了我早先为你打算的心愿，你用自己的功德找到一个郎君匹配凤鸾。为了你，我现在用不着再去担心，我想把附近的那棵芒果跟蔓藤结成姻缘。现在你就上路吧！

批：养女婚姻是他的心事，而她找到了如意郎君，很为她高兴。

批：将两棵植物结成姻缘，暗示干婆对养女的婚姻很满意，认为他们是天造地设的一对。

沙恭达罗　（走向二女友）朋友呀！蔓藤就交托在你们俩手里了。

二女友　我们这两个人交托给谁呢？（洒泪）

批：沙恭达罗与二女友关系亲密，分手时二女友怎不痛苦呢？

干婆　阿奴苏耶！毕哩阎婆陀！不要再哭了。小姐们要安定沙恭达罗的心情。（大家绕行）

沙恭达罗　父亲呀！什么时候那一只在茅棚周围徘徊的由于怀了孕而走路迟缓的母鹿生了小鹿，请你一定向我报喜。不要忘了啊！

批：心慈，牵挂。

干婆　孩子！我不会忘记的。

沙恭达罗　（作欲行又住状）啊哈！这是什么东西总是跟在我脚后面牵住我的衣边？

批：小鹿也不忍心与她别离。

干婆　每当小鹿的嘴给拘舍草的尖刺扎破，你就用因拘地治伤的香油来给它涂。

批：沙恭达罗把失掉母亲的小鹿看作自己的义子，写出了她善良用成把的稷子来喂它,使它成长,它离 的心灵。
不开你的足迹,你的义子,那只小鹿。

沙恭达罗　孩子呀!你为什么还依恋我这个离开 批:不依恋是假。
我们同居的地方的人呢?你初生不
久,你母亲死后,我把你抚养大了,现
在我们分别后,我的父亲会关心你的。
你就回去吧,孩子,你回去吧!(哭) 批:其实自己也不忍心离去。

干婆　　孩子呀!不要哭了!要坚定一点!看
你眼前的路吧!
你的睫往上翻,眼前看不仔细。 批:叮嘱之语饱含对养女的深深的
要坚定起来,不要让眼泪流个不息。 　　父爱。
这条路凹凸不平,不容易看清。
你的脚踏上去一定会忽高忽低。

(季羡林/译)

诗情画意的告别

　　沙恭达罗是作者心目中的理想女性。她本是桥尸迦族某国王与天女弥那迦的女
儿,是一个半人半神式的人物,因为被遗弃在净修林(即修道院),被净修林主干婆收为
养女。她生活在秀丽和谐的自然环境中,以树皮为衣,以荷花须为镯,以小生物为友,与
优美的自然环境融为一体。她过着质朴的内心生活,但也洋溢着充沛的青春活力。

　　《沙恭达罗》第四幕被认为是该剧最精彩的一幕。印度有一首广泛流传的诗:"在
所有语言艺术中,戏剧最美;在所有戏剧中,《沙恭达罗》最美;在《沙恭达罗》中,第四幕
最美。"这是因为第四幕是表现沙恭达罗与大自然的亲密关系最充分的一幕,也是意境
和语言最优美的一幕。

　　《沙恭达罗》的语言非常美妙,充满诗情画意。在作者笔下,各种动物、植物都具有
人的思想感情,也懂得人的思想感情。当沙恭达罗离家寻夫就要上路时,亲人们伤心极
了,这里的动物、植物也仿佛都充满了依依不舍的情谊。

　　从思想内容来说,这一幕通过沙恭达罗离别净修林的情景,表现她与净修林的亲密
关系,特别是与净修林自然界的亲密关系,从而展示她的性格美。在这个剧本里,沙恭
达罗被描绘成一个近乎完美的艺术形象。她的美不仅表现在外貌上,更主要地表现在
内心上、性格上。概括起来说,她的性格特点是温柔而质朴,热情而勇敢;而这一幕着

重表现的是她温柔而质朴的方面。她非常思念豆扇陀,希望尽快地见到他,但是要离别长期居住的净修林,心里又十分难过。因此,当她告别净修林的时候,她对净修林的人和物都怀着无限惜别的感情,而净修林的人和物也对她怀着无限惜别的感情。

在人方面,她与义父干婆以及两个女友的感情最深,如今一旦分手,双方都显得异常痛苦。在物方面,她热爱这里的一草一木一鸟一兽(如,干婆所说:"在没有给你们浇水以前,她自己决不先喝。虽然喜爱打扮,她因为怜惜你们决不折取花朵。"),而这里的一草一木一鸟一兽也都热爱她(如,她的女友所说:"小鹿吐出了满嘴的达梨薄草,孔雀不再舞蹈,蔓藤甩掉褪了色的叶子,仿佛是把自己的肢体甩掉。")。后一方面显然是作者所要描写的重点,也是更加感人的地方,更能展示沙恭达罗温柔而质朴性格的地方。

(子夜霜、陈锦才)

芳草地

秋

秋天来了,一个佳丽的姑娘
　　袅娉而端庄,
翘摇的稻梗——发间,
　　睡莲之花——脸上。
野花烂漫为衣;
　　群鸟随之徜徉,
群鸟之乐洋洋,
　　犹如环佩之鸣锵锵。

华冠璀璨
　　耀繁星之夜景;
绢衣皎洁
　　乃月光之泛出云屏;
朗月的面儿
　　有迷人的笑影;
她像个袅娉的姑娘,
　　刚要到成熟的年龄。

稻田上黄熟的稻草
　　随"微风"而飘摇；
在它那活泼的抚抱之中
　　戴花的树木舞蹈；
它吹皱——的莲池
　　莲花儿吻接而又分了，
管教少年人的痴心
　　为爱人儿甜蜜的想象潦倒。

[印度]迦梨陀娑/文，郭沫若/译

品 读

　　迦梨陀娑是古印度伟大的诗人、戏剧家，约生于4~5世纪。"迦梨陀娑"意为"迦梨女神的奴隶"。著有长篇叙事诗《鸠摩罗出世》《罗怙世系》，长篇抒情诗《云使》，抒情诗集《时令之环》，剧本《沙恭达罗》《优哩婆湿》《摩罗维迦和火友王》。

　　在《秋》中作者用拟人化手法，把秋天描写成一个端庄而娉婷的姑娘，稻梗是她的头发，莲花是她的脸庞，野花是她的衣裳，群鸟欢快的鸣唱，犹如她身上佩戴的玉饰被风吹得叮当作响。她有繁星满天似的帽子，月出彩云似的衣服，朗月般的笑容。这个姑娘啊，已到了成熟年龄。微风像她的抚抱一样，使戴花的树木舞蹈，莲花在频频接吻。望着这一情景，会引起痴心的少年产生甜蜜的想象。诗写得很美，拟人和比喻都运用得很娴熟。

闹 简

◇［中国］王实甫

读点

语言华美典雅，人物个性鲜明。

人物心理情态描写细致入微、十分传神。

一波三折的戏剧性的情节。

剧情介绍：

崔相国死了，其夫人郑氏携女儿崔莺莺送丈夫灵柩回河北安平安葬，途中因故受阻，暂住河中府普救寺。这崔莺莺19岁，针织女红，诗词书算，无所不能。她父亲在世时，就已将她许配给郑氏的侄儿郑尚书之子郑恒。

书生张生(即张珙)碰巧遇到到殿外玩耍的小姐与红娘。张生本是西洛人，是礼部尚书之子，父母双亡，家境贫寒。他只身赴京城赶考，路过此地，忽然想起他的八拜之交杜确就在蒲关，于是住了下来。听状元店里的小二哥说，这里有座普救寺，是则天皇后香火院，景致很美，三教九流，过者无不瞻仰。

张生本是来欣赏普救寺的美景，无意中见到了容貌俊俏的崔莺莺，十分赞叹。张生为能多见上几面，便与寺中方丈借宿，住进了西厢房。

一日，崔夫人为亡夫做道场，这崔老夫人治家很严，道场内外没有一个男子出入，张生硬着头皮溜进去。这时斋供道场都完备好了，崔小姐进香，以报答父亲的养育之恩。

张生从和尚那里知道莺莺小姐每夜都到花园内烧香。夜深人静，月朗风清，僧众都睡着了，张生来到后花园内，偷看小姐烧香。随即吟诗，莺莺也随即和了一首。张生夜夜苦读，感动了小姐崔莺莺，遂对张生产生爱慕之情。

叛将孙飞虎听说崔莺莺有"倾国倾城之容，西子太真之颜"。便率兵将普救寺层层围住，限崔夫人三日之内交出莺莺做他的压寨夫人，大家束手无策。崔莺莺宁死也不愿被那贼人抢去。危急之中，崔夫人声称谁能杀退贼军，就将小姐许配给他。

杜确是武状元，任征西大元帅，当时镇守蒲关。张生先稳住孙飞虎，然后给杜确写信，让他派兵前来打退孙飞虎。和尚下山去送信，三日后，杜确的救兵到了，打退了孙飞虎。

崔老夫人在酬谢席上以莺莺已许配郑恒为由，让张生与崔莺莺结拜为兄妹。这使张生和莺莺都非常痛苦。丫鬟红娘安排他们相会。夜晚张生弹琴向莺莺表白自己的相思之苦，莺莺也向张生倾吐爱慕之情。

自那日听琴之后，多日不见崔莺莺，张生害了相思病，趁红娘探病之机，托她捎信给莺莺，莺莺回信约张生月下相会。夜晚，莺莺在后花园弹琴，张生听到琴声，攀上墙头一看，是莺莺在弹琴。急欲与小姐相见，便翻墙而入，莺莺见他翻墙而入，反怪他行为下流，发誓再不见他，致使张生病情愈发严重。崔莺莺借探病为名，到张生房中与他幽会。

老夫人看崔莺莺这些日子神情恍惚，言语不清，行为古怪，便怀疑他与张生有越轨行为，于是叫来红娘逼问。红娘无奈，只得如实说来。红娘向老夫人替小姐和张生求情，并说这不是张生、小姐和红娘的罪过，而是老夫人的过错。

老夫人无奈，告诉张生如果想娶莺莺，必须进京赶考取得功名方可。莺莺在十里长亭为张生送行。长亭送别后，张生行至草桥店，梦中与莺莺相会，醒来不胜惆怅。

张生考得状元，写信向莺莺报喜。这时郑恒再次来普救寺，谎称张生已被尚书招为东床佳婿。于是崔夫人再次将崔莺莺许给郑恒，并决定择吉日完婚。成亲之日，张生以河中府尹的身份归来，征西大元帅杜也来祝贺。真相大白，郑恒羞愧难言，含恨自尽，张生与莺莺终成眷属。

《西厢记》杂剧共五本，本文选自第三本第二折，标题为编者所加。

（旦上云）红娘伏侍老夫人不得空便，偌早晚（注：偌早晚，这时候）敢待来也。起得早了些儿，困思上来，我再睡些儿咱。（睡科）

批：交代事情原委，莺莺在等待红娘回来，以打听张生的讯息。

（红上云）奉小姐言语去看张生，因伏侍老夫人，未曾回小姐话去。不听得声音，敢又睡哩，我入去看一遭。

批：红娘奉莺莺之命去看张生，现在她要去看看莺莺。

【中吕·粉蝶儿】风静帘闲，透纱窗麝兰香散，启朱扉摇响双环。绛台（注：绛台，烛台）高，金荷（注：金荷，承烛泪的铜盘。因其形似荷叶，故称）小，银釭（注：银釭，银白色的灯盏、烛台。此指烛光）犹灿。比及将暖帐轻弹，先揭起这梅红罗（注：梅红罗，紫红色的绫罗）软帘偷看。

批：环境描写，红娘由室外到室内，展示莺莺卧室的华丽优雅。

批：红娘"偷看"承上文"入去看一遭"。"偷看"，既要关心小姐，又多少忌惮小姐。

【醉春风】则见他钗嚲（注：嚲，下垂而倚斜）玉斜横，髻偏云乱挽。日高犹自不明眸（注：不明眸，不肯睁开眼睛），畅好是懒、懒。（旦做起身长叹科）（红唱）半晌抬身，几回搔耳，一声长叹。

批：写莺莺，从静态到动态，通过神情透视心理，一个为爱情苦恼的少女形象跃然纸上。

我待便将简帖儿与他，恐俺小姐有许多假处哩。

批：写送简，既交代红娘心理，又点

我只将这简帖儿放在妆盒儿上,看他见了说甚么。(旦做照镜科,见帖看科)(红唱)

【普天乐】晚妆残,乌云軃(注:乌云軃,指发髻偏倚),轻匀了粉脸,乱挽起云鬟。将简帖儿拈,把妆盒儿按,开拆封皮孜孜看,颠来倒去不害心烦。(旦怒叫)红娘!(红做意云)呀,决撒了也!厌的早扢皱(注:扢皱,即疙皱、皱缩,指皱眉)了黛眉。(旦云)小贱人,不来怎么!(红唱)忽的波(注:波,为衬字,无义)低垂了粉颈,氲的(注:氲的,渐渐的)呵改变了朱颜。

(旦云)小贱人,这东西那里将来的?我是相国的小姐,谁敢将这简帖来戏弄我,我几曾惯看这等东西?告过夫人,打下你个小贱人下截来。
(红云)小姐使将我去,他着我将来。我不识字,知他写着甚么?

【快活三】分明是你过犯(注:过犯,即过失),没来由把我摧残;使别人(注:别人,红娘自指)颠倒恶心烦,你不惯,谁曾惯?

姐姐休闹,比及你对夫人说呵,我将这简帖儿去夫人行出首去来。(旦做揪住科)我逗你要来。(红云)放手,看打下下截来。(旦云)张生两日如何?(红云)我只不说。(旦云)好姐姐,你说与我听咱!(红唱)

【朝天子】张生近间、面颜,瘦得来实难看。不思量茶饭,怕待动弹;晓夜将佳期盼,废寝忘餐。黄昏清旦,望东墙淹泪眼。(旦云)请个好太医看他证候咱。(红云)他证候吃药不济。病患,要安,只除是出几点风流汗。

(旦云)红娘,不看你面时,我将与老夫人看,看他有何面目见夫人?虽然我家亏他,只是兄妹之情,焉有外事。红娘,早是你口稳哩;若别人知呵,甚么模样。(红云)你哄着谁哩,你把这个饿鬼弄得他七死八活,却要怎么?

批:明其用意。不直接将简给小姐,写出了红娘的聪明。

批:写读简。"乱挽""拈""按""开拆""孜孜看""不害心烦",莺莺见简的欣喜之情可见一斑。"皱""垂""变",三动作将莺莺的复杂心理变化刻画得细致入微。"厌的早扢皱了黛眉"是莺莺发现红娘在窥视自己后情绪的变化。

批:先发制人,欲迎擡真相,把自己的真实心情隐藏起来。

批:红娘随机应变,据理反驳,有礼有节。

批:红娘说责任在小姐,小姐不应该让别人懊恼、烦躁。

批:剧情欢快活泼、轻松曲折。红娘要将简给崔夫人,莺莺慌忙拦着,红娘故意以她的话反驳她,莺莺问她张生情况,红娘偏偏不说,莺莺便求红娘。

批:红娘告诉莺莺张生的病情和痴情,一句"要安,只除是出几点风流汗",实情暴露无遗。

批:莺莺表面上说"焉有外事",其实心里十分惦记。红娘心直口快,一语击中要害。

【四边静】怕人家调犯(注:调犯,作弄、嘲笑),"早共晚夫人见些破绽,你我何安。"问甚么他遭危难? 撺断(注:撺断,口语,怂恿之意),得上竿,掇(注:掇,这里是搬走的意思)了梯儿看。

(旦云)将描笔儿(注:描笔儿,描画刺绣图案所用之笔,与书写用笔略有不同)过来,我写将去回他,着他下次休是这般。(旦做写科)(起身科云)红娘,你将去说:小姐看望先生,相待兄妹之礼如此,非有他意。再一遭儿是这般呵,必告夫人知道。和你个小贱人都有话说。(旦掷书下)(红唱)

【脱布衫】小孩儿家口没遮拦,一味的将言语摧残。把似你使性子,休思量秀才(注:"把似……休……",相当于现代汉语中"与其……倒不如……"句式),做多少好人家风范。(红做拾书科)

【小梁州】他为你梦里成双觉后单,废寝忘餐。罗衣不奈(注:奈,通"耐")五更寒,愁无限,寂寞泪阑干(注:阑干,纵横散乱的样子)。

【幺篇】似这等辰勾(注:辰勾,水星,这里比喻佳期到来很困难)空把佳期盼,我将这角门儿世(注:世,从来,向来)不曾牢拴,则愿你做夫妻无危难。我向这筵席(注:筵席,指婚筵)头上整扮(注:整扮,打扮得齐齐整整),做一个缝了口(注:缝了口,闭口不言)的撮合山(注:撮合山,媒人)。

(红云)我若不去来,道我违拗他,那生又等我回报,我须索走一遭。(下)(末上云)那书债(注:债,请)红娘将去,未见回话。我这封书去,必定成事,这早晚敢待来也。(红上云)须索回张生话去。小姐你性儿太惯得娇了;有前日的心,那得今日的心来?

【石榴花】当日个晚妆楼上杏花残,犹自怯衣单,那一片听琴心清露月明间。昨日个向晚,不怕春寒,几乎

批:红娘恨莺莺装腔作势,用反语讥讽。"早共晚"二句,指出莺莺牵挂之切。"问甚么"几句,是说莺莺既然说得正经严肃,就不必问张生病情。

批:写写简、掷简。从要笔写回信到威胁红娘再到掷书,在责怪愚弄红娘的表象中平添喜剧性。

批:红娘说莺莺与其现在要脾气,不如以后压根儿别想张生。红娘的热心与莺莺的防范,两相对照,颇具意味。

批:极言张生的相思之苦。

批:这是红娘的表白,自己向来为崔、张提供方便,请放心地去与张生成就姻缘,她绝不会走漏半点风声。将红娘的矛盾心理与热情仗义表现得淋漓尽致。

批:红娘送简。

批:张生焦急等待。

批:莺莺原本怕寒,但她听张生弹琴时却不畏寒冷,在夜露中专

险被先生馔[注:几乎险被先生馔,"有酒食,先生馔"(《论语·为政》),原指有酒食,供奉年长者先用],那其间岂不胡颜(注:胡颜,指羞愧无颜,即丢脸)。为一个不酸不醋风魔汉,隔墙儿险化做了望夫山。

【斗鹌鹑】你用心儿拨雨撩云(注:拨雨撩云,指男女之间的挑逗),我好意儿传书寄简。不肯搜自己狂为,则待要觅别人破绽。受艾焙(注:受艾焙,喻吃了苦头。艾焙,针灸术的一种,用艾草烧灸病人的某一部位,以达到治疗目的)权时忍这番,畅好是奸。"张生是兄妹之礼,焉敢如此!"对人前巧语花言——没人处便想张生——背地里愁眉泪眼。

批:心听琴,可见她对张生是多么的倾心。"几乎险被先生馔",这是调侃张生,是说张生十分爱她,恨不能将她吞下去。

批:红娘让张生专心于他和莺莺的爱情,自己愿意为他们牵连。

批:"对人前巧语花言""背地里愁眉泪眼",可见莺莺思念之切。

(红见末科)(末云)小娘子来了。擎天柱(注:擎天柱,此为张生打趣语,意为崔、张情好全赖红娘一人),大事如何了也?(红云)不济事了,先生休傻。(末云)小生简帖儿是一道会亲的符箓(注:符箓,符咒),则是小娘子不用心,故意如此!(红云)我不用心?有天理,你那简帖儿好听!

批:张生以调侃之语夸赞红娘成全他们爱情的功劳之大。

批:红娘以为莺莺真的如她所言拒绝了张生,而张生埋怨红娘"不用心"。

【上小楼】这的是先生命悭,须不是红娘违慢。那简帖儿倒做了你的招状,他的勾头(注:勾头,拘捕人的证件),我的公案。若不是觑面颜(注:若不是觑面颜,意思是要不是看面子行事),厮顾盼,担饶轻慢;先生受罪,礼之当然。贱妾何辜?争些儿(注:争些儿,差不多,几乎)把你娘(注:你娘,红娘自指)拖犯。

【幺篇】从今后相会少,见面难。月暗西厢,风去秦楼,云敛巫山(注:云敛巫山,用楚襄王梦游高唐与巫山神女欢会事,借指男女幽会)。你也趄,我也趄(注:趄,走开,散去);请先生休讪(注:讪,此处为埋怨之意),早寻个酒阑人散。

批:红娘一腔热忱,却两头受气,不能不气打一处来,以危言谢绝张生。这是喜剧刻画正面形象的常见手法,不但能引起观众兴味,而且能有效推动剧情的发展。"争些儿"句,是说差一点把自己也连累进去。"风去"二句是说他们有机会欢会了,可见莺莺将自己的真情隐藏得多么深啊。

(红云)只此再不必申诉足下肺腑,怕夫人寻,我回去也。(末云)小娘子此一遭去,再着谁与小生分剖;必索做一个道理,方可救小生一命。(末跪下揪住红科)(红云)张先生是读书人,岂

批:张生求红娘,语言诚恳,行动真诚。

不知此意，其事可知矣。

【满庭芳】你休要呆里撒奸（注：呆里撒奸，外痴内诈）；你待要恩情美满，却教我骨肉摧残（注：骨肉摧残，指挨打）。老夫人手执着棍儿摩挲看，粗麻线怎透得针关。直待我挂着拐帮闲钻懒，缝合唇送暖偷寒。待去呵，小姐性儿撮盐入火（注：撮盐入火，喻性情急躁），消息儿（注：消息儿：机关之枢纽，即所谓"关窍"，俗亦称"泛子"）踏着泛；待不去呵，（末跪哭云）小生这一个性命，都在小娘子身上。（红唱）禁不得你甜话儿热趱（注：热趱，极力怂恿催促）：好着我两下里难人做。

批：红娘说张生假装愁傻而心中有数，为了他们的爱情，自己却要受责罚。"直待我"二句，是说自己被老夫人打得腿跛嘴破，也要为他们的爱情传递消息，真可谓是热心肠。

批：是说一旦触及莺莺的隐处，她就会翻脸。

我没来由分说；小姐回与你的书，你自看者。（末接科，开读科）呀，有这场喜事，撮土焚香，三拜礼毕。早知小姐简至，理合远接，接待不及，勿令见罪！小娘子，和你也欢喜。（红云）怎么？（末云）小姐骂我都是假，书中之意，着我今夜花园里来，和他"哩也波哩也啰（注：哩也波哩也啰：本是民歌结尾有音无义的拖腔，借指不便说出的话，犹言"如此如此，那般那般"。元杂剧中往往借以隐指男女之情事）"哩。（红云）你读书我听。（末云）"待月西厢下，迎风户半开，隔墙花影动，疑是玉人来。"（红云）怎见得他着你来？你解与我听咱。（末云）"待月西厢下"，着我月上来；"迎风户半开"，他开门待我；"隔墙花影动，疑是玉人来"，着我跳过墙来。（红笑云）他着你跳过墙来，你做下来（注：做下来，干下了。暗指男女欢会），端的有此说么？（末云）俺是个猜诗谜的社家（注：社家，即行家），风流隋何，浪子陆贾（注：风流隋何，浪子陆贾，隋何、陆贾二人均为汉初谋士，多才而善辩。这是张生自况自诩的话），我那里有差的勾当。（红云）你看我姐姐，在我行也使这般道儿。

批：得莺莺回信，喜出望外。峰回路转，曲折感人。张生惊喜之情跃然纸上。

批：道出莺莺回信是为了和张生约会，言语之间溢满了欣喜之情。

批：这是莺莺回信的内容。

批：张生解释莺莺回信的内容。

【耍孩儿】几曾见寄书的颠倒瞒着鱼雁（注：鱼雁，这里

批：红娘责怪他们心眼太多，使巧

借指传书递简的人），小则小心肠儿转关（注：转关，犹言使巧，打埋伏）。写着西厢待月等得更阑，着你跳东墙"女"字边"干"（注："女"字边"干"，合起来是一个"奸"字）。原来那诗句儿里包笼着三更枣（注：三更枣，"三更早"的隐语），简帖儿里埋伏着九里山（注：九里山，韩信设十面埋伏阵大败项羽之处。这里取"埋伏"之意）。他着紧处将人慢，您会云雨闹中取静，我寄音书忙里偷闲。

批：打埋伏来哄她。

批：这是说那书信里藏着秘密。

【四煞】纸光明玉板（注：玉板，即"玉板笺"，一种光洁坚韧、质地优良的宣纸），字香喷麝兰，行儿边湮透非春汗一缄情泪红犹湿，满纸春愁墨未干。从今后休疑难，放心波玉堂学士（注：玉堂学士，即翰林学士，皇帝的文学侍从），稳情取（注：稳情，一准，保准。取：同"娶"。一说，取助词，无义）金雀鸦鬟（注：金雀鸦鬟，指莺莺。金雀，金雀钗。鸦鬟，形容女子头发乌黑而有光泽）。

批：说莺莺用纸用墨用心良苦，写信饱含深情。

批：让张生大胆追求莺莺，终会获得自己的爱情。红娘力劝张生，真诚动人。

【三煞】他人行（注：行，犹言"这里""那里"）别样的亲，俺根前取次看，更做道孟光接了梁鸿案（注：孟光接了梁鸿案，"举案齐眉"本是孟光的举动，这里却说孟光反接了梁鸿献上的案）。别人行甜言美语三冬暖（注：三冬暖，与下文的"六月寒"相对举，谓莺莺对张生婉语温言暖，对红娘则态度粗暴，动不动就使性子），我根前恶语伤人六月寒。我为头儿看：看你个离魂倩女（注：离魂倩女，用唐人陈玄祐《离魂记》故事。张镒将女儿张倩娘许给自己的外甥书生王宙，后又悔婚，张倩娘的灵魂离家随王宙而去），怎发付掷果潘安（注：掷果潘安，传说晋潘安容貌出众，每乘车外出，必遇路旁妇女争相掷果于车，表达对潘之爱慕，后遂以之作美男子代称）。

批：红娘反语讥诮莺莺主动约张生欢会。

批：莺莺对张生很暖心，对红娘则好使性子。

（末云）小生读书人，怎跳得那花园过也？（红唱）

【二煞】隔墙花又低，迎风户半拴，偷香手段今番按（注：按，实现、应验）。怕墙高怎把龙门跳，嫌花密难将仙桂攀。放心去，休辞惮；你若不去呵，望穿他盈盈秋水（注：秋水，与下句中的"春山"在古典诗词中往往分别

批：张生与红娘的对白，一个心存疑义，一个真诚恳切。红娘劝张生不要辜负了莺莺的约会。"怕墙高"二句是以鲤鱼跳过龙门和攀蟾折桂典故激励张生不畏困难赴约。"望穿他"二句是以莺莺之美激励张生赴约。

用来比喻女子明澈的眼睛与姣好的眉毛)，蹙损他淡淡春
山。

(末云)小生曾到那花园里，已经两遭，不见那好
处；这一遭知他又怎么？(红云)如今不比往常。
【煞尾】你虽是去了两遭，我敢道不如这番。你那隔
墙酬和都胡侃(注：胡侃，胡乱调弄。侃，调笑)，证果(注：
证果，佛教语。谓佛教徒修炼功成而悟入妙道。此引申为
崔、张好事之成就)的是今番这一简。(红下)

(末云)万事自有分定，谁想小姐有此一场好处。
小生是猜诗谜的社家，风流隋何，浪子陆贾，到
那里扢扎帮(注：扢扎帮，拟声词。形容动作快速，犹
突然，立即)便倒地。今日颏(注：颏，粗野话)天百
般的难得晚。天，你有万物于人，何故争此一
日。疾下去波！"读书继晷(注：读书继晷，指用功
读书。晷，日影，引申为时光。继晷，犹言夜以继日)怕
黄昏，不觉西沉强掩门；欲赴海棠花下约，太阳
何苦又生根？"(看天云)呀，才晌午也，再等一
等。(又看科)今日万般的难得下去也呵。"碧
天万里无云，空劳倦客身心；恨杀鲁阳贪战(注：
恨杀鲁阳贪战，传说鲁阳公与韩国人酣战至日暮时分，
他一挥手太阳便倒回来九十里。此借以形容张生盼夜
幕的急切心情)，不教红日西沉！"呀，却早倒西
也，再等一等咱。"无端三足乌(注：三足乌，指太
阳。传说日中有三只腿的金色乌鸦)，团团光烁烁；
安得后羿弓(注：后羿弓，神话传说中的后羿是远古时
代的神射手，那时天上有十个太阳，酷热难当，草木枯
焦，后羿便奋力射掉九个太阳)，射此一轮落？"谢天
地！却早日下去也！呀，却早发擂(注：发擂，打鼓
开始数更)也！呀，却早撞钟也！拽上书房门，到
得那里，手挽着垂杨滴流扑(注：滴流扑，拟声词，物
件跌落的声音，这里表示动作之迅疾)跳过墙去。
(下)

一波三折的戏剧情节，细致入微的人物心理

王实甫(1260？~1336？)，中国元代杂剧作家。名德信，大都(今北京市)人。著有杂剧14种，现存《西厢记》《丽春堂》《破窑记》3种，《西厢记》是其代表作。《闹简》选自《西厢记》。

《闹简》这折戏富有戏剧性，场面波诡云谲，一波未平，一波又起，转折极多且极妙。

未"闹简"之前，崔莺莺闺房"风静帘闲"，女主人公莺莺正在睡觉，场上一片静谧气氛。见简帖后，莺莺发怒，气氛陡变，场面为之一转。等到红娘不甘示弱，假意说要到夫人处自首的时候，莺莺便"软"了下来，忙着赔笑，要红娘说说"张生两日如何"，气氛又一变，变得舒徐轻松了。但是莺莺假意多，写回信时突然又翻脸，要张生信守"兄妹之礼"云云，使红娘感到事情无望了，气氛又有变化。红娘埋怨小姐"使性子"，因而更加同情张生。

见张生后，红娘便好心劝慰他说"不济事了，先生休傻"，谁知张生却埋怨起红娘"不用心"，这使红娘十分委屈。这个书呆子不够体贴的话语叫她生气，她一口气唱出了"上小楼""幺篇""满庭芳"的曲子，要张生"早寻个酒阑人散"，了结此事。可是，张生只有红娘能帮上忙，于是他又跪又哭又闹。这时，热心肠的红娘想起莺莺小姐还有一封回书，于是又引出张生"接简"的精彩的戏来。

红娘和张生关于是否"用心"的这一段戏，从场面和情节中自然地引发开来，既表现红娘对张生的同情关怀，又写她被张生不肯用心的话所刺痛，写来入情入理，而这些描写，却是为下面"接简"作铺垫的，让张生在失望以至绝望中突然大喜临头，剧情这才大开大合，起落跌宕，多姿多彩。

"接简"一段，张生"读简"读到莺莺应允约会之事，顿时欣喜欲狂。红娘这才如梦初醒，不过她还是将信将疑，让张生别高兴得太早了，没有料到事情还会起变化，因此在下面"赖简"一折，他这些所谓"猜诗谜的社家"的话，很快就成为红娘打趣他的笑柄。

就这样，一个小小的简帖掀起了一场轩然大波，矛盾交叉重叠，戏情千姿百态，场面变化无穷，观众的心就颠簸起伏在剧情的波浪上，忽高忽低，进入一个奇幻无穷的艺术世界。

《闹简》这折戏不仅情节富有魅力，而且对人物心理把握得十分到位，十分传神。

此前，因老夫人毁约赖婚，张生相思成疾。莺莺因十分挂念，便遣红娘去探视。于是，张生就请红娘带给莺莺一封简帖，渴求与其幽会。这折戏前半部分便紧密围绕这一简帖，展开了红娘与莺莺之间的矛盾冲突。

莺莺作为相国小姐、大家闺秀，从小受封建礼教的熏陶和家长的严厉管束，虽然内心对张生早有爱慕之情，但又顾虑重重。而红娘是老夫人派到莺莺身边来监视的，她既

要服侍小姐,又要担负监视任务,因此,莺莺对她不得不处处提防。

红娘出于对张生、莺莺的同情,热情相助,可是,莺莺却心存戒心,因此,两人之间的矛盾冲突也就在所难免了,但此时的莺莺除了依靠红娘来传递书信,也别无他法。正是红娘传书寄简,才使张生从绝望中重新萌发出对幸福、对未来的渴望。

这折戏通过激烈的矛盾冲突,生动的戏剧情节,成功地塑造了红娘、崔莺莺、张生一系列个性鲜明、形象生动的典型人物形象,为我国乃至世界戏剧宝库留下了珍贵的遗产。(子夜霜、唐仕伦)

元杂剧的体制

元杂剧是用北曲(北方的曲调)演唱的一种戏曲形式。金末元初产生于中国北方。是在金院本基础上以及诸宫调的影响下发展起来的。

作为一种新型的完整的戏剧形式,元杂剧有其自身的特点和严格的体制,形成了歌唱、说白、舞蹈等有机结合的戏曲艺术形式,并且产生了韵文和散文结合的、结构完整的文学剧本。

1.结构

元杂剧一般是一本四折演一完整的故事,个别的有五折、六折或多本连演。

折是音乐组织的单元,也是故事情节发展的自然段落,它不受时间、地点的限制,每一折大都包括较多的场次,类似于现代戏剧的"幕"。有的杂剧还有"楔子",通常在第一折之前起交代作用。相当于现代剧的序幕,用来说明情节,介绍人物。

杂剧每折限用同一宫调的曲牌组成的一套曲子。演出时一本四折都由正末或正旦独唱。(其他角色只有说白),分别称为"末本"或"旦本"。

2.角色

扮演的角色有末、旦、净、丑等。

元杂剧每本戏只有一个主角,男主角称正末,女主角称正旦。此外,男配角有副末(次主角)、外末(老年男子)、小末(少年)等;女配角有副旦、外旦、小旦等。

净:俗称"大花脸",大都扮演性格、相貌上有特异之处的人物。如张飞、李逵。

丑:俗称"小花脸",大抵扮演男次要人物。

此外,还有孛老(老头儿)、卜儿(老妇人)、孤(官员)、徕儿(小厮)。

3.剧本的构成

剧本由唱、科、白三部分构成。

唱词是按一定的宫调(乐调)、曲牌(曲谱)写成的韵文。元杂剧规定,每一折戏,唱同一宫调的一套曲子,其宫调和每套曲子的先后顺序都有惯例规定。

科是戏剧动作的总称。包括舞台的程式、武打和舞蹈。

白是"宾白",是剧中人的说白部分。宾白又分以下四种:对白:人物对话;独白:人物自叙;旁白:背过别的人物自叙心里话;带白:唱词中的插话。宾白是元杂剧中重要的有机组成部分。所谓"曲白相生,方尽剧情之妙",正说明这一点。

编者/文

中国古典戏剧概述

中国古典戏曲在其漫长的发展过程中,曾先后出现了宋元南戏、元代杂剧、明清传奇、清代花部等四种基本形式。

宋元南戏,又有戏文、南曲戏文、温州杂剧、永嘉杂剧等名称。大约产生于北宋末年和南宋初年。剧本一般为长篇,一场戏为一出。一本戏长的可达五十多出,短的则为二三十出。每出结尾一般都有四句七言诗,叫下场诗。南戏的演唱方式较自由,不仅上场角色皆可唱,而且还可独唱、接唱或合唱,全视剧情需要而定。剧本上凡需角色作某一特定动作的地方,都注有"某某介"。南戏的角色,通常为生(男性主角)、旦(女性主角)、净(可扮男性人物,也可扮女性人物)、末(扮演中年以上男子,多数挂须)、丑(丑角,多起插科打诨的作用)、贴(由旦角衍生出来的,一般扮演次于旦角的年轻女子)、外(外角是对生角的扩大,一般扮演老年男性。在宋杂剧中,外角职能在戏外,但到南戏中则职能由戏外转变为戏内,故以"外"名之)七种。其中以生、旦为主,其他角色皆为配角。揭露社会黑暗,抨击封建统治阶级,伸张正义,表达劳动人民的愿望和要求,是南戏作家们笔下反映最多、最突出的内容。其次,歌颂青年男女之间自由幸福的爱情、提倡婚姻自主,这也是宋元南戏的一个重要内容。

元代杂剧,也叫北曲杂剧,是为了与南曲戏文相区别而称。元杂剧虽盛行于元代,但在金朝末年就已经产生了。元杂剧一本通常由四折组成,一折用一套曲。除四折外,一般还有一个或两个楔子。所谓楔子,即填补的意思,在第一折之前的楔子,用来交代人物和故事的前因,以引出正戏,相当于开场戏;在折与折之间的楔子,则起着承上启下的作用,相当于过场戏。楔子与折的区别,楔子只用一两支曲调,不必如折那样,必用一套曲调。有的杂剧作家突破了一本四折的限制。一本杂剧只限一个角色唱,或正旦,或正末,由正旦主唱的称为"旦本",由末旦主唱的叫"末本"。其他角色只能念白。动作和效果称为"科",凡须演员表演某一动作,剧本上都标明"××科"。元剧使用的曲调全为北曲,比南曲高亢激越。元杂剧的角色大致可以分为末、旦、净、杂四类。

明清传奇,明代初叶,在北曲杂剧衰落的时期,南戏却得到了迅速的发展,并且吸收了北曲杂剧的某些优秀成分,逐渐演进到了传奇的阶段。传奇保持了南戏原有的一些基本体制和格律,同时又有了新的发展和提高。其主要特点有:剧本分出并加出目;南北曲合套的形式普遍运用;集曲的广泛使用;曲律更为严格;角色体制有了较大的发展。传奇从明初兴起到清代中叶衰落。"南洪北孔"(注:南洪北孔,指清代初年剧坛出现的洪升和孔尚任两位著名的剧作家。洪升创作了《长生殿》,他是浙江籍剧作家,称之"南洪"。孔尚任创作了《桃花扇》,他是山东籍剧作家,称之"北孔"。因《长生殿》和《桃花扇》是清代传奇创作的南北两座高峰,故二人被称为"南洪北孔")为传奇创作的最后高峰。

清代花部,所谓花部,是指昆山腔以外的各种地方戏曲,取其花杂之义,故也称"乱弹"。康熙年间,各地流行的地方声腔发展兴盛起来,形成了地方戏曲蓬勃兴起的局面。其中影响最大、流传最广的有:高腔(由弋阳腔衍变而来)、梆子腔(即秦腔,最早形成于山陕一带)、皮黄腔(西皮腔和二黄腔结合后形成的一种戏曲声腔)、柳子腔(起源于山东。柳子,即小调或小曲之意)。花部诸腔戏的兴起,与其所具有的群众性、通俗性有关。演出的多是一些为下层人民所喜闻乐见的剧目,或为历史故事,或为民间传说。花部诸戏的兴起,是我国戏曲艺术自宋元南戏产生以来的又一次重要的变革,即由原来的联曲体变成了板腔体,从此结束了戏曲史上的传奇时代,开始了新的乱弹时期,从而使我国的戏曲艺术更加丰富多彩。

编者/文

欲说还休

温德米尔夫人的扇子（节选）

◇ [英国]奥斯卡·王尔德

读点

情感在理智提醒下藏头露尾地表露,理智在情感冲击下顽强地支撑。

"传弦外之音,写言外之意",潜台词耐人咀嚼。

剧情介绍：

温德米尔夫人生日这天,丈夫温德米尔勋爵送给她一把刻有"玛格丽特"字样的扇子。欧林纳太太实际是温德米尔勋爵私下接济并邀请来参加温德米尔夫人生日舞会的其夫人的离过婚的母亲。

欧林纳太太20年前抛下丈夫和女儿,随情人私奔国外,后遭情人抛弃,只得隐姓埋名地独居国外。20年后,她得知女儿嫁给了温德米尔勋爵,便想利用之,重新找回那失去的乐园。她找到女婿,并从他那儿弄得一笔钱,要和一老贵族结婚,回到上流社会。温德米尔勋爵不愿让夫子知道她的母亲不名誉的过去及现在的存在,也为了自己的绅士面子,秘密只是在他和欧林纳太太之间进行。欧林纳太太为了达到自己的目的,要求温德米尔勋爵正式邀请自己参加女儿的生日舞会,好正式风光地重现伦敦社交界。

欧林纳太太的口碑在社交界并不好。在此之前,温德米尔夫人就曾风闻自己的丈夫和欧林纳太太来往密切,关系暧昧,因此极力反对欧林纳太太来参加她的生日舞会。而温德米尔勋爵有他的理由,他希望能够拉近他们母女之间的关系,能够彼此接纳,由于夫妻双方缺乏有效的沟通,两人的裂缝陡地扩大。欧林纳太太被自己的女儿误认为情敌。温德米尔夫人一气之下,舞会结束后就带着扇子跑到曾经向她表示过爱情的达林顿勋爵家里。

欧林纳太太发现女儿留给丈夫的私奔信,不愿意看到女儿也走上自己过去走过的道路,便带着信在达林顿勋爵未发现温德米尔夫人之前及时赶到,阻止女儿的私奔行为,并当她的面焚毁了这封信。

温德米尔夫人要离开时,达林顿勋爵和他的客人回来了,两人只得躲起来,但温德米尔夫人把扇子遗忘在沙发上。客人中有温德米尔勋爵,他发现了那把扇子,疑心妻子与达林顿勋爵有不轨行为。欧林纳太太为了不让女儿出丑,出来承认扇子是自己错拿的,并让女儿得以暗中离开。欧林纳太太的这一举动遭到温德米尔勋爵和其他来客的鄙视,但是温德米尔夫人的名誉保住了。

欧林纳太太良心发现,决定离开伦敦,不再干扰女儿一家人的生活。临走前,她以送还扇子为借口来向女儿辞行,并要走了那把扇子作纪念,因为她的名字也叫"玛格丽特"。但温德米尔夫人始终没有想到,欧林纳太太就是她的生身母亲。

　　本文是《温德米尔夫人的扇子》第四幕中欧林纳太太来女儿温德米尔夫人家辞行的对白。

欧林纳太太	(走向他)如果您告诉她,我就一定使自己声名狼藉,弄得她一刻都不得安宁。这会毁了她,给她带来不幸。如果您敢告诉她,无论什么辱门败户的事,我都会干出来,无论怎样的奇耻大辱,我都不在乎。您不能告诉她——我不准您告诉她。	批:不让女儿知道自己就是她的母亲,是怕因自己而使女儿蒙羞和不幸。 批:威胁是不希望女儿知道自己的真相。
温德米尔勋爵	为什么?	
欧林纳太太	(停顿片刻)假如我对您说,我喜欢她,也许甚至爱她——您会嘲笑我,是吗?	批:当初抛弃了女儿,而今却说喜欢女儿,看似可笑,实则是为了不再伤害女儿。
温德米尔勋爵	我会认为这一定是虚伪的。慈母的爱意味着忠实、无私和牺牲。你怎么会懂得这些?	批:在勋爵看来,欧林纳太太之前的所作所为实在为人所不齿,因此,勋爵难以相信她。
欧林纳太太	您说得对。我怎么会懂得这些呢?这事我们别多谈了,至于告诉我女儿我是谁,这我不允许。这是我的秘密,不是您的秘密。如果我打定主意要告诉她,我想我必定,在我离开这屋子以前告诉她——否则,我将永远不告诉她。	批:再次声称不允许勋爵告诉女儿真相。
温德米尔勋爵	(愤然地)那么请你立刻离开我们家。我一定转告玛格丽特,原谅你的不辞而别。	批:勋爵想告诉妻子的真相,是希望她们母女能更好相处,也免得妻子产生误解。
	[温德米尔夫人从右门上。手拿照片走到欧林纳太太跟前。温德米尔勋爵走到沙发后面,随着剧情进展,	批:温德米尔勋爵依然忧虑欧林纳太太可能会做出一些会让妻子

	他忧虑地注视着欧林纳太太。	难堪的事情。
温德米尔夫人	欧林纳太太,真抱歉,让您久等了。我东寻西找没有这张照片。最后在我丈夫的化妆室里找到的——被他偷去了。	批:这是真诚的歉意!在此之前二人不仅冰释前嫌,而且欧林纳太太还保护了她的荣誉。
欧林纳太太	(从她手中拿过照片,看着)这也怪不得——这张照片太逗人喜爱了。(和温德米尔夫人一起走向沙发,和她一同坐下,又看照片)原来您的小男孩是这么个模样!他叫什么名字?	批:流露出对外孙的特殊情感。
温德米尔夫人	盖拉德,用我亲爱的父亲的名字命名的。	批:温德米尔夫人曾与父亲相依为命,给儿子起名表达了她对父亲的爱。
欧林纳太太	(放下照片)真的?	
温德米尔夫人	是的。倘若是个女孩,我就用我母亲的名字给她命名。我母亲的名字和我一样,叫玛格丽特。	批:印象中,母亲的形象是美好的,所以,她对母亲也是同样的爱。
欧林纳太太	我的名字也叫玛格丽特。	批:脱口而出,认女儿的潜意识。
温德米尔夫人	真的!	批:感到惊奇,但并未对欧林纳太太产生任何怀疑。
欧林纳太太	是的。(停顿)温德米尔夫人,您的丈夫告诉我,对于您的母亲,您一直铭记在心。	
温德米尔夫人	我们大家都有人生的理想。至少,我们大家都应该有理想。我的理想是我的母亲。	批:表达对母亲的挚爱、思念之情。
欧林纳太太	理想是危险的东西。现实就好一些。虽然现实会给人造成创伤,但毕竟要好得多。	批:自己不配做女儿的理想,但不愿意袒露真言而伤害女儿,只好劝慰不要沉浸在理想中。
温德米尔夫人	(摇摇头)倘若我失去了我的理想,我就失去了一切。	批:如此一来,就更不能告诉女儿真相了。
欧林纳太太	失去了一切?	
温德米尔夫人	是的。(停顿)	

欧林纳太太	您的父亲常常跟您说起您的母亲吗?	批:既关切又担心,担心丈夫会指责她。
温德米尔夫人	不,提起我的母亲,他就痛苦得受不了。他告诉我,我生下来没有几个月,我的母亲就与世长辞了。他这样说着,就泪眼莹莹了。然后他求我不要再对他提起我的母亲的名字。甚至听到我的母亲的名字都会使他痛苦。我的父亲——我的父亲的确是伤感过甚而死的。他的一生是我所知的最不幸的一生。	批:不希望女儿受伤害,这是父亲的善意掩盖。父亲说谎,那是不忍女儿因母亲而痛苦,这是一个美丽的谎言。妻子的背叛,可以说让他承受了巨大的痛苦,因而"伤感过甚而死"。
欧林纳太太	(起身)温德米尔夫人,恐怕现在我得告辞了。	批:打断女儿的回忆,只因内疚,她深感对不起他们父女,因为自己,又险些让女儿酿成人生大错,此刻再也忍受不住良心的谴责,才匆忙告辞。
温德米尔夫人	(起身)哦,不,您别走。	
欧林纳太太	我想,我最好现在告辞。这会儿我的马车总该回来了。我打发马车送一封信给杰柏格夫人。	
温德米尔夫人	阿瑟,你去看看欧林纳太太的马车有没有回来好吗?	
欧林纳太太	温德米尔夫人,请不要麻烦温德米尔爵爷了。	批:不愿麻烦也是因为内疚。
温德米尔夫人	没关系。阿瑟,请去看看。(温德米尔勋爵犹豫了一会儿,看看欧林纳太太。她不动声色。他走出屋去)(对欧林纳太太)啊!叫我怎么说好呢?昨天晚上您救了我!(走向她)	批:这是发自肺腑的感激之情。
欧林纳太太	嘘——别谈这事了。(注:指温德米尔夫人误会丈夫,而去见达林顿勋爵,欧林纳太太赶去,将她劝回)	批:不光彩的事,不适宜提,也不愿意女儿提。这事也是作为母亲应该做的。
温德米尔夫人	我一定要谈,我不能让您认为我会接受您的这种牺牲,我不能接受。	批:敢于担当自己所犯的错误,表现出对丈夫的忠诚。

	<u>您作出的牺牲太大了。我要把一切</u> <u>都告诉我的丈夫。这是我的责任。</u>
欧林纳太太	这不是您的责任——至少除了对他 之外,您对别人也负有责任,您说您 欠了我的恩债,是吗?
温德米尔夫人	我的一切都亏了您。
欧林纳太太	<u>那么用沉默来偿还吧。这是偿还恩</u> <u>债的唯一办法。您若把这事告诉任</u> <u>何一个人,不就是毁了我平生做的</u> <u>一件好事。答应我,昨天晚上发生</u> <u>的事情,我们要保守秘密。您一定</u> <u>不要给您丈夫的生活带来痛苦。为</u> <u>什么要毁灭他的爱呢?您一定不能</u> <u>这样。爱情容易遭虐杀。啊,爱情</u> <u>多么容易遭虐杀!温德米尔夫人,</u> <u>您向我保证,您永远也不告诉他,我</u> <u>一定要您做到。</u>
温德米尔夫人	(低下头)这是您的意愿,不是我的 意愿。
欧林纳太太	是的,这是我的意愿。但是不要忘 <u>了您的孩子——我喜欢把您看作是</u> <u>一个母亲。我希望您也这样来看待</u> <u>自己。</u>
温德米尔夫人	(抬起头)今后我一定永远想到自己 <u>已是个母亲了。在我的生活中只有</u> <u>一次忘了我的母亲——那就是昨天</u> <u>晚上。啊,倘若当初我想起我的母</u> <u>亲,我就不会那么愚蠢,那么荒唐</u> <u>了。</u>
欧林纳太太	(微微一颤)嘘,昨晚的事已经完全 过去了。 [温德米尔勋爵上。

批:有时坦诚并不一定就好,尤其是爱情方面,承认自己的荒唐举动,看似负责任,但会让深爱自己的爱人因知情而受到伤害。因此,欧林纳太太让温德米尔夫人用沉默偿还,实则是出于爱女儿,而非为了隐瞒真相。反复强调保守秘密,完全是为女儿的婚姻着想。

批:既是经验之谈,更是肺腑之言。

批:说明温德米尔夫人对丈夫是忠贞的,"只有一次"例外,是因为误会了丈夫才有的举动,误会排除,自会更爱丈夫。

温德米尔勋爵　欧林纳太太，你的马车还没有回来。

欧林纳太太　没关系。我去叫一辆双轮小马车。天下再也没有像这种考究的舒兹伯利和塔尔白特马车那么体面了。<u>现在，亲爱的温德米尔夫人，恐怕我真的要告辞了</u>。（走到台中央）哦，您看我糊涂吧，不过您知道，我对您的这把扇子爱不释手，昨晚我糊涂心肠，把它从舞会里带走了。噢，不知道您愿不愿意把它送给我？温德米尔爵爷说您会同意的。我知道这是他送给您的礼物。

批：狠下心来告辞。

批：亲情驱使欧林纳太太索要那把寓意深刻的扇子——这扇子差点儿让女儿名誉受损，而自己以错拿这把扇子为女儿打掩护，而且扇子上又有女儿时常念想的母亲的名字。

温德米尔夫人　哦，当然愿意，只要它能使您快乐。不过扇子上有我的名字"玛格丽特"。

欧林纳太太　但我们俩有相同的教名。

温德米尔夫人　哦，我忘了。当然，您把它留着吧。我们俩的名字相同，多巧啊！

欧林纳太太　<u>巧极了，谢谢——它会使我经常想起您</u>。

批：要"扇子"实则因为心中对女儿十分眷念。

〔和她握手。

（钱之德/译）

富有潜台词的台词

　　《温德米尔夫人的扇子》剧中温德米尔夫人的扇子串起了全剧情节的发展线索。扇子是丈夫温德米尔勋爵送给温德米尔夫人的生日礼物；温德米尔夫人误认为丈夫与欧林纳太太有暧昧关系，想在欧林纳太太来访时用扇子打她耳光；温德米尔夫人一怒之下带着扇子跑到曾经向她表示过爱情的达林顿勋爵家里，因匆忙躲避，扇子遗忘在达林顿勋爵家中；温德米尔勋爵认出扇子是自己送给妻子的礼物，欧林纳太太出面承认扇子是她错拿了；事后欧林纳太太又把扇子送还给温德米尔夫人；欧林纳太太将与奥古斯塔斯勋爵结婚，远离英国，来向女儿辞行，温德米尔夫人将扇子转赠给欧林纳太太。扇子这一道具既担起了表达主人公情感的任务，又成为戏剧情节的核心。

在欧林纳太太向女儿辞行这段对白中,欧林纳太太身上所蕴含的角色容量极大:一方面是复苏的母爱受到环境的制约无法正常释放,另一方面又是为自己险些酿成大错的行为深深地追悔;一方面是情感在理智的提醒下藏头露尾地表露,另一方面又是理智在情感的不断冲击下顽强地支撑。作者设计欧林纳太太的台词,可以说是颇费心机的:既要隐隐地暗示温德米尔太太,又怕尴尬的结果突然出现;既要了解女儿对母亲的真实态度,又要小心翼翼地避开可能触及伤感神经的话题。

由于20年前的错误行为,欧林纳太太受到了命运的无情惩罚。当她明白了一切的时候,为时已晚。如今又因为自己的错误险些毁了亲生女儿的幸福。因此,她是带着一种惭愧、悔恨的心情来向亲生女儿温德米尔夫人辞行的。但是,面对亲骨肉,一种无法克制的母爱又使她难以自已,她只得尽量控制自己以保持常态。欧林纳太太想来了解女儿对自己的认识,引出的却是连自己都要伤心的往事,只好用"恐怕现在我得告辞了"来打断和躲避。欧林纳太太没有料到女儿是那么地爱她的母亲,而正是因为她这个母亲,女儿才险些酿成人生的大错。所以,她再也忍受不住这种无形的良心谴责,下狠心来告辞。她向女儿索要了那把寓意深刻的扇子,并说"它会使我经常想起您"同女儿道别,这看似是客套话,实则意味深长。这一系列欲言又止、欲走还休的言行,把一个心灵深处伤痕累累、孤苦飘零的女性形象,生动鲜明地展现在观众面前。

因此,欧林纳太太的台词极富有潜台词,"传弦外之音,写言外之意"。(子夜霜、周红)

芳草地

行善的人

深更半夜,他孤身一人。

远远地看到一道圆城的城墙,他开始朝那座城走去。

近了,他已经听到城里欢乐的足音、高兴的笑声和许多架钢琴大声弹奏的喧闹声。他小心地敲了敲门,守门的老汉放他进去。

他的面前呈现出一座用大理石建成的、前面有大理石圆柱的房子。柱上挂着花环,室内室外都燃着松灯。他直接向房内走去。

两座大厅,一座是用玉髓矿石所筑,另一座是用碧玉矿石所筑。穿过去,后面是一座长长的厅堂,那里正在举行着盛宴。他见到一个人躺在一张海紫色的睡椅上,头发上戴着红色的玫瑰花冠,双唇被酒染得通红。

一直走向椅子背后,他伸手轻轻碰了碰那人的肩,对他说:"你怎么会如此地生活?"

那年轻人转过身来,认出了他,回答道:"多谢你治好了我的麻风病,才使我有了现在的生活。"

出了那所房子,他重新走上街头。

很快,他看到一个人,一个美丽的女人,全身上下都散发着珠光宝气的女人。在她后面,跟着一个披一件双色斗篷的青年男子,他对着女人如猎者捕获猎物。女人的面容犹如蒙娜丽莎般的光彩艳丽,青年男子的眼里则闪耀着色欲之火。

他快步跟上前去,碰了碰那青年的手,对他说:"你怎么可以以这种目光看那女人呢?"

那青年转过身来,认出了他,说道:"多谢你治好了我的双目,才使我有机会目睹了她的容颜,但除了看她,我还该看别的什么呢?"

他又跑上前去,拍了拍女人那色彩鲜明的衣服,对她说:"除了罪孽的道路以外,难道就没有旁的路可走了吗?"

那女人回过身来,认出了他,笑了笑说:"你原谅我的罪孽,这条路是条愉快的路呀。"

最后,他转身退出了这座圆城。

[英国]奥斯卡·王尔德/文,佚名/译

品读

奥斯卡·王尔德(Oscar Wilde,1854年10月16日～1900年11月30日),英国诗人、小说家、散文家、剧作家、童话作家,英国唯美主义艺术运动的倡导者,19世纪与萧伯纳齐名的英国才子。著名小说有《道林·格雷的画像》(1891)、《教我如何爱你》(1893)等,著名诗作有《斯芬克斯》(1894)、《瑞丁监狱之歌》(1898)等,著名童话有《快乐王子》(1888)、《夜莺与玫瑰》(1888)等,著名戏剧有《薇拉》(1880)、《温德米尔夫人的扇子》(1893)、《莎乐美》(1893)等,著名散文集有《社会主义下人的灵魂》(1891)等。

散文诗《行善的人》以基督教创始人耶稣为抒情主人公,他使病者康复、盲人复明、死人复活,是《圣经》中记载的耶稣传教过程中的故事。作者借这个典故来表达自己的审美理想,表现了他对人类终极价值的思考和矛盾。

诗中几个被救的人,他们的生活行为显然与基督教教义相违背,而这些受恩者又非常满意这种生活方式,这就反映了作者对神性的背叛。

本文通过寓言的形式和意蕴深沉的象征,表达了作者的艺术思想,想象丰富,语言贴合人物身份,诙谐而富有讽刺意味。

一仆二主（节选）

◇［意大利］卡尔洛·哥尔多尼

读点

仆人语言幽默诙谐，充满喜剧色彩。
多用旁白揭示人物的内心世界，推动了剧情的
发展。

剧情介绍：

贵族小姐彼阿特里切·拉斯波尼为了追寻自己的情人，假冒已死去的哥哥的名字（费捷里柯），女扮男装从家中出走，旅途中遇到流浪汉特鲁法儿金诺，看他忠厚，便雇他做仆人，一起来到了威尼斯，住到一家旅店里。特鲁法儿金诺对主人忠实不渝，任劳任怨。

一次，特鲁法儿金诺在街上遇到流亡到这儿的贵族青年弗罗林多，弗罗林多也住到了这个旅店里。弗罗林多想雇他为仆人。特鲁法儿金诺便顺水推舟，二次受雇，同时为两个主人做仆人，可以挣两份工钱。特鲁法儿金诺想出来一个妙法，决计随时用巴斯古阿列的名字充当另一个主人的仆人。

一次，特鲁法儿金诺把两位主人的旅行箱搬到大厅里给主人晒衣服，慌忙之间，把第一个主人的一张照片错装到第二个主人的衣袋里，又把第二个主人的笔记本及其中的两封信错放到第一个主人的箱子里。两位主人分别发现后，他便分别撒谎说是继承原先主人的，并说主人已经死去。

两位主人都痛不欲生。后来真相大白，这两位主人原来是一对失散的情人。他们猝然相逢，百感交集，终成眷属。此时，特鲁法儿金诺与心上人也两情相许了，他不得不当众坦白自己一仆二主的秘密，喜剧在欢笑中告终。

《一仆二主》共三幕，本文选自第三幕第九场，描写彼阿特里切和弗罗林多相逢之后，特鲁法儿金诺在两位主人中间的又一次巧妙的周旋。

弗罗林多	过来，过来呀，别怕！	批：弗罗林多是恋人的男方。
彼阿特里切	我们不会对你怎么样的。	批：彼阿特里切是恋人的女方。
特鲁法儿金诺	（自语）棍子的事儿我还没有忘呢。	批：特鲁法儿金诺是两人的仆人。
布里格拉	找着一个了——找着那一个的时候	批：布里格拉是旅馆主人。

	我再带他来。	
弗罗林多	是的,这两个人我们都需要。	
布里格拉	(小声问侍役)您认识那一个吗?	
侍役	(向布里格拉)我吗? 不认识。	批:旅馆里的侍役。
布里格拉	(向侍役)去问问厨房里的人,他们大概知道。(下)	
侍役	要是有那个人的话,当然我就知道了。(下)	
弗罗林多	你说说吧,这照片和书信怎么都变了地方了? 你和那个骗子商量好了把我们骗得那么伤心,你们的目的是什么?	批:语气舒缓,虽责怪却带有欣慰。
特鲁法儿金诺	(用手指暗示他们两人,叫他们别作声)嘘! (把弗罗林多从彼阿特里切那儿引开)我告诉您一句秘密的话。(把彼阿特里切从弗罗林多那儿引开)我一会儿告诉您。	批:故作神秘,想扭转局势。 批:讲究策略,各个击破;声称秘密以打动对方。
	(对弗罗林多)您要知道,主人,这件事我可没有一丁点儿差错,这都是那位先生的仆人,巴斯古阿列闹出来的。(用手偷偷地指着彼阿特里切)他把东西给放错了,本来在这个箱子里的东西,他放到那个箱子里去了,我是一时没有照顾过来呀! 那个可怜的家伙,他求了又求,要我别告他,他怕主人把他撵走。我的心肠又软——为了朋友我是"肝脑涂地"在所不惜的——为了救他,我就编出了那么一套话。我连想也不曾想到,这就是您的照片,也不曾想到那个人的死使您这样伤心。我现在就像一个最老实的人,就像一个	批:虚构人物是为了巧妙推脱责任,化解误会。 批:"真实"原因确实如此,只是这个"他"实际就是特鲁法儿金诺自己。承认自己有过失,显得诚实。 批:受人请托,理应保守秘密,理由说得妙。 批:为了朋友义气才撒谎,自然情有可原。 批:自己无心之过,深感惭愧。 批:自我吹嘘。

	最忠实的仆人那样地把全部的真话都给您说了。	
彼阿特里切	（自语）他说了半天啦！有趣的是不知道他们在那儿悄悄地说些什么。	
弗罗林多	（向特鲁法儿金诺）那么说，你帮他到邮局拿信的那个人就是彼阿特里切小姐的仆人吗？	批：扭转局势，信以为真。
特鲁法儿金诺	（小声对弗罗林多）是呀！主人，那就是巴斯古阿列。	
弗罗林多	那么我问你的时候，你为什么不说呢？	
特鲁法儿金诺	（同样）他再三求我别说出来。	批：看似不能背叛朋友，实为自
弗罗林多	谁求你呀？	己开脱责任。
特鲁法儿金诺	巴斯古阿列呀。	
弗罗林多	那你怎么能不听自己主人的话呢？	
特鲁法儿金诺	就是因为我和巴斯古阿列是朋友的缘故呀！	批：打着朋友的旗号，好打圆场。
弗罗林多	该把你和巴斯古阿列两个都揍一顿。	
特鲁法儿金诺	（自语）那我除了自己挨揍，还得替巴斯古阿列挨上一顿。	批：旁白道出真相，特鲁法儿金诺和巴斯古阿列实为同一个人。
彼阿特里切	您审问不完了吗？	批：焦急等待。
弗罗林多	他在那儿说……	
特鲁法儿金诺	（小声对弗罗林多）看在上帝的面上，主人，千万别说出巴斯古阿列来，您最好说这都是我干的，如果您愿意的话，您甚至可以揍我，我是请您别害了巴斯古阿列。	批：实则担心自己的身份被识破。 批：宁愿自己挨揍，也不背叛朋友，这理由很有说服力。
弗罗林多	（小声对特鲁法儿金诺）你这么爱巴斯古阿列吗？	
特鲁法儿金诺	（小声）就像爱自己亲兄弟似的那么爱他。我现在就去告诉小姐说，这都是我的错，只要能挽救巴斯古阿	批：说得越亲密、越愿意为朋友承担责任，越显示自己重情重义，对这样的人，主人怎会忍心惩

		罚呢？
弗罗林多	（自语）这个人的天性是多么淳厚啊！	批：成功瞒住一个！
特鲁法儿金诺	（走向彼阿特里切）我到您这儿来了。	批：态度诚恳，语气动人。
彼阿特里切	（小声对特鲁法儿金诺）你怎么和弗罗林多先生说了那么久呀！	
特鲁法儿金诺	（小声回答）您要知道，弗罗林多先生有一个名叫巴斯古阿列的仆人，世界上简直找不出比他更糊涂的人了。就是他把所有的东西都弄乱了。那个可怜的家伙害怕主人把他赶走，为了这缘故，我才编出了那套鬼话——什么他的主人已经死了、投了河了，等等。我刚才告诉弗罗林多先生说，这都是我的错。	批：把责任推向一个并不存在的巴斯古阿列。"他把所有的东西都弄乱了"点出差错的根源，也成功把自己的过失推掉。 批：被逼编造谎言，表现勇于承担过错的样子，实则是为了掩护自己"一仆二主"的真相。
彼阿特里切	（同样）为什么你替旁人承担过错呢？	
特鲁法儿金诺	（同样）这是因为我和巴斯古阿列是朋友呀！	批：体现朋友义气。
弗罗林多	（自语）真是的，他们谈得可真久呀……	
特鲁法儿金诺	（小声对彼阿特里切）请您发发慈悲吧，千万别把他说出来！	批：示弱，以退为进。
彼阿特里切	把谁？	
特鲁法儿金诺	巴斯古阿列呀！	
彼阿特里切	你和巴斯古阿列两个都是骗子。	批：好像明白，其实没弄明白。
特鲁法儿金诺	（自语）一共也不过是一个。	批：自己当然心里很明白。
弗罗林多	不用再质问他了，彼阿特里切小姐，我们的仆人虽然都应当受到惩罚，但是他们不是出于坏心，在我们俩	批：沉浸在意外重逢的爱情里的主人，宽恕了仆人的失误，从内心来说，甚至还感谢仆人，若不是

	这么幸福的时候，就饶恕他们的罪过吧！	把照片和信放错，他们可能永远没有机会重获爱情。

彼阿特里切　您说得对，但是您的仆人……

特鲁法儿金诺　（小声对彼阿特里切）看在上帝的分上，请不要提巴斯古阿列。

彼阿特里切　（对弗罗林多）我要到巴达龙纳·德依·彼荣俄依（注：巴达龙纳·德依·彼荣俄依，威尼斯商人）先生那儿去，您愿意和我一块去吗？

批：邀请恋人，实际上已放弃对仆人责任的终究。

弗罗林多　我很愿意，但是我必须在家里等我的那个银行家。您要忙的话，我晚来一步好不好？

彼阿特里切　好的，我现在就到那儿去。我在巴达龙纳先生那儿等您，您没来以前，我哪儿也不去。

批：沉浸在甜蜜的爱情里。

弗罗林多　只是我不知道他住在哪儿？

特鲁法儿金诺　我知道，我送您去。

彼阿特里切　好，那我走了，我先去换件衣服。

特鲁法儿金诺　（小声对彼阿特里切）您先去吧，我一会儿就来伺候您。

批：让她先走，以掩饰自己"一仆二主"的身份。

（孙维世/译）

自圆其说的艺术

　　剧本《一仆二主》叙述了这样一个故事：彼阿特里切小姐女扮男装，化名来到威尼斯寻找未婚夫弗罗林多，雇用了特鲁法儿金诺为仆。特鲁法儿金诺为贪图双份工资，又受雇于弗罗林多。这两个主人又恰好住在同一旅馆里。在工作中，特鲁法儿金诺常弄得手忙脚乱，笑话百出。加上他的粗心大意，又不认识字，引出了一连串的误会和风波。但他凭着聪明机智，应付巧妙，使自己不断摆脱困境，化险为夷。最后，不但使两个主人得以成亲，自己也喜结良缘，所有的人皆大欢喜。

　　特鲁法儿金诺是剧中的主角，是作者竭力塑造的人物形象，他憨厚而不笨拙、机灵而不奸猾、聪明又不失纯朴。与这种思想性格相一致，他的话大都诙谐、幽默、机智，同时也常常夹杂着谎言和狡猾。这是第三幕第九场中的一段对话。由于他工作中粗心，将男女主人的东西全搞错了，差点造成他们自杀。对话便是事过之后，两个主人向他追究责任时说的。

在这场戏中，特鲁法儿金诺时而向弗罗林多解释，时而向彼阿特里切诉苦。为了逃避主人的责备，他将自己由于胆大妄为而又笨拙造成的错误，统统归咎为假设的仆人巴斯古阿列——一个根本不存在的巴斯古阿列。他把责任推给根本不存在的"朋友"，又"主动承担责任"，这不仅使两个主人信以为真，而且对他重"友情"、勇于"承担责任"的"高尚道德"还大加赞赏，读后令人忍俊不禁。于是，他与男女主人之间紧张的矛盾对立轻松地转化为和谐，从而产生喜剧的美感。（子夜霜、周礼华）

芳草地

甲突斯台

甲突斯台（注：Djaddesde，土耳其语，意言"我正想着这个"）是一种游戏，在土耳其闺阁里颇为流行。听说这一类的游戏在西方也是常有的。游戏的方法简单得很：两个人赌着，凡是对手方面接受一件不论什么东西时，都要说一句"甲突斯台"，如果不说这一句，那便算是输了。这样的玩意儿，有时玩得延长到几星期，或几个月。有一会儿我曾经玩过一年又半，后来也并不是因大家淡忘了，而是因为我的对手渐渐厌倦而不愿意无限制地继续下去，我们才宣告终止。

从前有一个聪明人，他是时刻防备着妇人的狡计的。一天，他在沙漠里旅行，忽然在路上看见一个白色的帐幕。那帐幕的顶上遮着枣树的阴，前面铺着华丽的地毯。当他走近的时候，一个妇人从地毯上起来，毕恭毕敬地邀请他到帐幕里边去。因为推却是失礼的，所以他便听从了。

可是那妇人的丈夫不在家。当那聪明人走到帐幕里，在柔软华美的地毯上还没有坐定，那妇人便捧了新鲜的枣实出来亲自献给他。在这当儿，他看见那妇人的手真是异样的柔软，又是异样的纤细。

于是他自己警告着自己了，他记起了一句谚语："妇人的手是妖魔的爪。"于是为自卫起见，他从腰带里取出了一本书，那书是他自己写下的，所讲大半是他自己的经验，书面上题着："妇女的媚术、狡谋、诡计一千种。"

那女主人见了客人那种怪异的举动，很有些疑诧，便用了又婉转又美妙的声音问他说："这当然是一本很重要的书了，因为你不和我说话，却尽自看着这书。究竟这书里面所讲的是什么学问，是什么道理呢？"

聪明人答道："这是讲一种人生哲学，是与妇人无关的。"

那妇人听了这回答,暗暗地纳闷,她便不以为意地燃着了纸烟,再从她的长袍底下伸出了她那纤小的着着绣金的拖鞋的脚,走近了他身旁,从他的肩胛后瞧着那本书稿,说道:"这究竟是哪一类的书,我着实要想知道哩。"

　　因此他把这书的内容告知她了。

　　"哦,"她说,"那么,你真的已经学会了妇人的媚术和诡计吗? 你全已解答了妇女的秘密吗?"

　　"全都学会了。"他说。

　　"哦,那你竟是一个十二分的聪明人了。因为我想这一类的方法简直是无穷尽的。"

　　"不,"聪明人说,"那也不过一千种罢了,已经都搜集在这里。"

　　当他说这话的时候,那妇人向他瞟了一眼,表示出万分惊疑不信的神色,这么一来倒弄得他张皇失措了。可是在这当儿她忽然跳起来,脸色变成死一般的灰白,一边细心听着,一边说道:"安拉救我们吧! 你听得那马蹄的声音没有? 我的丈夫回来了。要是他看见你在这里,我们两个的性命都休了,现在把你藏在什么地方呢? 那边——那只箱子里吧!"

　　箱子盖揭开。那位"十二分聪明"的人便跳进去,卑躬屈节地蹲在箱角里,她仍旧把盖盖上,用锁锁住,随后把锁钥藏在身边,便急忙去迎接她的丈夫。

　　"祝福安拉,竟把你送回来了!"

　　"我的羚羊啊,我去了之后有什么事没有?"那骑士问着便把她搂在怀里。

　　"当你在外边的时候,来了一个哲学家——是一个聪明人。他向着我夸说,他自己懂得妇女的一切诡计和媚术,随后他便想爱着我。"

　　"那混蛋在哪里?"那阿拉伯人愤愤地嚷着。

　　"起初我被他吓得呆了。但是他却殷勤地说着……"

　　"不! 不!"

　　"但是恰巧你来了——幸亏是你救了我!"

　　"这狗在哪里? 让我杀了他!"

　　"在那只箱子里。是我把他锁在箱里的。锁钥在这里!"

　　那男子急忙从她手中夺取了锁钥,奔到箱子前面去。他正想去开锁,那少妇忽然咯咯地大笑起来。

　　"甲突斯台!"她嚷着,兴高采烈地拍她的手掌,"你从我手中取了锁钥没有说'甲突斯台'啊!"

　　她丈夫张皇不定地向她看了一忽儿,于是带着一种刺激的姿势,把锁钥丢在一旁说道:"你好不残忍啊,因为要赢得小小的东道,却故意逗着我发怒?"

　　但是那妇人却只把手臂温和地绕在他的脖子上,央求似的说道:"我赢得的金链条,什么时候才到手呢?"

　　于是他高声笑了。

　　"对啊,"他说,"我立刻到镇上,去给你弄来吧。"

　　于是他跨上了马,骑着去了,这边那妻子才从她丈夫所丢下的地方找得了锁钥,打开箱子,把那"十二分聪明"的人放出来时,他已吓得半截死去了。她嘲弄似的笑着,一边催着他快走,一边却又问道:"你的书里也有这一条诡计吗?"

[土耳其]美列克/文,胡愈之/译

品 读

  从表面上看,这篇微型小说塑造了一个聪明伶俐的女性形象。聪明的妇人以一箭双雕之计,不但教训了自以为聪明的"聪明人",还在小游戏中赢了丈夫。如果再往深层次分析,读者就会发现,这篇微型小说的寓意则非常深刻。它讽刺了那些自以为聪明,但却思想僵化、故步自封的愚蠢之人。"聪明人"从前在女性那里吃了苦头,于是便总结了一千条诡计,并将其编成了一本书。他自以为这一千条诡计便包含了妇人们全部的伎俩,于是他时刻提醒自己,按照书中所写的行事。读者读到此处的时候,大多会忍俊不禁,笑其迂腐。

  当妇人把"聪明人"装在箱子里之后,"聪明人"肯定听到了她与她丈夫的对话。作者没有将其当时的心理状态写出来,但是读者不难想象他当时的状态。恐怕大多读者读到这里的时候,都会对"聪明人"又恨又同情,恨其迂腐,同情其接下来的命运。好在妇人说了一句"甲突斯台",保住了"十二分聪明"的人的性命,但那人"已吓得半截死去了"。

  作者在构思和谋篇布局上也非常有特色,他先介绍了"甲斯突台"这种游戏,为下文的故事作了充分的铺垫。故事的叙述也一波三折,结局更是出人意料。这种独特的构思和谋篇布局使得妇人的聪明和"聪明人"的迂腐跃然纸上。

俘虏（节选）

◇[古罗马]普劳图斯

读点

动人的场景，严肃的气氛，表现出强烈的喜剧效果。

语言丰富多彩，细节描写感人，人物形象个性鲜明。

剧情介绍：

赫吉奥本有两个儿子，一个儿子4岁时被逃跑的家奴斯塔拉格穆斯拐跑了，带到埃利斯卖了；另一个儿子菲洛波勒穆斯在与埃利斯人作战时被俘了。赫吉奥为了换回被俘的儿子，买回来两个埃利斯战俘——出身高贵、家境富有的菲洛克拉特斯和他的仆人廷达鲁斯。这仆人廷达鲁斯正是赫吉奥被拐卖的儿子。

廷达鲁斯为了使菲洛克拉特斯获得逃跑的机会，便与主人互换了主仆身份。赫吉奥则被蒙在鼓里，派扮成仆人的菲洛克拉特斯先回去见他的父亲，安排交换菲洛波勒穆斯事宜。

菲洛克拉特斯走后，菲洛克拉特斯的同乡、挚友阿里斯托丰特斯上场，由于并不知道他们之间的计谋，所以认定廷达鲁斯在说谎，廷达鲁斯的真实身份泄露。赫吉奥感到自己被愚弄了，非常生气，将廷达鲁斯送到采石场去当苦力。

菲洛克拉特斯回去后，很快将赫吉奥的儿子菲洛波勒穆斯和从赫吉奥家逃跑的奴隶斯塔拉格穆斯带了回来，证实现在的廷达鲁斯就是赫吉奥丢失的儿子。

赫吉奥知道事实后心情很复杂，既为自己对儿子的残酷感到痛心，又感到非常幸运。最终，一家人相认，赫吉奥命人取下廷达鲁斯的重镣，戴在了造成他们骨肉分离的斯塔拉格穆斯身上。

本文是《俘虏》第二幕第三场，廷达鲁斯与菲洛克拉特斯互换了主仆身份后，赫吉奥派扮成仆人的菲洛克拉特斯先回去前，赫吉奥与"仆人"菲洛克拉特斯、"主人"廷达鲁斯三人的对白。

赫吉奥	（走近菲洛克拉特斯）你现在的主人希望你能忠实地为你以前的主人办

批：互换了主奴身份后，奴隶廷达鲁斯成了"主人"，主人菲洛克

一件他本人希望你办的事情,这件事情对我、对我的儿子、对你们都有好处。情况是这样:我和他已经商定,把你作价二十谟那(注:谟那,雅典货币单位),他说他想派你去他父亲那里,让他父亲在那边赎出我的儿子,我好和他以儿子相交换。

拉特斯成了"奴隶",赫吉奥扣留下"主人",放还"奴隶",让"奴隶"回去安排交换他被俘的儿子菲洛波勒穆斯的事情。这两人因为身份互换在赫吉奥面前的话语便极富潜台词,耐人寻味。

菲洛克拉特斯　我天生就是朝着两个方向的:朝着你和他。你们可以像指挥车轮一样指挥我,你们吩咐我朝哪边转,我就朝哪边转,或者转向你,或者转向他。

批:顺从是奴隶、战俘身份所决定,主人菲洛克拉特斯顺从赫吉奥,是为了掩盖自己真实身份和尽快摆脱困境。

赫吉奥　你的这种天性给你带来极大的好处,既然你能像所要求的那样忍受奴隶处境。你跟我来!(领着菲洛克拉特斯朝廷达鲁斯走去)喂,这是你的奴隶。

批:菲洛克拉特斯果然没有露出破绽。

批:互换了主奴身份,主人变成了"奴隶",奴隶变成了"主人"。

廷达鲁斯　我由衷地感激你,赫吉奥,你为我创造了条件,使我能够派他以使者的身份去见双亲,详详细细地向他们报告这里发生的事情,我希望他们为我做些什么,等等。(对菲洛克拉特斯)廷达鲁斯,现在我和他是这样商定的:我派你去埃利斯见父亲,已经说好了价钱,你如果不回来,我将为你付给他二十谟那。

批:扮演主人角色,自然要说主人身份的话。

批:这事菲洛克拉特斯自然清楚,在赫吉奥面前仍有说明的必要。

菲洛克拉特斯　我认为你们决定得非常对,因为父亲正在盼望我或别的什么人从这里去向他报告情况呢。

批:廷达鲁斯的话没有破绽,计谋得逞,言语间透露着侥幸与欢欣。

廷达鲁斯　因此请你注意听,我希望你回到祖国、见到父亲后对他禀告些什么。

批:自己毕竟是奴隶,"请""希望"等语气没有主人的骄横。

菲洛克拉特斯　菲洛克拉特斯,我会一如既往地努

批:这是请廷达鲁斯放心,自己不

	力去办的,尽可能地使事情对你有利,我会全心全意地、全力以赴地去努力,去争取的。	会因为自己脱了险就抛下他不管。
廷达鲁斯	这是你应该做的。现在你听着,首先,请问候父亲、母亲、亲属和别的凡是你能见到的好心肠的人。告诉他们,我在这里很平安,在给一个好的主人当奴隶,他一直很敬重我,现在还是这样。	批:拿稳主人的身份,严肃而又滑稽。
菲洛克拉特斯	这些你用不着吩咐我,我都记得一清二楚。	
廷达鲁斯	确实的,若不是还有看守看着,我都可以认为自己是自由人了。告诉父亲,我在这里和他就他的儿子的事情是怎样协议的。	批:暗示主人不要忘了相互的承诺。
菲洛克拉特斯	我记得,你提醒我这些是白白耽误时间。	
廷达鲁斯	让父亲赎出他的儿子,放回来交换我们两人。	批:看似是提醒赎出赫吉奥的儿子,实际也是提醒他要来赎回自己。
菲洛克拉特斯	我不会忘记的。	
赫吉奥	不过要尽可能地快,这件事对我们双方都有好处。	
菲洛克拉特斯	他希望见到自己儿子的迫切心情不会亚于你。	批:彼此的心情都是一样的。
赫吉奥	我的儿子使我感到亲切,他的儿子使他感到亲切,每个人的儿子都使自己的父亲感到亲切。	批:期盼的心理,耐人寻味的语言。
菲洛克拉特斯	你还有什么事情需要禀告父亲吗?	
廷达鲁斯	(茫然)你——你就说,我在这里很——很平安,并且,你——你,廷达鲁斯,你要大胆地告诉父亲,说我们之间没有闹过纠纷,你没有对我	批:这实际是说自己待菲洛克拉特斯很好,言行上从来没有抛弃

犯过什么过错，我——我也没有和你顶过嘴，在这样的不幸之中待——待主人很好；面对这种艰难困苦，你无论在行动上，还是在内心里，都没有抛弃我。父亲知道了这些，廷达鲁斯啊，知道了你是怎样忠心耿耿地待他的儿子和他本人的，他绝不会吝啬到这种程度，以至于不想释放你以表示感激。我如果能从这里返回去，我会让他更愿意这样做的，因为是你的努力、你的决心、你的勇气、你的智慧使我有可能重新返回到父母身边——你在他面前供出了我的出身，供出了我的家世，这样，你凭借你的智慧，替你的主人解除了锁链。

菲洛克拉特斯　是的，我是像你刚才说的那样做的，你都记在心里，使我感到高兴。你也应该受到我同样的称赞。不过我如果现在也来数说你，菲洛克拉特斯，为我做的那些好事，我想那就一直要数到夜幕降临了。你有如我的奴隶，一直忠实地为我效劳。

赫吉奥　（旁白）啊，神明在上，多么高尚的心灵啊！他们感动得热泪盈眶。他们两人真是至诚地互助互爱。一个受到夸奖的好奴隶是怎样由衷地称赞他的主人啊！

廷达鲁斯　请波吕克斯（注：波吕克斯，古希腊神话传说中宙斯的儿子）作证，他虽然这样高度地称赞我，可他自己应受的称赞要远远超过这百倍。

他，是一个非常忠诚的奴隶。

批：言外之意，"我"对你能如此忠心，也希望你也能这样待"我"。真切的嘱托，感人的叙述，表现其高尚的品格。

批：感激之情溢于言表，也意在说明自己不是忘恩负义的人，一定会来救他回去。

批：深信不疑，推动情节进一步发展。

赫吉奥	（对菲洛克拉特斯）好，由于你以前<u>尽心效劳，现在时机来到，让你最后一次出色地尽自己的职责</u>，如果你能忠实地为他完成这件差使。	批：让"奴隶""最后一次出色地尽自己的职责"，是希望他能回去赎回他的儿子，这对于他的"主人"来说，就是最忠实的尽职尽责。
菲洛克拉特斯	不，不，不只是这一次，我希望能有更多的机会经受考验。<u>愿至高无上的尤皮特</u>（注：尤皮特，罗马神话中的最高神，相当于希腊神话中的宙斯）<u>为我作证，赫吉奥，你会看到，我不会背叛菲洛克拉特斯的。</u>	批：看似是对赫吉奥表态，实际也是向廷达鲁斯表明自己绝不食言，一定回来救他。
赫吉奥	你真不错！	
菲洛克拉特斯	<u>以后无论有什么事情，我会像对待自己一样地对待他的。</u>	批：表明心志，也是进一步暗示，让廷达鲁斯放心。
廷达鲁斯	<u>我希望，你刚才说的话能在行动上、在实践中得到兑现。</u>我现在还没有把想说的话说完，请你现在继续注意听，也请不要因为它们而生我的气。你要记住，你是凭我的信誉，作价之后从这里放回去的。现在我的<u>生命在这里为你作抵押，请你不要一离开我就忘了我，忘了我是为了你留在这里受囚当奴隶的；</u>也请你不要认为自己已是自由人了，而当我仍然被留在这里作抵押，当你还没有能够送他的儿子回来交换我的时候。记住你是作价二十谟那之后才被放走的，<u>你要做知己的知己，不要拿信义开玩笑。</u>我知道，凡是父亲应尽的义务他都会尽到的，而你，请永远把我当作你的忠实朋友，同时也不要抛弃这个（指赫吉奥）新找到的朋友。我以我的右手（伸过右	批：这是希望菲洛克拉特斯说到做到。 批：这是希望菲洛克拉特斯要记住自己是为他而留在这里，一定要守信义来救他。 批：希望菲洛克拉特斯能像自己待

手握住菲洛克拉特斯的右手),就是现在握着你的手的这只右手请求你,请你忠实于我,就像我忠实于你一样。好,好,行动吧! 你现在是我的主人,我的保护人,我的父亲。我的希望,我的期待全寄托在你身上了。

他一样待他。

批:真情的叮嘱,巧妙道出心声。

菲洛克拉特斯 你嘱咐得很好,我如果不折不扣地完成你的全部嘱托,你会满意吗?

批:委婉地表达自己决不食言的心志。

廷达鲁斯 当然满意。

菲洛克拉特斯 (对赫吉奥)我回来的时候会让你,(对廷达鲁斯)也会让你感到满意的。你还有什么话要说吗?

批:自己一定会让各人的所愿都能有一个圆满的结局。

廷达鲁斯 愿你能尽快地返回来!

菲洛克拉特斯 当然。

赫吉奥 (对菲洛克拉特斯)跟我来! 我到钱庄那里取点路费给你,同时向市政官要张证件。

批:仁慈是出于个人目的。

廷达鲁斯 什么证件?

赫吉奥 他得随身带着那证件前往部队营地,好让那边允许他取道回家。(对廷达鲁斯)你现在进屋去!

廷达鲁斯 祝你一路平安!

菲洛克拉特斯 再见!

[廷达鲁斯进赫吉奥的屋。

赫吉奥 (旁白)啊,波吕克斯! 我向市政官买来这两个奴隶,终于使我的事情得到如意的安排。愿神明保佑我,让我的儿子获得自由! 关于买不买他们,我还曾经犹豫了好久呢。(对看守奴隶)喂,你们注意,在家好好看着他,不要不加看守地让他乱跑。

批:语言生动风趣,彰显人物性格。

我一会儿就回来。

[洛拉里乌斯和看守奴隶等进屋。

我得马上到我兄弟那里去,看看我买的别的奴隶的情况如何,同时问问他们,也许他们中间会有人认识这个年轻人。(对菲洛克拉特斯)你跟我来,我先把你打发上路。我想先把这件事办了。

批:为以后廷达鲁斯暴露身份埋下伏笔。

批:毕竟救子心切!

[赫吉奥带着菲洛克拉特斯下。

(王焕生/译)

奴隶的品格同样可以是高贵的

普劳图斯(Titus Maccius Plautus,前254? ~前184),古罗马喜剧作家。他的喜剧是现在仍保存完好的拉丁语文学最早的作品,同时他也是音乐剧最早的先驱者之一。古代以他的名义流传的剧本有130部,确认他创作的有21部,除一部严重残缺外,其他20部基本保存完整。代表作有《吹牛军人》(前205?)、《撒谎者》(前191?)、《俘虏》(前188?)、《孪生兄弟》(前186?)、《一坛黄金》(前186?)等。

《俘虏》是普劳图斯喜剧中最为严肃的一部作品,描写了奴隶如何冒险去救主人,最后成功脱险的故事,成为后世欧洲人情剧的雏形。

《俘虏》反映的是战乱年代的真实情况,采用了传统的劫婴题材。本剧中,作者塑造了多个具有高尚品格的人物。例如,奴隶主赫吉奥并不是冷酷无情的,而是一位仁慈的父亲;出身高贵且富足的菲洛克拉特斯不是以放荡不羁的纨绔子弟形象出现,而是一位慷慨善良的青年人。

廷达鲁斯是《俘虏》剧中着墨最深的人物。廷达鲁斯虽然是奴隶,但他既不狡猾也不厚颜无耻,而是一位愿意为主人牺牲的、忠心的奴隶,即使在计谋被识破之后自己受到惩罚,也仍然为主人安全回家而感到高兴。

廷达鲁斯作为奴隶,从品格上说同样是高贵的,并不比奴隶主低贱。他和主人菲洛克拉特斯一起被俘,又一起被卖给赫吉奥当奴隶,本来有机会逃脱,却不惜冒着生命危险与主人调换身份,骗过赫吉奥,让主人得以脱身。廷达鲁斯非常重视信誉问题,也愿意相信人,因此他才会凭着自己的信誉,自己留下做抵押让主人脱身,他相信主人回来后会实践诺言——他也将会获得自由身。廷达鲁斯虽是个奴隶,但品性高尚,他认为:"一个人高尚地去死,他是不会完全死去的。"(第三幕第五场)他对主人很忠诚,虽然自己受苦,却为没有辜负主人父亲的托付(让他守护好他的儿子)、让主人得救而感到高兴,他说:"我让自己的主人得以摆脱奴隶处境,得以脱离敌人的羁押,返回自己的祖国,回到自己父亲的身边;我为了主人得救,宁可自己冒生命危险。"(第三幕第五场)

　　因此,《俘虏》是一部具有道德教育意义的戏剧,它可以"使道德高尚的人变得更高尚"。(屈平、张金寿)

芳草地　　　　　一个战俘

你写得多么匆忙潦草,
你唯恐丧失了理智,
你写,你匆匆写下
在那些卫生纸上。

你甚至不清楚究竟写了什么。
你曾经喜爱阅读和写作。
你现在仍然常常诉说过去如何。
这一切都发生在不久之前。

回忆把你拖曳向过去,
因为今天的时刻业已停止。
在穿越过去的旅途上,
你确实体验了太多幸福。

你写作纯粹出于恐惧,
人们很快就把你的笔夺去,
因为人人都想有一杆好笔,
每个人的渴望都同样热切。

唯独奋斗者得以自由驰骋,
为此要付出辛劳和巧施手段。

笔杆上咬出了一圈牙痕，
墨水也长霉好似面包。

你蹒蹒跚跚爬过纸张，
只为了不损失一时半刻。
这是一场纸上的郊游。
否则便很少散步机会。

你觉得自己无所依据，
人们也常常忘却如何写作——
你突然发现有一个男人，
和写作工具一下子断了缘分。

如今你的双手空空。
你只想写作，并不想唱歌。
对于看守者，这丝毫不难，
带领你走完最后路程。

他没有亲自把我带走。
你停留，你垂下头，像一座静止的塔。
他没有亲自把你带走，
不论去生存或者去死亡。

［德国］阿尔弗雷德·沃尔芬斯坦/文，佚名/译

品 读

　　阿尔弗雷德·沃尔芬斯坦（Alfred Wolfenstein，1883 年 12 月 28 日～1945 年 1 月 22 日），德国诗人、剧作家、翻译家。早年在柏林学习法律，获博士学位，后成为职业作家。20 世纪 20 年代由于从事反对死刑活动，上了纳粹的黑名单。纳粹当政后，在"人权协会"帮助下流亡法国。纳粹入侵法国后，1940 年被盖世太保捕获入狱，在狱中创作了组诗《一个战俘》。后来在法国南部隐姓埋名，1945 年 1 月在巴黎自杀。

丑角舞台

伪君子（节选）

◇[法国]莫里哀

读点

塑造了一个戏剧史上不朽的伪君子艺术形象。

人物个性化语言鲜明地表现出了人物的性格。

巧舌如簧、能言善辩的骗术。

剧情介绍：

有钱人奥尔贡在前妻去世后，与年轻善良的艾耳密尔结婚。此时，一位贫困潦倒的宗教骗子达尔杜弗要求寄居奥尔贡家。奥尔贡和他母亲白尔奈耳太太同意了。达尔杜弗假装友善骗取了奥尔贡的信任，成为奥尔贡家的上宾。奥尔贡对达尔杜弗言听计从、礼遇有加，却听不进家人的忠告，一意孤行，把他奉为"精神导师"。

奥尔贡笃信宗教，不顾女儿玛丽雅娜的意愿及幸福，要把本来已许配给法赖尔的女儿再许配给达尔杜弗。玛丽雅娜伤心不已，女仆道丽娜鼓动她违抗父命。

继母艾耳密尔为了玛丽雅娜的婚事，来请教达尔杜弗的意见。达尔杜弗居心卑劣，企图染指艾耳密尔。奥尔贡的儿子大密斯识破了达尔杜弗卑鄙用心，出面阻止，并将真相告诉父亲。然而，达尔杜弗不仅巧言令色蒙混过去，反而倒打一耙，诬陷大密斯，奥尔贡在一怒之下，把儿子赶出家门，立下字据，把全部家产都转赠到达尔杜弗的名下。

一家人愤愤不平，艾耳密尔设计让奥尔贡亲眼见到达尔杜弗的无耻丑态。奥尔贡猛然醒悟，达尔杜弗也原形毕露。奥尔贡要将达尔杜弗赶出家门，达尔杜弗却声称该扫地出门的是奥尔贡，因为奥尔贡的财产已不再是他的了。

奥尔贡不仅把全部财产给了达尔杜弗，而且连一政治犯托他保管的密件也交给了达尔杜弗，他不得不逃亡。达尔杜弗将密件呈给国王，控告奥尔贡叛国。然而国王英明，识破了达尔杜弗的伪善面孔，赦免了奥尔贡，逮捕了达尔杜弗。奥尔贡感谢国王圣明，也答应了女儿与法赖尔的婚事。

本文节选了《伪君子》第三幕第五、六、七场，是写大密斯将达尔杜弗的卑鄙行为告诉父亲奥尔贡的几场戏。

第三幕　第五场

〔奥尔贡(注:奥尔贡,巴黎富商)、大密斯(注:大密斯,奥尔贡之子)、达尔杜弗(注:达尔杜弗,伪君子,职业宗教骗子)、艾耳密尔(注:艾耳密尔,奥尔贡之妻)

大密斯　<u>爸爸,方才出了一件新鲜事</u>(注:新鲜事,指在第三幕第三场中达尔杜弗调戏艾耳密尔之事),<u>您简直意想不到,我们正要讲给您听,您听了也一定开心。您行好得了好报,这位先生加倍报答您的盛情。</u>他方才表示过了莫大的热诚:不是别的,就是玷污您的名声。我发现他伤天害理,在这儿对母亲表白他的私情。母亲心地善良,过于拘谨,一意只要保守秘密,可是我不能纵容这种厚颜无耻的行为,我以<u>为瞒着不叫您知道,就是对您不敬。</u>

　　批:先用反语,讽刺父亲,增强了喜剧效果。

　　批:接着道出实情,并表示自己的愤恨,希望父亲相信他的话。

艾耳密尔　<u>是的,我认为那些话没有意义,做太太的听到以后,就决不该学嘴学舌,让丈夫心神不安。</u>好名声也不是靠学嘴学舌得来的。我们知道怎么样保卫自己,这就够了。我是这样想的。<u>大密斯,你要是尊重我的话,也就什么话都不说出来了。</u>

　　批:不说出来是不想"让丈夫心神不安",心地善良。

　　批:这是为了让大密斯放心。

　　批:不希望大密斯把事情说出来,但客观上已经表明确有此事。

第六场

〔奥尔贡、大密斯、达尔杜弗

奥尔贡　<u>天呀!我方才听到的话是真的吗?</u>
达尔杜弗　<u>是的,道友,我是一个坏人、一个罪人、一个可恨的败类,无法无天,自古以来最大的无赖。我的生命只是一堆罪行和粪污,没有一分一秒不是肮脏的。</u>我看上天有意惩罚我,才借这个机会,考验我一番。<u>别人加我以罪,罪名即使再大,我也</u>

　　批:奥尔贡不敢相信这是真的。

　　批:先以道友相称,再自称是坏人,言外之意自己并非坏人,自己是受人诬陷。

　　批:声称天意,看似为大密斯开脱责任,实则意为有意加害。

　　批:不为自己辩护,却往自己头上

不敢高傲自大,有所声辩。相信人家告诉你的话吧,大发雷霆吧,把我当作罪犯,赶出你的家门吧。我应当受到更多的羞辱,这一点点,根本算不了什么。

奥尔贡　(向他的儿子)啊！不孝的忤逆,你竟敢造谣生事,污损他的清德？

大密斯　什么？这家伙虚伪成性,装出一副柔顺的样子,您真就相信……

奥尔贡　住口,该死的东西。

达尔杜弗　啊！让他说吧:你错怪了他,他那些话,你还是相信的好。既然事实如此,你何苦待我这样好啊？说到最后,我有什么干不出来的,你可知道？道友,你相信我的外表？你根据表面,相信我是好人？使不得,使不得:你这是受了现象的欺骗,哎呀！我比人想的,好不了多少。人人把我看成品德高尚的人;然而实情却是:我不值分文。(转向大密斯)对,我亲爱的孩子,说吧,把我当作背信的东西、无耻的东西、恶人、强盗、凶手看待吧,用还要可憎的字眼儿来骂我吧,我决不反驳;而且正该如此。我愿意跪下来拜领奇耻大辱,因为我平生作恶多端,丢人是应当的。

奥尔贡　(向达尔杜弗)道友,你太过分了。(向他的儿子)不孝的忤逆,你还不认错？

大密斯　什么？您真就相信他这套鬼话……

奥尔贡　住口,死鬼。(向达尔杜弗)道友,哎！起来,求你了！(向他儿子)无耻的东西。

大密斯　他会……

奥尔贡　住口。

大密斯　气死我啦！什么？把我看成……

扣屎盆子,这反而比辩护的效果更好——高超的伪装术。

批:不相信儿子的实话,反倒说儿子造谣生事,污损道友的清德,真是鬼迷心窍。

批:以正话反说的方式迷惑奥尔贡。

批:自己本来就是伪君子,声称自己就是伪君子,这样奥尔贡就会更加相信达尔杜弗是正人君子。

批:继续施展伪装术,痛骂自己,骗术可谓高明。

批:这边安慰那边训斥,奥尔贡的心理天平砝码已倾向了达尔杜弗。

批:是非不分,忠奸不辨,愚蠢至极。

奥尔贡	你说一句话,我就打断你的胳膊。	批:专横霸道。
达尔杜弗	道友,看在上帝分上,不要动怒。我宁可忍受最可怕的痛苦,也不愿意他为我的缘故,皮肤上拉破一点点小口子。	批:表面上宽容、爱怜,实则是激恼奥尔贡。
奥尔贡	(向他儿子)忘恩负义的东西!	批:达尔杜弗的目的果然达到。
达尔杜弗	由他去吧。需要的话,我跪下来,求你饶他……	批:看似求情,实则无异于火上浇油。
奥尔贡	(向达尔杜弗)哎呀! 你这是干什么呀? (向他儿子)混账东西! 看人家多好。	批:一"善"一"恶",对比鲜明,更会激恼奥尔贡。
大密斯	那么……	
奥尔贡	闭住你的嘴。	
大密斯	什么? 我……	
奥尔贡	听见了没有,闭住你的嘴。我明白你为什么攻击他:你们人人恨他,我今天就看见太太、儿女和听差跟他作对来的;你们厚颜无耻,用尽方法,要把这位虔诚人物从我家里赶走。可是你们越是死命撵他走,我就越要死命留他。为了打击我一家人的气焰,我偏尽快把女儿嫁给他。	批:骂善良的人厚颜无耻,赞厚颜无耻的人虔诚,居然要把女儿嫁给伪君子,糊涂至极!
大密斯	您想逼她嫁给他?	
奥尔贡	对,不孝的忤逆,为了气死你,今天晚上就行礼。哎! 咱们就斗斗看,我要叫你们知道,我是家长,人人应当服从。好啦,把话收回去,捣蛋鬼,赶快跪到他面前,求他宽恕。	批:封建家长的作风根深蒂固。 批:虽然专横,毕竟是骨肉,想给儿子一个合阶下。
大密斯	谁,我? 求这混账东西宽恕? 他仗着他骗人的本事……	批:看清伪君子的真面目,自然不会屈服。
奥尔贡	啊! 叫花子,你不听话,还敢骂他? 拿棍子来! 拿棍子来! (向达尔杜弗)别拦我。(向他的儿子)好,马上滚出我的家门,永远不许回来。	批:又骂又打又驱逐,已经鬼迷心窍了。
大密斯	对,我走;可是……	

奥尔贡	快滚。死鬼,我取消你的继承权,还咒你不得好死。	批:为了维护"道友""清德名誉",竟然把儿子赶出家门,并取消他的继承权,愚顽至极!

第七场

[奥尔贡、达尔杜弗

奥尔贡	竟敢这样得罪一位圣人!	批:无耻伪君子在他眼里竟成了"圣人",可悲!可叹!可笑!
达尔杜弗	天啊,宽恕他给我的痛苦!(向奥尔贡)看见有人在道友面前,企图说我的坏话,你晓得我心里怎么样难过,也就好了……	批:诉苦只会激起奥尔贡的同情,甚至还会得到"补偿"和奖赏。
奥尔贡	哎呀!	
达尔杜弗	我一想到人会这样恩将仇报,我心上就像有千针万针在扎一样……世上会有这种事……我痛苦万分,话都说不出来了,我相信我不久于人世了。	批:再诉"痛苦",继续打悲情牌,进一步博取奥尔贡的同情和信任。
奥尔贡	(他满脸眼泪,跑到他撵出儿子的门口)混账东西!我后悔手下留情,没有在一开头的时候就把你立时打死。道友,别难过,生气不得。	批:愚蠢至极的奥尔贡。
达尔杜弗	我们就中止、中止了这场不幸的吵闹吧。我看出我给府上带来多大的纠纷,道友,我相信,我还是离开府上的好。	批:以退为进,更具欺骗性。
奥尔贡	什么?你这叫什么话?	
达尔杜弗	他们恨我,我看他们是成心要你疑心我对你不忠诚。	批:开始反攻,倒打一耙,挑拨奥尔贡和家人的矛盾。
奥尔贡	有什么关系?你看我理他们来的?	
达尔杜弗	他们一定不会就此罢休;同样坏话,你现在不相信,也许下一回就相信了。	批:继续挑拨,以继续巩固自己在奥尔贡心中的地位。
奥尔贡	不会的,道友,决不会的。	
达尔杜弗	嘻!道友,做女人的,轻轻易易,就能把丈夫哄骗过去的。	批:大密斯被赶走,仍担心奥尔贡的妻子对自己不利。
奥尔贡	不会的,不会的。	

达尔杜弗	<u>赶快放我走吧，我一离开府上，他们就没有理由再这样攻击我了。</u>	批：自由人来去自由，真要离开谁也拦不着。
奥尔贡	<u>不，你留下来；你一定要走，我就活不成了。</u>	批：竟把一个伪君子看得比自己的生命更重要，愚蠢透顶！
达尔杜弗	好吧！那么，非这样不可，我就再煎熬下去吧。不过，要是你肯的话……	
奥尔贡	啊！	
达尔杜弗	算啦，不必说啦。可是我晓得我该怎么做。<u>名誉经不起糟蹋，我作为朋友，就该预防谣言发生，杜绝别人起疑心才是。我今后避开嫂夫人不见，将来你看不见我……</u>	批：抓住奥尔贡对他深信不疑这一点，取得更大更多的便利。
奥尔贡	不，他们爱怎么样就怎么样，你偏和她常在一起。我最大的喜悦就是把他们气死。<u>我要大家时时刻刻看见你和她在一起。这还不算，我要和他们斗到底，除了你以外，谁也别想当我的继承人，我把我的全部财产赠送给你，我马上就去办正式手续。</u>一位善良诚实的朋友当了我的女婿，比起儿子、老婆和父母来，分外亲热。你接受不接受我的建议？	批：奥尔贡彻底昏了头，不仅把骗子看作是善良诚实的朋友，还把他当成自己的继承人、女婿，把所有的一切给了骗子，愚蠢得无以复加。
达尔杜弗	<u>愿上天的旨意行于一切。</u>	批：骗子的目的达到了，还要伪装成是按照上天的旨意行事，虚伪至极。
奥尔贡	可怜的人！我们快去准备证书。谁看不过，谁就气死好了！	

（李健吾/译）

巧舌如簧的伪君子

　　《达尔杜弗》1664年5月12日第一次上演时，仅有前三幕，主人公是一个穿黑袍的神职人员，国王谕令停止公演。后来莫里哀把达尔杜弗改为一般的教徒，1667年再次演出，五幕，改名《伪君子》，巴黎最高法院禁演。1669年2月5日公演，同年刊印。

　　达尔杜弗一面标榜禁欲主义，一面疯狂追求女色；一面装作无比虔诚，一面又随意拔掉上帝;一面假装毫不贪财,一面以骗得奥尔贡全部财产为快;一面装得连掐死跳蚤也后悔不迭,一面却企图将奥尔贡送上绞刑架。这种假象与事实的对立,构成这部喜剧思想上同时又是艺术上的强烈对比。正是在对比中,用事实上的自我暴露方式,达到揭发、嘲笑的目的。

本文节选自《伪君子》第三幕第五、六、七场,第五场是写奥尔贡的儿子大密斯向父亲告发达尔杜弗调戏继母艾耳密尔之事;第六场写达尔杜弗以高超的骗子伎俩为自己辩护,成功地完全地取得奥尔贡的信任,大密斯被父亲赶出家门并被剥夺了财产继承权;第七场达尔杜弗利用奥尔贡对自己的信任,获得了奥尔贡赠送的全部财产。

这三场戏尤其是第六、七场戏形象地描述了伪君子达尔杜弗是怎么为自己辩护且取得奥尔贡的全部财产的,可以用"巧舌如簧"来概括达尔杜弗的骗子伎俩。

当大密斯向父亲告发达尔杜弗的丑行时,达尔杜弗没有为自己辩护,反而说自己是"一个坏人、一个罪人、一个可恨的败类,无法无天,自古以来最大的无赖",自称自己"生命只是一堆罪行和粪污,没有一分一秒不是肮脏的",哪有遭到别人攻击时不为自己辩护反而自称自己不是好人的?达尔杜弗的"自贬自损",只能让奥尔贡深信他不仅受了诬陷,而且品格不容怀疑。奥尔贡果然中计,痛斥儿子是"不孝的忤逆""造谣生事",而且不容他分辩。

达尔杜弗又说:"说到最后,我有什么干不出来的,你可知道?道友,你相信我的外表?你根据表面,相信我是好人?使不得,使不得:你这是受了现象的欺骗,哎呀!我比人想的,好不了多少。"越不让奥尔贡相信自己的外表是好人,糊涂、不辨是非的奥尔贡只会更加信任他。

更妙的是,达尔杜弗对于"攻击"自己的大密斯表现出了"宽容",当奥尔贡要痛打大密斯时,他说:"我宁可忍受最可怕的痛苦,也不愿意他为我的缘故,皮肤上拉破一点点小口子。"看似是对大密斯的宽容、爱怜,实则用心险恶,达尔杜弗的"高尚品德"只能激起不分善恶的奥尔贡对儿子更严厉的惩罚。奥尔贡对达尔杜弗十分的"迷信",而儿子又试图让父亲清醒,尖锐冲突的结果,奥尔贡更加信任达尔杜弗,大密斯被赶出家门、被剥夺财产继承权。

大密斯被驱赶,达尔杜弗并没有就此罢休,继续打悲情牌。他向奥尔贡诉苦:"看见有人在道友面前,企图说我的坏话,你晓得我心里怎么样难过,也就好了……""我一想到人会这样恩将仇报,我心上就像有千针万针在扎一样……世上会有这种事……我痛苦万分,话都说不出来了,我相信我不久于人世了。"达尔杜弗打悲情牌,必然会引得奥尔贡的安慰,至少是精神上的安慰,这就更加巩固了他在奥尔贡心中的地位,甚至能获取更大的利益,比如物质上的奖赏。事实上,达尔杜弗不仅得到了奥尔贡精神上的安慰,可以与年轻美丽的艾耳密尔"时时刻刻"在一起,而且还获得了奥尔贡的"全部财产"。

狡诈、能言善辩的伪君子,愚蠢、可悲的奥尔贡!(子夜霜、孙维彬)

新鲜面包和鲜鱼

兔子和狐狸一起出游。那是冬天,寒风刺骨,没有一棵青草,在白雪覆盖的田野上连那可怜的耗子也没出现。

"这是令人悲伤的天气,"狐狸对兔子说,"我肚子已经很饿了!"

"是的,"兔子回答说,"要是汤匙掉进我的嘴巴里,我恨不得连汤匙也吞进肚子里。"

他们饥寒交迫地继续向前赶路。蓦地他们从远处看到一个村女提着一只篮子款款而来,从篮子里发出一种好闻的气味,狐狸与兔子闻到是一种新鲜面包的味道。

"你有什么主意吗?"狐狸说,"你躺下来,尽可能地伸长身子装死!那村女会将篮子放下,把你捡起来,因为她可以用你的皮毛制作手套。这期间我就提起篮子跑掉。"

狐狸的主意使兔子很高兴,他躺下来,装出死的样子,狐狸躲在雪堆后面。

少女来了,看到四肢伸长的兔子,将篮子放下,弯下腰来。

这时狐狸突然闪了出来,咬住篮子便落荒而逃。兔子又突然明白过来,迅速地追随他的同伴。可是狐狸并没有停下来分吃面包的意思,看来他要独吞,对此兔子很恼火。

当他们来到一口小池塘附近时,兔子向狐狸喊道:"咱们午餐吃鱼怎么样?这样我们既有鱼又有面包,简直就像那些大老爷!你将尾巴贴着水面即可!鱼现在也没有什么可吃的,会咬住你的尾巴的,不过要快一点儿,否则池塘就要结冰了!"

这话对狐狸颇有启发,他便走到池塘边,眼看池塘就要结冰封住了,他将尾巴伸向水面。

可就那么一会儿狐狸的尾巴被牢牢地冻住了。

这时兔子将面包篮子拿走,当着狐狸的面蹲下来,津津有味地吃起面包来,吃了一个又一个。

继而兔子便讽刺起狐狸来:"你等着吧,等到春天,冰就解冻了,你等着吧!"兔子说完之后便走开了。狐狸大叫起来,就像一只上了锁链的疯狗。

[德国]路特维希·贝希施坦因/文,佚名/译

品 读

路特维希·贝希施坦因,19世纪德国寓言作家。

"以牙还牙""以毒攻毒""以其人之道还治其人之身"等,这些都是说报复手段的。不过,并非一切人都应该这样报复,只有对那些不讲信义的坏人可以这样做。寓言中的狐狸让兔子装死,它利用村女捡兔子的机会提走篮子。面包本来是它们合作获得的,当然应当分享,但狐狸却要独吞。这自然让兔子很恼

火。兔子虽然恼火,但没有挑明,而是设计让狐狸用尾巴"钓鱼",结果"狐狸的尾巴被牢牢地冻住了"。兔子便当着狐狸的面"津津有味地吃起面包来"。狐狸不讲信义和贪婪,结果受到了惩罚。

钦差大臣（节选）

◇ [俄国] 果戈理

读 点

充分体现了作者的喜剧精神：要嘲笑便嘲笑个
够，要鞭挞便鞭挞个透。
人物情态的丰富性、个性化台词的多样性透出
了笑的多样性。

剧情介绍：

此剧的故事发生在俄国某偏僻的小城市。

某市市长安东·安东诺维奇得到可靠消息——钦差大臣要从彼得堡来这里微服察访，他便把市里的有关官员召集在家里，要求他们做好准备。为了大家的"共同利益"，市长要求邮政局长把来往的每一封信都拆开审查。

这时候，陶布钦斯基和波布钦斯基两位绅士也气喘吁吁地赶到。他们报告说：一个外表不难看、穿一身便服、名叫赫列斯达可夫的年轻官员，已在本市一家旅馆里住有两星期了。根据这两位绅士的猜测，这位大门不出、买东西不付钱的人，看样子准是彼得堡来的大官。

官员们磋商结果，决定整装、排队，亲自到旅馆去登门拜访！

旅馆里，赫列斯达可夫的仆人奥西普正躺在主人的床上发牢骚。他抱怨主人一个十二品的文官，有钱乱花一阵，没有钱当衣物，现在害得他也跟着挨饿。赫列斯达可夫吩咐去餐厅通知开饭。奥西普说老板已声称不再赊账了。还不错，一会儿饭端来了，没有鱼块、肉饼，饭菜差极了。赫列斯达可夫只好对付着吃。

市长和官员们赶到了旅馆，赫列斯达可夫开始以为是来抓他的，后来发现并非如此，便情不自禁地又吹开了，说他是彼得堡的大官……市长闻听，浑身直打哆嗦。市长先是说借钱给"大官"，接着邀请他住到自己府上，赫列斯达可夫一一接受。

得知"钦差大臣"要迁往市长官邸居住的消息，市长的妻子和女儿惊喜若狂。母女俩为了争穿一件漂亮鲜艳的裙子，差点儿吵了起来。

赫列斯达可夫搬进了市长官邸。他在"视察"慈善医院时饱尝了美味佳肴，这会儿就更有精神吹牛了:他说他每天都进宫去,而且很快就能当元帅……显贵们听得出了神,终于想出来一个办法——塞钱! 以贵族团的名义送他一笔可观的钱。

官员们争先恐后地往赫列斯达可夫的屋子里钻,一个进去,一个等着,一个出来,另一个入内。各自孝敬些钱,然后笑容可掬地出来。

赫列斯达可夫看中了市长的小姐,同时觉得向市长的妻子调调情也不错。当着市长的面,他表示要向小姐求婚!"钦差大臣"向市长小姐求婚的消息一经传开,前来向市长道喜的贵族接连不断。

赫列斯达可夫的仆人告诫主人,这里不是久留之地,如果一旦被人识破就难脱身了,不如趁早带着这笔钱溜之大吉。主仆一合计,决定马上离开。

赫列斯达可夫假托去看望一位有钱的伯父,他们坐上一辆顶好的上等马车离开了这里。

赫列斯达可夫走前通过邮局发了封信,邮局局长照例把信扣下,拆开后,他大吃一惊。后来,邮局局长带着拆开的信件向市长及其他官吏报告,原来赫列斯达可夫不是钦差大臣,也不是要员……信读完了,市长傻了,官员们呆了。可是,赫列斯达可夫坐的是顶好的马车,追也追不回来了。

最后,宪兵上场,说奉旨从彼得堡前来的长官要市长们立刻去参见,长官下榻在旅馆。所有在场的人们顿时一个个呆若木鸡,动弹不得。

本文节选自《钦差大臣》第五幕第八场,叙述的是众官员读赫列斯达可夫的信的情节。

	[前场人物和邮政局长(手上拿着一封拆开了的信,喘着气登场)。	批:邮政局长一上场便给人以紧张的气氛。
邮政局长	诸位,怪事! 我们把他当作钦差大臣的官员,他并不是钦差大臣。	批:这对于纷纷献媚的官员们无异于晴天霹雳!
全体	怎么不是钦差大臣?	
邮政局长	根本不是钦差大臣,我是从信上知道的。	批:点明消息来源。
市长	您说什么? 您说什么? 什么信?	批:连续发问说明其十分震惊、惊慌!
邮政局长	他自己的信。有人把一封信送到邮政局来。我一看地址:"邮政局街。"就简直愣住了。"唔,"我心里想,"一定是发现了邮务方面的混乱情况,要报告上司。"我拿起信来就拆开了。	批:并非独具慧眼发现。其害怕恰恰说明了本部门工作十分混乱。
市长	您怎么?……	
邮政局长	我自己也不知道,一种超自然的力	

量指使着我。我刚要派邮差用快邮把信送出去——可是我被一种从来没有感到过的好奇心给压倒了。<u>不能送，不能送，我听见一种声音说，不能送。我想拆，简直想拆。我一只耳朵听见说："喂，别拆！一拆你就完了！"对！可是另一只耳朵边，好像有一个魔鬼在低声说："拆，拆！拆！"当我触到火漆的时候，我的<u>血管里就跟着了火似的。</u>可是，一拆开——我浑身都凉了，真是浑身都凉了。手直哆嗦，一切都模糊了。</u>

批：怕本部门出乱子才有拆信的强烈愿望。

批：害怕信的内容于自己不利！

批：形象地写出了信中内容对他的震撼。

市长	<u>您怎么敢拆这样的全权特派大员的信件？</u>

批：维护"钦差大臣"也是维护自己。

邮政局长	<u>可是问题就在这儿：他既不是全权特派，也不是大员。</u>

批：点出问题的实质，他们这些人都上当了。

市长	那么，您说他是什么人？
邮政局长	<u>不三不四，鬼知道他是什么人。</u>

批：居然仍不知道！可悲！

市长	（气愤）<u>怎么不三不四？您怎么敢说他不三不四，还说鬼知道他是什么人？我要逮捕您！</u>

批：市长不明真相，对下属对"钦差大臣"的评价很是不满。

邮政局长	谁？您吗？
市长	对啦，我。
邮政局长	您还办不到！
市长	<u>您难道不知道，他要跟我女儿结婚，我自己就要做大官，我可以把您送到西伯利亚去充军？</u>

批：极力维护"钦差大臣"是为做大官。没做大官就如此狂妄，真若做了大官，那还了得？

邮政局长	唉，安东·安东诺维奇！西伯利亚算什么？西伯利亚远得很。还是我来把信念给你们听吧。诸位！要不要我把这封信念一念？

批：真相即将揭开，人间最丑陋的一幕即将展现出来。

全体	念吧，念吧！

邮政局长	（念信）"亲爱的脱略皮乞金：我急于要告诉您我所碰到的许多妙事。在路上一个步兵上尉把我赢得精光。因此，旅馆的掌柜想把我送到监狱里去。可是，忽然，因为我那彼得堡的外表和服装，全城的人都把我当作总督大人。现在我住在市长公馆里，过着痛快的生活，穷凶极恶地勾搭他老婆和女儿。只是，我还没有决定对谁先下手。我想先从母亲下手，因为现在她好像准备一切从命。您记得我们在一块儿过穷日子、吃白食的情形吗？还记得有一次糖果店的掌柜因为我们吃了几块点心，叫他去跟英国皇帝要钱，他便抓住我的领子那回事情吗？现在，情形完全不同了。我要借多少钱，他们就给我多少钱。真是些怪物。您会笑死的。我知道您写小品文……把他们写进您的作品里去。第一，市长——是个大混蛋……"	批：通过假钦差大臣的信，对市长及其妻女、一干官员的愚昧无知进行了辛辣的嘲讽。 批：赫列斯达可夫本来要被送到监狱，结果却被当成了总督大人，于是丑剧便上演了。 批：勾引市长的妻子、女儿，可谓荒唐。 批：今昔对比鲜明，只因被误认是总督大人。
市长	不会有的！上边不会有这句话的。	
邮政局长	（给他信看）您自己念吧！	
市长	（念）"是个大……"不会有的，这是您自己添上去的。	批：极力否认！
邮政局长	怎么是我添上去的呢？	
阿尔杰米·菲力普维奇（注："阿尔杰米·菲力普维奇"作为叙述人物简称"菲力普维奇"）　念吧！		
鲁加·鲁基奇	念吧！	
邮政局长	（继续念信）"市长是个大混蛋……"	

市长	哦,他妈的! 还得重念一遍! 好像没这句话就不行似的。	批:恼羞成怒便破口大骂!
邮政局长	(继续念信)嗯……嗯……嗯……嗯……"是个大……邮政局长也不是好人……"(停住)嗳,他在这儿对我也说得很不客气。	批:轮到数说自己了,顿时为之语塞。
市长	不行,念!	批:见数说别人,便显得很公正。
邮政局长	何必呢?……	
市长	不,他妈的,既然要念,那就念吧。全念出来!	批:市长出了丑,他也要看别人出丑。邮政局长看了市长的笑话,自己也被别人笑话。真是一群小丑!
菲力普维奇	让我来念。(戴上眼镜,念信)"邮政局长活像部里的门房米海叶夫;大概这个坏蛋也是个酒鬼。"	
邮政局长	(对观众)唔,这可恶的小流氓应该拿鞭子狠狠抽一顿:非这样不可!	
菲力普维奇	(继续念信)"慈善医院院长……咦……咦……"(口吃)	批:刚让别人出了丑,立刻就轮到自己头上了。妙!
柯洛布金	为什么您不念下去?	
菲力普维奇	笔迹潦草……可见是个一窍不通的人。	批:"一窍不通的人"竟然骗了这么多自认为聪明的人,这真是莫大的讽刺!
柯洛布金	给我! 我觉得我的眼睛比较好些。(取信)	
菲力普维奇	(不肯给信)不,这一段可以略过去,再往下就清楚多了。	批:不愿意让自己出丑,自然这么做这么说。
柯洛布金	对的,给我,我知道。	
菲力普维奇	我既然念了,还是我来念吧,再往下真是清楚极了。	
邮政局长	不行,全念出来! 前面都念过了。	
全体	给他,阿尔杰米·菲力普维奇! 把信给他。(对柯洛布金)念吧。	批:菲力普维奇不得不给信,但又极力遮掩,而别人偏偏不依不饶,于是菲力普维奇就出了丑。人物出场安排很巧妙,安排所
菲力普维奇	这就给。(把信给他)这儿,请您……(用手指遮住)从这儿念起。	

[大家围住他。

邮政局长	念吧！念吧！胡说，全念出来！
柯洛布金	（念信）"慈善医院院长塞姆略尼卡：简直是一只头戴小帽的猪。"
菲力普维奇	（对观众）并不高明！一只头戴小帽的猪！猪怎么会戴小帽？
柯洛布金	（继续念信）"督学浑身都是葱味儿。"
鲁加·鲁基奇	（对观众）天哪，我是从来不吃葱的！
阿姆摩斯·费多洛维奇（注："阿姆摩斯·费多洛维奇"作为叙述者简称"费多洛维奇"） （旁白）谢天谢地，总算没有提到我！
柯洛布金	（念信）"法官……"
费多洛维奇	哎哟，糟了！（大声说）诸位，我觉得这封信太长了。去他妈的吧，念这样的废话干什么！
鲁加·鲁基奇	不行！
邮政局长	不行，念吧！
菲力普维奇	不行，快念吧！
柯洛布金	（继续念）"法官略布金·加布金是最恶劣的 MOBeTOH［注：把法文 mauvais ton（流氓）误写成 MOBeTOH］……"（停住）大概是个法国字。
费多洛维奇	鬼知道这是什么意思！如果只做骗子解，那倒还好，恐怕还有比这更坏的意思！
柯洛布金	（继续念信）"然而他们都是招待周到、心地忠厚的人。亲爱的脱略皮乞金，再见吧。我自己也想像您那样从事文艺工作。老兄，像这样活下去真是无聊。总之，一个人需要精神食粮。我认为，我必须从事一

有的人出来念一封信，于是一个个地献丑，一个个地加以讽刺。

批：如此解释更显得极其愚蠢。

批：暗自庆幸，只因自身不正，心里没底气。

批：法官正庆幸便立刻轮到自己的头上。一念到"法官"，他就慌了神，证明他也背着众人向假钦差大臣做了不光彩的事。

批：本应该是最懂法律、最清廉公正的法官，在假钦差眼里竟然是最恶劣的"流氓"，真是绝妙的讽刺！可见整个俄国上层社会是多么的肮脏！

丑角舞台　185

	种高尚的工作。望您写信给我。回信请寄到萨拉托夫省、坡得卡基洛夫卡村。"(翻转信念地址)"圣彼得堡邮政局街，九十七号，里院三楼右面，伊凡·瓦西里耶维奇·脱略皮乞金先生启。"	批:巧妙交代写信人是谁。地址写得清清楚楚，增强了故事的可信性。
女客之一	真是想不到的报应！	
市长	上了大当了！完了，完了，简直完了！我什么也看不清。我把猪脸看成了人脸；再也没别的……追回来，把他追回来！(挥手)	批:市长居然承认上当受骗，承认自己的愚蠢，可见这"钦差大臣"对他及其他人的戏弄是多么的大！
邮政局长	上哪儿追去！我还特意叫驿站长给他套最好的三套马车；我真是鬼迷了心，还给前站的驿站长下了命令。	批:再次自曝自己极尽献媚之能事！
柯洛布金之妻	这真臊死人！	
费多洛维奇	他妈的，诸位，他跟我借了三百卢布。	批:看似是恨透了"钦差大臣"，实则自曝自己贿赂的卑劣行径。
菲力普维奇	也跟我借了三百卢布！	
邮政局长	(叹气)唉！跟我也借了三百卢布！	
柯洛布金之妻	跟我和彼得·伊凡诺维奇借了六十五卢布，对啦，纸币！	
费多洛维奇	(狼狈地张开两手)诸位，这是怎么回事呢？真的，咱们怎么会犯这样的错误？	批:"狼狈"，这也正是作者想要达到的讽刺效果。他问得好！"犯这样的错误"，只因"媚上"的奴性使然。
市长	(打自己的前额)我怎么啦？不，老傻瓜啊，我怎么啦？我真是老糊涂了！……我做官做了三十年，就没有一个买卖人或是包工能够骗得了我；骗子里的骗子都上过我的当；想一手遮天的流氓和光棍都上过我的钩；我曾骗过三个省长！……省长算得了什么！(挥手)省长就不值	批:市长可算是骗子里的顶尖高手了，连买卖人、骗子、流氓、省长等都被骗过，可见其是一个品质极其恶劣的人。如此"聪明"的人，居然上当，仍然是"媚上"的奴性使然。连市长都是这样

<u>得一提!</u>

安娜·安得列芙娜(注:"安娜·安得列芙娜"作为叙述者简称"安得列芙娜")　这是不会的,安东沙:他跟玛仙卡订了婚。

市长　(愤怒)订了婚!这算订了婚——扯淡!当面撒谎……(狂怒)你们都来看呀,都来看呀,全世界的人,所有的基督教徒,你们大家都来看市长受了人家的愚弄啦!<u>他真是个傻瓜!这老混蛋真是个傻瓜!</u>(捏紧拳头威胁自己)嘿,你这个大鼻子蠢材!把懦夫、窝囊废当作要人!他现在在路上马铃叮叮当当地响着!他会把这个奇闻传到全世界去!<u>我不但成为笑柄……而且会被无聊的文人、庸俗的作家写进喜剧里去!</u>最痛心的是:他们才不管你的身份和地位;<u>所有的人都会咧着嘴大笑,拍手叫好。你们笑什么?笑你们自己!</u>……嘿,你们这些人呀!……(气得跺脚)<u>我真恨透了所有的无聊文人!庸俗的作家!该死的自由主义者!你们这些孽种!我要把你们大家全捆起来,把你们大家全磨成面儿,把你们扔到魔鬼的帽子里去!</u>(挥拳跺脚;沉默片刻之后)我这口气还是平不下去。真的,如果上帝想惩罚一个人,那他就先夺去他的理性。其实,这个轻薄鬼有哪点像钦差大臣呢?一点儿也不像。就是连小拇指尖儿那么点儿像的地方也没有;可是忽然之间,大家都说:"钦

的货色,可见当时整个俄国上层社会都是些怎样的人物了。

批:市长一家人受到了"钦差大臣"的无情戏弄,因此非常恼怒、悔恨。

批:害怕自己成为笑料,于是痛恨起文人、作家。毫无道理的痛恨!

批:市长恼羞成怒,痛恨"钦差大臣"、文人,可是他们又不在眼前,便迁怒眼前他人,追查"谁先说他是钦差大臣的"!

差大臣,钦差大臣!"喂,是谁先说他
是钦差大臣的?说!

菲力普维奇　(张开两手)就是把我宰了,我也说
不出这是怎么回事! 真是雾迷了眼
睛,鬼迷了心。

批:受了骗,居然不清楚是怎么回事,真是白痴!

费多洛维奇　谁说的? 还不是他们——这两个宝
贝说的!(指住陶布钦斯基和波布
钦斯基)

批:法官这次还算"清醒""反应快"!

波布钦斯基　真的,不是我,我连想也没想到……
陶布钦斯基　我和这件事没关系,完全没关系……
菲力普维奇　当然是你们。

批:市长上当受骗是他自己太愚蠢,怨不得别人,但蛮不讲理的市长追究起责任,便谁都不敢承担责任了!

鲁加·鲁基奇　自然是的。他们像疯子似的从旅馆
里跑来说:"他来了,他来了,钱也不
付……"就跟找着了宝贝似的!

批:赫列斯达可夫"钱也不付",旅馆是想把他送到监狱里去的,结果竟被人们当成"钦差大臣",真是荒唐!

市长　自然是你们! 你们是城里造谣生事
的家伙,是该死的瞎话精。

菲力普维奇　钦差大臣,胡说八道,去你妈的吧!

市长　你们这两个该死的话匣子,就知道
在城里晃来晃去,弄得大家人心惶
惶! 你们这两只短尾巴喜鹊,尽造
谣生事!

费多洛维奇　该死的脏东西!

鲁加·鲁基奇　笨蛋!

菲力普维奇　你们这一对大肚子矮蘑菇!
[大家把他们围住。

波布钦斯基　真的,不是我,是彼得·伊凡诺维奇
说的。

批:互相埋怨,互相攻讦——荒唐的责任追查!

陶布钦斯基　哦,不。彼得·伊凡诺维奇,是您先
那个的……

波布钦斯基　没有的事,是您先那个的。

(芳信/译)

"钦差大臣"走后的余波

尼古拉·瓦西里耶维奇·果戈理(Николай Васильевич Гоголь,1809 年 4 月 1 日～1852 年 3 月 4 日),俄国小说家、剧作家。他最著名的作品是长篇小说《死魂灵》(1842)和五幕喜剧《钦差大臣》(1836)。

《钦差大臣》叙述了这样一个故事:市长安东·安东诺维奇得知钦差大臣要来的消息,便让属下做好准备。结果人们将从彼得堡来路过这里的一名分文不值的十二等文官赫列斯达可夫误认作钦差大臣。于是,市长及众官吏们争相向他行贿,市长在提供最好的食宿的同时,又献上自己的妻女。赫列斯达可夫则乐得假戏真唱,大捞特捞,并厚颜无耻地同时向市长的夫人及女儿求"爱"。赫列斯达可夫在吃喝玩乐并且捞够钱财之后,便扬长而去。他临走寄给朋友的一封信却落在邮政局长手中。邮政局长私拆之后,把信拿给众官吏看,他们方知上当受骗,后悔莫及,互相攻讦。就在这时,宪兵来通知钦差大臣到了,这些官员顿时一个个目瞪口呆。

本文描述的就是众官吏看信的情节。从内在的戏剧冲突说,《钦差大臣》这部喜剧的高潮在第四幕第七场和第十一场,即赫列斯达可夫听取商人的控告和拒绝下层市民的控告的两场戏。在这群官吏读信之前,读者可能以为高潮已过。其实,作者还意犹未尽,仍感揭露讽刺得不够劲,于是又巧用这封信,让这群贪官污吏再咀嚼一下各自的丑行和难堪,并相互地嘲笑攻讦一番,让他们出尽洋相,出足丑。也可以说,是高潮过后的又一个高潮。

赫列斯达可夫的信,写得真实而浅薄,如果处理为从头至尾一字不易地读一遍,那当然是低劣的处理方法了,即使低能的作者也不会这么处理,何况大作家果戈理呢。果戈理在这里对信的处理是十分高妙的,妙就妙在他让心怀鬼胎的官吏自己念信,于是读信的过程既是一个不得已的自打嘴巴的过程,又是一个相互攻击、借以掩饰自己的过程。整个念信过程的喜剧效果,是众官吏扭扭捏捏、躲躲闪闪、羞羞答答的不同情态和不同的台词。人物情态的丰富性、个性化台词的多样性透出了笑的多样性。比如,念到信中的嘲弄话、攻击语。信念完了,而众官吏的面子也丢尽了,丑也出足了。所以市长大呼:"完了,完了,简直完了!"接着又是群丑们悔恨的恼怒和互相推诿的攻击、谩骂!这就是作者的高妙之处!(子夜霜、孙维彬)

芳草地

伯爵的裤子

上一次当我遇见一位体面的朋友颇勃罗虚伯爵时,他比平常的时候还要穷。他碰见我,似乎也不大高兴，大概因为他的一双精于赏鉴的法眼，已经看破了我的底细，知道我和他同病相怜，但我们俩仍旧踏进一家咖啡店里。

"上次我看到一张值一百克伦钞票，"伯爵说时带着羡慕的神气，"那张钞票真是美丽……全新的，而且没有皱折……是一位先生拿出来结账……他坐在那边靠着窗子，就是现在那位太太坐着在看《Figaro》报的那个座位……我从这里看过去，十分清楚……当时我看得很仔细，仿佛我预先知道以后再没有机会看见同样美丽的钞票了……"伯爵沉默了半晌，我想用话去安慰他，可是想不出话来。

"我是一个伯爵，"他说，"可是我倒也愿意和下贱的金钱握手。要是我有这样一个钱币揣在怀中，我一定紧紧地藏着，连风吹也不许吹坏它，而且……"忽然听到一种碎裂的声音，伯爵的脸色变为灰白，他就不说了，然后他向身上摸索了一回，很伤心地说："钉子把我的裤子撕破了，现在我的裤子已吊在钉子上，我也只好吊死在旁边了。我只有这一条裤子，算得上是荣华的日子留下的唯一纪念品，但是现在一切都完了。"

我正打算送一条裤子给他，他却已按着铃叫堂倌过来。堂倌便立刻毕恭毕敬地站在这位伯爵老爷跟前。

"掌柜呢？掌柜在哪里？快去叫他来！"那堂倌立刻出去，掌柜果然来了，伯爵摆起副大架子，向他说："当我踏进你们这不大体面的铺子时，这条裤子本是很新没有破的，我好好地坐在这把椅子上。后来怎样呢？钉子竟把我的裤子撕破了。你明白了没有？"

"真是糟糕！"那掌柜说。

"是啊，真是糟糕！还亏你说得出！"

"您老别生气！小的一切都知道。这裤子值多少钱？"

"30 法郎。"

"您老请收了吧！"掌柜拿出 30 法郎赔还了伯爵，就出去了。颇勃罗虚瞧着我，颇有得意的神色。

"这次非罚他一下不可。可是还坐在这里做什么。我们还是上别家咖啡馆去吧！"他吹着唇立起身子，重新向那椅子瞧了一瞧，这椅子使他交了 30 法郎的鸿运。

"害人的钉子！"他说时便把那钉子拔去，"不然，还会撕破别人裤子的。"

这时伯爵的兴头已和刚才大不相同了。他差不多是跳着舞着，踏进了最邻近的一家咖啡店。在那里他叫了许多东西，大喝特喝，有了 30 法郎，他像是永远用不完似的……他扯东扯西地讲了许多话，忽然又停住不说。

"真是怪事。"他很激动地说，"我难道竟是着了鬼迷了？"

"是什么事？"我惊异地问。

"我又坐在一枚钉子上了。"

于是他又喊了堂倌，吩咐他去叫了掌柜来。

"当我踏进你们这不大体面的铺子的时候，这条裤子还是很新没有破的。后来怎样呢？钉子竟会把我的裤子撕破了。"

那掌柜立即赔还了 30 法郎，伯爵拿了钱好像还不大高兴的样子。

我现在无须再说，走进了第三家咖啡馆里重新又撕破了裤子，而且在第四家第五家里也都一样，我到那时才起了疑心，便离开了他。

"你大概想着我是在行骗，不是吗?"伯爵问道，"但是这实在并不是有意行骗……我坐下的时候，总是恰巧在钉子上头，不过钉子，是我自己带着的……无论到哪里，都带在身边。"

直到夜里，他利用他的裤子，总共弄到 600 法郎。

[匈牙利]哈太衣/文，胡愈之/译

品 读

　　人们总是习惯于以相貌和衣着取人，对那些穿着光鲜的人毕恭毕敬，而对于那些衣着寒酸之人则横眉冷对。这种现象背后隐藏着人与人之间的不平等，以及趋炎附势的小人漠视生命的尊严！这种病态的社会心理给一批奸恶之徒制造了诈骗的机会。不管是趋炎附势的小人，还是诈骗钱财的奸恶之徒，他们都为小说家创造了许多写作的素材。在《伯爵的裤子》这篇微型小说中，作者就讲述了一个没落的伯爵利用人们趋炎附势的心理，诈骗钱财，而且屡试不爽的故事。

　　颇勃罗虚伯爵虽然贫穷，但是他有爵位，是"老爷"。普通人不知这位"老爷"的底细，唯恐得罪他。所以，当颇勃罗虚伯爵的裤子被撕破的时候，掌柜忙不迭地奉送上 30 法郎，以求自保。而颇勃罗虚伯爵正是抓住了大多数人的这种奴性，所以才能"到夜里，他利用他的裤子，总共弄到 600 法郎"。颇勃罗虚伯爵在得到 30 法郎前后表现得判若两人，讽刺之意跃然纸上。颇勃罗虚伯爵的形象给读者留下了深刻的印象，让人自然而然地想到现实生活中的骗子们。

玩偶之家（节选）

◇[挪威]易卜生

读 点

在激烈的矛盾冲突中塑造出有血有肉的人物形象。

海尔茂前后突转的两副不同面孔，给人留下深刻的印象。

剧情介绍：

阮克医生是海尔茂一家的常客，他早就爱上了娜拉。现在阮克医生已病入膏肓，决定在他死之前，要把他的感情说出来。娜拉本想请阮克医生劝说海尔茂不要辞退柯洛克斯泰，同时，还想向他借钱还清最后一笔欠款。可是阮克医生却向她吐露爱情，娜拉便无法提出要求。

柯洛克斯泰写了一封信给海尔茂，揭发他妻子在外面借债的事。他带着这封信来见娜拉，直截了当地说出他的目的。娜拉说她丈夫决不会答应的。柯洛克斯泰便把信投进娜拉家的信箱走了。

娜拉找林丹太太商量，林丹太太原是柯洛克斯泰的情人。柯洛克斯泰要把寄给海尔茂的那封信取回来，但林丹太太认为应当让海尔茂知道这件事。

林丹太太对娜拉说，现在不用担心柯洛克斯泰了，让她一定得向丈夫说实话。娜拉很矛盾，她不想让丈夫在她还清债务前知道这件事。

海尔茂在信箱里取出了两封信：一封是阮克医生写的；另一封是柯洛克斯泰写的。娜拉叫丈夫不要拆开来看。海尔茂不看信便罢，一看便七窍生烟，他收敛起刚才那副温柔体贴的姿态，大发雷霆起来……

本文选自《玩偶之家》第三幕，是全剧的高潮阶段。

海尔茂 <u>你这坏东西——干的好事情？</u>　　批：气急败坏，极端的自私。

娜拉 　<u>让我走——你别拦着我！我做的坏事不用你担当！</u>　批：也不示弱，针尖对麦芒。

海尔茂	不用装腔作势给我看。(把出去的门锁上)我要你老老实实把事情招出来，不许走。你知不知道自己干的什么事？快说！你知道吗？	批：气势汹汹，毫不顾及夫妻情分。
		批："快说"短句让责令更显无情。
娜拉	(眼睛盯着他，态度越来越冷静)嗯，现在我才完全明白了。	批：看清了海尔茂的本来面目。
海尔茂	(走来走去)嘿！好像做了一场噩梦醒过来！这八年工夫——我最得意、最喜欢的女人——没想到是个伪君子，是个撒谎的人——比这还坏——是个犯罪的人。真是可恶极了！哼！哼！(娜拉不作声，只是用眼睛盯着他)其实我早就该知道。我早就该料到这一步。你父亲的坏德性——(娜拉正要说话)少说话！你父亲的坏德性你全都沾上了——不信宗教，不讲道德，没有责任心。当初我给他遮盖，如今遭了这么个报应！我帮你父亲都是为了你，没想到现在你这么报答我！	批：层层递进，表达对妻子的愤怒。
		批：道出自己的真实感情。
		批：娜拉不敢相信这竟是出自丈夫之口。
		批：不容娜拉分辩。
		批：居然连带上娜拉的家人，是最无耻的指责！
娜拉	不错，这么报答你。	批：娜拉被激怒了，一报还一报！
海尔茂	你把我一生幸福全都葬送了。我的前途也让你断送了。喔，想起来真可怕！现在我让一个坏蛋抓在手心里。他要我怎么样我就得怎么样，他要我干什么我就得干什么。他可以随便摆布我，我不能不依他。我这场大祸都是一个下贱女人惹出来的！	批：原来顾及的是自己，自私至极！
		批：居然这样骂妻子，无情的谩骂。
娜拉	我死了你就没事了。	批：气愤至极！
海尔茂	哼，少说骗人的话。你父亲从前也老有那么一大套。照你说，就是你死了，我有什么好处？一点儿好处都没有。他还是可以把事情宣布出去，人家甚至还会疑惑我是跟你串通一气的，疑惑是我出主意撺掇你干的。这些事情我都得谢谢你——结婚以来	批：即使妻子要去死，想的还是自己。极端自私！

我疼了你这些年,想不到你这么报答我。
现在你明白你给惹的是什么祸吗?

娜拉　　（冷静安详）我明白。

海尔茂　这件事真是想不到,我简直摸不着头脑。
　　　　可是咱们好歹得商量个办法。把披肩摘下
　　　　来。摘下来,听见没有! <u>我先得想个办法</u>
　　　　<u>稳住他,这件事无论如何不能让人家知道。</u>
　　　　<u>咱们俩,表面上照样过日子——不要改样</u>
　　　　<u>子,你明白不明白我的话?</u> 当然你还得在
　　　　<u>这儿住下去。</u>可是孩子不能再交在你手
　　　　里,我不敢再把他们交给你——唉,我对你
　　　　说这么一句话心里真难受,因为你是我一
　　　　向最心爱的,并且现在还——! 可是现在
　　　　情形已经改变了。从今以后再说不上什么
　　　　幸福不幸福,只有想法子怎么挽救、怎么遮
　　　　盖、怎么维持这个残破的局面——（门铃响
　　　　起来,海尔茂吓了一跳）什么事? 三更半夜
　　　　的! 难道事情发作了? 难道他——娜拉,
　　　　你快藏起来,只推托有病。（娜拉站着不
　　　　动。海尔茂走过去开门）

　　　　（披着衣服在门厅里）太太,您有封信。

海尔茂　<u>给我。</u>（把信抢过来,关上门）果然是他的。
　　　　你别看,我念给你听。

娜拉　　快念!

海尔茂　（凑着灯光）我几乎不敢看这封信。说不定
　　　　咱们俩都会完蛋。<u>也罢,反正总得看。</u>（慌
　　　　忙折信,看了几行之后发现信里夹着一张
　　　　纸,马上快活得叫起来）娜拉!（娜拉莫名
　　　　其妙地瞧着他）

海尔茂　娜拉! 喔,别忙! 让我再看一遍! 不错,不
　　　　错! 我没事了! 娜拉,我没事了!

娜拉　　我呢?

批:娜拉彻底明白丈夫是怎样的一
　个人。

批:虚伪!

批:狡猾!

批:虚情假意,仍是为了自己!

批:胆怯。

批:蛮横,毫不讲理。

批:两人都急于想知道信的内容,
　但心态不一样。

批:为下面的突转设伏。

批:首先想到的还是自己。

批:唤醒狂喜中的海尔茂。

海尔茂　当然你也没事了,咱俩都没事了。你看,他把借据还你了。他在信里说,这件事非常抱歉,要请你原谅,他又说他现在交了运——喔,管他还写些什么。娜拉,咱们没事了!现在没有人能害你了。喔,娜拉,娜拉——咱们先把这害人的东西消灭了再说。让我再看看——(朝着借据瞟了一眼)喔,我不想再看它,只当是做了一场梦。(把借据和柯洛克斯泰的两封信一齐都撕掉,扔在火炉里,看它们烧)好!烧掉了!他说自从 24 号起——喂,娜拉,这三天你一定很难过。

批:烧掉了借据和信,也就彻底去掉了海尔茂的心病。

批:开始关心,此刻喜形于色,好一个"变色龙"!

娜拉　这三天我真不好过。

海尔茂　你心里难过,想不出好办法,只能——喔,现在别再想那可怕的事情了。我们只应该高高兴兴多说几遍"现在没事了,现在没事了"!听见没有,娜拉!你好像不明白。我告诉你,现在没事了。你为什么绷着脸不说话?喔,我的可怜的娜拉,我明白了,你以为我还没饶恕你。娜拉,我赌咒,我已经饶恕你了。我知道你干那件事都是因为爱我。

批:可惜知道得太迟了,他自私自利的言行已经深深地伤害了妻子。

娜拉　这倒是实话。

海尔茂　你正像做老婆的应该爱丈夫那样地爱我。只是你没有经验,用错了方法。可是难道因为你自己没主意,我就不爱你吗?我决不会。你只要一心一意依赖我,我会指点你,教导你。正因为你自己没办法,所以我格外爱你,要不然我还算什么男子汉大丈夫?刚才我觉得好像天要塌下来,心里一害怕,就说了几句不好听的话,你千万别放在心上。娜拉,我已经饶恕你了。我赌咒

批:与海尔茂前面的言行形成鲜明的对照。

批:好一个大男子主义者!

批:仍旧认为娜拉有罪过。

<u>不再埋怨你。</u>

娜拉　　谢谢你饶恕我。（从右边走出去）　　　　批：虽言谢，而心灵已受到伤害。

（潘家洵/译）

觉醒的娜拉，极端自私的海尔茂

　　《玩偶之家》是描写海尔茂夫妇的家庭关系由和谐转为决裂的故事。海尔茂的妻子娜拉是一个活泼热情、天真可爱的少妇，她爱她的丈夫。一次海尔茂得了重病，无钱疗养，为了治好丈夫的病，娜拉不惜假冒父亲的笔迹，以父亲的名义暗中向人借债。海尔茂病好之后，发现她冒名签字，认为这事有损他的声誉，对她大发脾气，甚至要剥夺她教育儿女的权利。这时娜拉如梦初醒，认识到海尔茂是一个伪君子，而自己只不过是一个玩偶。她终于勇敢地离开了这个"玩偶之家"。

　　娜拉是个觉醒中的资产阶级妇女的形象。她出身中产阶级家庭，从小是她父亲的玩偶，结婚以后又是她丈夫的玩偶。她挚爱生活，并不养尊处优，也不是只顾自己不考虑别人。她热爱她的父亲、丈夫和儿子，为了他们的幸福，她不惜牺牲自己。她真诚地爱她的丈夫，因而也真心地相信海尔茂所说的为了爱她，他会毫不踌躇地牺牲自己的生命的诺言。可是，事实使她终于逐步醒悟过来，她认识到海尔茂原来是一个极端自私和虚伪的人。从她自身的遭遇中，她觉悟到在资产阶级家庭中男女之间的不平等，进而认识到资产阶级社会的法律、道德、宗教等都是虚伪的和不合理的。娜拉是一个有着坚强的性格和独立行动能力的妇女，在当时的社会条件下，她的行动表明她是一个资产阶级社会中的叛逆女性。

　　同娜拉相对立，海尔茂是一个自私和虚伪的资产者的形象。从世俗表面的观点来看，他是一个"正人君子""模范丈夫"。他生活的目的就是追求金钱和地位。在家庭中他是一个大男子主义者，在社会上他是资产阶级道德、法律、宗教的维护者。他似乎很爱他的妻子，实际上是把她当作一件装饰品、一件私有财产。他真正宝贵的是他的名誉地位。他宣称为了娜拉可以牺牲一切，但当娜拉为救他的命而冒名签字可能影响到他的名誉地位时，他便把假面具撕了下来，说什么"男人不能为他爱的女人牺牲自己的名誉"，这彻底暴露出他的利己主义的面目。

　　娜拉被海尔茂的花言巧语蒙蔽，她的全部生活便是海尔茂和对他的爱情，她准备为保全丈夫的名誉而自杀。但她毕竟盼望"奇迹"出现——海尔茂出于理解而更加爱她。但是，他竟然说："你把我一生幸福全都葬送了……你死了，我有什么好处？一点儿好处都没有。"可当他"身败名裂"的危机过后，他又说："我已经饶恕你了。"但娜拉已经意识到海尔茂这个所谓的"正人君子"的庸俗、虚伪、卑劣和自私。海尔茂先前的粗暴、后来

诗人的任务

做一个诗人是什么意思呢？我费了很长的时间才意识到，做一个诗人实质上是观察，但是请注意，他的观察要达到这样一种程度：观众现在所看到、所了解到的，全都是诗人早就观察到的。唯有亲身经历过的东西，方能观察到这种程度，方能理解到这种程度。现代文学的秘密正在于这种经历过的经验。我近十年来所写的东西，我在精神上都经历过。但诗人不论经历什么，都不是孤立的。他所经历的，他所有的同胞都和他一起经历。要不是这样，创作的思想和接受的思想之间如何沟通呢？

那么，我所经历过的，鼓舞过我的，是什么呢？这个天地是广阔的，鼓舞过我的，有的只是在偶然的、最顺利的时刻活跃在我的心间，那是一种伟大的、美丽的东西。可以说，它高于日常的自我，我之所以受鼓舞，是因为我要正视它，要让它变成我的一部分。

可是，我也被相反的东西鼓舞过，反省起来，那是我自己天性中的渣滓沉淀。在这种情形下，创作好比洗澡，洗完之后我感到更清洁、更健康、更舒畅。是的，先生们，一个人如果自己不是在某种程度上（至少有的时候是这样）做过模特儿，那么，他是无法写出诗意来的。我们之中有没有这样的人：他心里不时感到并且意识到，自己的言语与行动、意愿与责任、实践与理论之间发生矛盾？换句话说，我们之中有没有这样的人：他并没有，至少有的时候没有，满足于利己，却又半自觉、半好心地向他人、向自己掩饰自己的行为？

我相信，我向你们做学生的说这番话，是找到了合适的听众。你们能明白我这番话的意思。学生的任务实际上与诗人的任务相同：为自己，也是为他人，弄清楚他所处的那个时代和社会里所发生的暂时性和永久性的问题。

在这方面，我敢说自己在国外期间努力想做一个好学生。诗人应当生来就有远大的眼光，我从来没有像我远离祖国的时候，将祖国看得那么充分，那么清楚，而又那么亲切。

我亲爱的同胞们，最后我想讲一点我所经历过的事情。当裘立安国王（注：裘立安国王，罗马国王，生活于 4 世纪）临近他生命终点的时候，他周围的一切都垮了，使他这么伤心的原因是，他想到他所得到的只是这么一点：头脑清醒冷静的人将怀着敬佩的心情惦记着他，而他的对手们却生活下去,受到人们热情的爱戴。这种思想是我许多经历的结果,起因在于我孤寂时扪心自问的一个问题。今天晚上,挪威的年轻人到这里来探望我,以言语和行为给了我回答,这个回答比我原来想听到的更为热烈,更为清楚。我将把这个回答看成我回国拜访同胞的最丰硕的收获,我希望,我相信,我今天晚上的经验也将是我要去"经历"的经验,并且会反映到我的作品中去。如果真是那样,如果我将来寄回这么一本书来,那么,我请求大家在接受它的时候把它看成我对今晚会见的握手和感谢。我请求你们在接受它的时候,要想到你们也参与了这本书的创作。

[挪威]易卜生/文,董衡巽/译

品 读

亨利克·约翰·易卜生(Henrik Johan Ibsen,1828 年 3 月 20 日~1906 年 5 月 23 日),挪威戏剧家、诗人,现实主义戏剧的奠基人。代表作有《人民公敌》(1873)、《社会支柱》(1877)、《玩偶之家》(1879)。

1901 年首届诺贝尔文学奖颁发开始,易卜生就被提名为候选人,一直是强有力的竞争者之一,可惜前两次都失之交臂;当 1903 年瑞典文学院将目光投向挪威时,易卜生的希望大增,可是同胞比昂斯滕·比昂松(Bjornstjerne Bjornson,1832 年 12 月 8 日~1910 年 4 月 26 日,挪威作家)成为他最大的竞争者,由于两人实力相当,有人建议两人同时获奖,但被有些院士否决,由于前两届得主都因为生病原因未能亲自前来领奖,瑞典文学院不希望 1903 年再次有得主缺席,由于 75 岁的易卜生身患重病,而 71 岁的比昂松虽也年迈,但创作力旺盛。这样,瑞典文学院最终把文学奖单独颁发给比昂松。

易卜生幼年时家庭破产,生活困顿,15 岁时到一杂货店做工。1849 年去奥斯陆之后,开始了戏剧创作的生涯。1864 年赴罗马,晚年的大部分时间是在国外度过的。《诗人的任务》是易卜生 1874 年夏天从国外回到挪威,对专程前来拜访的学生所做的一次讲演。"学生的任务实际上与诗人的任务相同:为自己,也是为他人,弄清楚他所处的那个时代和社会里所发生的暂时性和永久性的问题"。

正邪较量

被缚的普罗米修斯(节选)

◇[古希腊]埃斯库罗斯

读点

戏剧冲突尖锐，人物个性鲜明。

场面宏大、气氛庄严，洋溢着浓郁的抒情气氛。

剧情介绍：

天神普罗米修斯为给人类盗取火种，激怒了众神之主宙斯。宙斯令威力神和火神将普罗米修斯钉在高加索的悬崖上，让恶鹰每天啄食他的肝脏，以警告他以后不要再对人类滥施同情。火神赫淮斯托斯同情普罗米修斯，但无力违抗宙斯的命令，在威力神的监督和催促下，只得将普罗米修斯钉在了悬崖上。

歌队(由河神俄亥阿诺斯的12个女儿组成)的姐妹们探望普罗米修斯。普罗米修斯告诉她们说他曾对宙斯有恩：当时众神内讧，有的神反对推选宙斯为王，在关键时刻，普罗米修斯和他母亲忒弥斯帮助了宙斯。宙斯登上王位后，却漠视人间的苦难。普罗米修斯同情人类，便向人类传授生存知识和技能，并将火种送给人类。宙斯便下令将他钉在这儿。

河神俄亥阿诺斯探望普罗米修斯，并说将到宙斯那里为普罗米修斯求情，普罗米修斯劝他不必去，说自己会有被释放的那一天。

这时，另一河神伊那科斯的女儿伊娥流浪到这里。她由于引燃了宙斯的爱情，遭致天后赫拉的嫉妒。赫拉让牛虻用毒针刺她，并始终追赶她。她问普罗米修斯自己的苦难什么时候才会结束，歌队叫她先讲述自己的经历，再由普罗米修斯告知她的未来。

伊娥说自己在家时常有幻影出现，引诱她出去与宙斯结合。伊娥将此事告诉了父亲，伊那科斯派使者们问神该怎么处理此事。最后神示说，必须将伊娥赶出祖国，否则宙斯就会毁灭河神的全家。这样伊娥的头上长出了角，被牛虻追赶着四处漂泊。伊娥讲完了，普罗米修斯对她的遭遇深表同情。他说伊娥还要继续漫长的漂泊生涯和遇到种种危险。最后伊娥将到达尼罗提斯三角洲，会在那儿与宙斯建立一个家。在伊娥传下的后代子孙中，将出现一个英勇的弓箭手，他将解救普罗米修斯的苦难。此刻，伊娥所中的毒针又开始发作，伊娥又向远方漂泊而去。

普罗米修斯说这个姻缘的结果会把宙斯从王权与宝座上推下来。宙斯派信使赫耳墨斯下来问普罗米修斯什么婚姻将使宙斯丧失权力。赫耳墨斯软硬兼施，但普罗米修斯表示除非解开镣铐，否则决不吐露这个秘密。赫耳墨斯只得悻悻离去。此时大地摇动，雷声轰鸣，海天长啸，更大的灾难正向普罗米修斯袭来。

九　退场

普罗米修斯	可是宙斯是会屈服的，不管他的意志多么倔强；因为他打算结一个姻缘，那姻缘会把他从王权和宝座上推下来，把他毁灭；他父亲克洛诺斯被推下那古老的宝座时发出的诅咒，立刻就会完全应验。除了我，没有一位神能给他明白地指出一个办法，使他避免这灾难。这件事将怎样发生，这诅咒将怎样应验，只有我知道。且让他安心坐在那里，手里挥舞着喷火的霹雳，信赖那高空的雷声吧。可是这些东西都不能使他避免那可耻的不堪忍受的失败。他现在要找一个对手，一个无敌的怪物来和他自己作对；这对手会发出一种比闪电更强的火焰和一种比霹雳更大的声音；他还会把海神的武器，那排山倒海的三叉戟打得粉碎。等宙斯碰上了这场灾祸，他就会明白做君王和做奴隶有很大的不同。	批：因为普罗米修斯完全了然自己和宙斯未来的命运，这是他绝不向强权低头、屈服的根本原因。 批：再次强调，为后文作铺垫。 批：抨击宙斯色厉内荏的实质。 批：这预示着宙斯将遇到一个前所未有的对手。
歌队长	你这样咒骂宙斯，这不过是你的愿望罢了。	
普罗米修斯	我说的是事实，也是我的愿望。	批：既是事实也是愿望，直言不讳！
歌队长	怎么？我们能指望一位神来控制宙斯吗？	
普罗米修斯	他脖子上承受的痛苦将比这些更难受。	批：对未来的预见也是他决不屈服的原因。
歌队长	你说这样的话，不害怕吗？	批：为普罗米修斯的安危而担心。

普罗米修斯	我命中注定死不了，怕什么呢？	批：无所畏惧。
歌队长	可是他会给你更大的苦受。	
普罗米修斯	随便他吧，一切事我都心中有数。	批：先知先觉是他最终胜利的法宝。
歌队长	那些向惩戒之神告饶的人才是聪明！	批：劝说屈服！
普罗米修斯	那么你就向你的主子致敬，祈祷，永远奉承他吧！我却一点也不把宙斯放在眼里！他打算怎么样就怎么样吧，让他统治这短促的时辰吧；因为他在天上为王的日子不会长久。	批：讽刺歌队长！ 批：坚贞不屈，无所畏惧。 批：对未来充满信心！
	我看见了宙斯的走狗，新王的小厮，他一定是来宣布什么新的命令的。	批：对赫耳墨斯之流极端蔑视。
	〔赫耳墨斯自空中下降。	
赫耳墨斯	你这个十分狡猾、满肚子怨气的家伙，我是在说你——你得罪了众神，把他们的权力送给了朝生暮死的人，你是个偷火的贼；父亲叫你把你常说的会使他丧失权力的婚姻指出来；告诉你，不要含糊其辞，要详详细细讲出来；普罗米修斯，不要使我再跑一趟；你知道，含含糊糊的话平息不了宙斯的愤怒。	批：咒骂、恐吓、威逼，试图让普罗米修斯说出秘密，可谓软硬兼施之"硬"。
普罗米修斯	你说话多么漂亮，多么傲慢，不愧为众神的小厮。	批：不为所动，冷嘲热讽，表现出对其的极端蔑视。
	你们还很年轻，才得势不久，就以为你们可以住在那安乐的卫城上吗？难道我没有看见两个君王从那上面被推翻吗？我还要看见第三个君王，当今的主子，很快就会被不体面地推翻。你以为我会惧怕这些新得势的神，会向他们屈服吗？我才不怕呢，绝对不怕。	批：意志坚决，表明心志。
	快顺着原路滚回去吧，因为你问也问不出什么来。	批：对赫耳墨斯毫不客气地予以驱赶。
赫耳墨斯	你先前也是由于这样顽固，才进入了	批：试图以先前的教训来说服普罗

	这苦难的港口。	米修斯。
普罗米修斯	你要相信,我不肯拿我这不幸的命运来换你的贱役。	批:嘲讽赫耳墨斯的卑贱。
赫耳墨斯	我认为你伺候这块石头,比做父亲宙斯的亲信使者强得多。	
普罗米修斯	傲慢的使者自然可以说傲慢的话。	批:一针见血。
赫耳墨斯	你在目前的境况下好像还很得意。	
普罗米修斯	我得意吗?愿我看我的仇敌这样得意,我把你也计算在内。	
赫耳墨斯	怎么?你受苦,怪得着我吗?	
普罗米修斯	一句话告诉你,我憎恨所有受了我的恩惠、恩将仇报、迫害我的神。	批:爱恨分明。
赫耳墨斯	听了你这话,知道你的疯病不轻。	
普罗米修斯	如果憎恨仇敌也算疯病,我倒是疯了。	批:直言不讳,嘲弄其愚妄无知。
赫耳墨斯	你要是逢时得势,别人还受得了!	
普罗米修斯	唉!	
赫耳墨斯	宙斯从来不认识这个"唉"字。	
普罗米修斯	但是越来越老的时间会教他认识。	批:对宙斯的命运看得一清二楚。
赫耳墨斯	但是它没有教会你自制自重。	
普罗米修斯	它没有教会我;否则,我就不会同你这小厮搭话。	
赫耳墨斯	你好像不回答父亲所问的事。	
普罗米修斯	我欠了他的情,应当报答!	批:反语,揭露宙斯恩将仇报。
赫耳墨斯	你把我当孩子讥笑。	
普罗米修斯	如果你想从我这里打听什么,你岂不是个孩子,岂不比孩子更傻吗?宙斯无法用苦刑或诡计强迫我道破这秘密,除非他解了这侮辱我的镣铐。	批:不畏强暴,意志坚定。
	让他扔出燃烧的电火吧,让他用白羽似的雪片和地下响出的雷霆使宇宙紊乱吧;可是这一切都不能强迫我告诉他:谁来推翻他的王权。	批:再次申明立场,绝不向宙斯屈服。

赫耳墨斯	你要考虑这样对你是不是有利。	
普罗米修斯	我早就考虑过了,而且下了决心。	批:不为利诱所动。
赫耳墨斯	傻子,面对着眼前的苦难,你尽可能、尽可能放明白一点吧。	批:只有势利者、意志不坚定者才会如此认为。
普罗米修斯	你白同我纠缠,好像劝说那无情的波浪一样。别以为我会由于害怕宙斯的意志而成为妇人女子,伸出柔弱的手,手心向上,求我最痛恨的仇敌解了我的镣铐。我决不那样做。	批:所有的恐吓、劝诱、侮辱、讥讽都不能使普罗米修斯动摇其意志。
赫耳墨斯	这许多话都像是白说了;因为我的请求没有使你的心变温和或软下来。你像一匹新上轭的马驹嚼着嚼铁,桀骜不驯,和缰绳挣扎。你太相信你那不中用的诡计了。一个傻子单靠顽固成不了事。	批:也从侧面表现了普罗米修斯桀骜不驯的性格。
	如果你不听我的话,你要注意,什么样的风暴和灾难的鲸涛鲵浪会落到你身上,逃也逃不掉;首先,父亲将用雷电把这峥嵘的峡谷劈开,把你的身体埋葬,这岩石的手臂依然会拥抱着你。你在那里住满了很长的时间,才能回到阳光里来;那时候宙斯的有翅膀的狗,那凶猛的鹰,会贪婪地把你的肉撕成一长条、一长条的,它是个不速之客,整天地吃,会把你的肝啄得血淋淋的。	批:描述令人惊怵,再次恐吓,企图使普罗米修斯屈服。
	不要盼望这种痛苦是有期限的,除非有一位神来替你受害,自愿进入那幽暗的冥土和漆黑的塔耳塔洛斯深坑。	批:言外之意,不屈服就没有出头之日。可是,这对先知先觉的普罗米修斯是毫无用处的。
	所以,你还是考虑考虑吧,这不是虚假的夸口,而是真实的话,因为宙斯的嘴是不会说假话的,他所说的话都是会	

实现的。你仔细思考，好生想想吧，不要以为顽固比谨慎好。

歌队长　<u>在我们看来,赫耳墨斯这番话并不是不合时宜,他劝你改掉顽固,采取明哲的谨慎。你听从吧,聪明的神犯了错误,是一件可耻的事。</u>

批:同样是劝,出发点却不同,歌队长是出于对英雄遭遇的同情,不愿意他再遭更多更大的痛苦;而赫耳墨斯则是为了完成宙斯交给他的任务。

普罗米修斯　这家伙所说的消息我早已知道。仇敌忍受仇敌的迫害算不得耻辱。<u>让电火的分叉卷须射到我身上吧,让雷霆和狂风的震动扰乱天空吧;让飓风吹得大地根基动摇,吹得海上的波浪向上猛冲,扰乱了天上星辰的轨道吧,让宙斯用严厉的定数的旋风把我的身体吹起来,使我落进幽暗的塔耳塔洛斯吧。</u>总之,他弄不死我。

批:排比句式,很有气势,有力地表现了英雄无惧无畏的英雄气概。

批:充满自信。

赫耳墨斯　<u>只有从疯子那里才能听见这样的语言和意志。他这样祈祷不就是神经错乱吗? 这疯病怎样才能减轻呢?</u>你们这些同情他苦难的女子啊,赶快离开这里吧,免得那无情的霹雳震得你们神志昏迷。

批:勇士的无畏在懦夫眼中竟成了疯子的表现!

歌队长　请你说别的话,劝我做你能劝我做的事吧;你插进这句话,使我受不了! 为什么叫我做这卑鄙的事呢? 我愿意和他一起忍受任何注定的苦难;我学会了憎恨叛徒,再也没有什么恶行比出卖朋友更使我恶心。

批:反衬赫耳墨斯的无耻。

赫耳墨斯　<u>可是你们记住我发出的警告吧,当你们陷入灾难罗网的时候,不要抱怨你们的命运,不要怪宙斯把你们打进事先不知道的苦难。不,你们要抱怨自己,因为你们早就知道了,你们不是不</u>

批:"不要抱怨"和"要抱怨",角度不同,但警告的意思完全相同。

知不觉,而是由于你们的愚蠢,才被缠在灾难解不开的罗网里的。

[赫耳墨斯自空中退出。

普罗米修斯　看呀,话已成真:大地在动摇,雷声在地底下作响,闪电的火红的卷须在闪烁,旋风卷起了尘土,各处的狂风在奔腾,彼此冲突,互相斗殴;天和海已经混淆了! 这风暴分明是从宙斯那里吹来吓唬我的。我的神圣的母亲啊,推动那阳光普照的天空啊,你们看见我遭受什么样的迫害啊!

[普罗米修斯在雷电中消失,歌队也跟着不见了。

(罗念生/译)

批:描述疯狂的灾难,更突出普罗米修斯的毫不畏惧。

批:遭受迫害,但毫不动摇!

普罗米修斯,伟大的悲剧英雄

　　埃斯库罗斯(约前525~前456),他的悲剧艺术是希腊文明绽放的花朵,创造了瑰丽奇伟的悲剧艺术,他因此被誉为"悲剧之父"。据说他一生写过70多部戏剧,但传世的悲剧只有7部,《普罗米修斯》便是其中的一部。《普罗米修斯》原为三部曲,包含《被缚的普罗米修斯》《被释的普罗米修斯》《带火的普罗米修斯》,后两部已失传,流传下来的只有《被缚的普罗米修斯》。

　　普罗米修斯在《被缚的普罗米修斯》剧中是一个造福人类、为伸张正义而不畏强暴、不怕牺牲,宁受万年之苦而不屈于淫威的伟大的神。他蔑视至高无上的宙斯的权威,讽刺河神的懦弱,鄙视神使的奴性,谴责威力神的残暴,是当时雅典民主派理想的化身。他的斗争,再现了人类向文明过渡时期苦难斗争的历程。对他的歌颂,是对人民为生存而反抗暴力统治精神的歌颂。

　　宙斯在剧中是一个敌视人类、不讲信义、恩将仇报、色厉内荏的专制暴君形象,是当时雅典君主的化身。普罗米修斯与宙斯的斗争,是专制统治与反专制统治的斗争,是当时雅典工商民主派与土地贵族寡头派的斗争的象征。

　　在《被缚的普罗米修斯》剧中,作者把这场斗争提升到关系人类命运的高度,更显示了普罗米修斯为正义事业斗争的崇高性和雄伟气魄,使该剧富有哲理性和肃穆气氛。

其雄伟的英雄气概,体现了民主派的自豪感,有力地表达了诗人拥护民主制、倡导民主精神的思想。

艺术来源于生活,在任何一部文学作品中,我们都或多或少地找到作者所生活的时代的痕迹。埃斯库罗斯生活在雅典由氏族贵族专制向奴隶主民主制转变时期,曾积极参加抗击波斯侵略的斗争,他的民主倾向和爱国精神在悲剧创作中得到充分的表现。《被缚的普罗米修斯》创作于公元前478年,本剧反映了古希腊奴隶主专制向民主制过渡时期的时代特点,作为政治上拥护民主派的贵族,埃斯库罗斯热情洋溢地歌颂了象征民主斗士的普罗米修斯,对象征专制暴君宙斯及以宙斯为首的众神则极尽讽刺之能事。

(子夜霜、曾良策)

芳草地

普罗米修斯

关于普罗米修斯的传说有四种。

第一种:普罗米修斯把神出卖给人,所以被锁在高加索山上,神派来了兀鹰,吃他的不断长大的肝脏。

第二种:为了躲避兀鹰的利嘴,普罗米修斯越来越深地嵌入岩石,终于成为岩石的一部分。

第三种:几千年过去了,他的背叛被人遗忘。神把这事忘了,兀鹰把这事给忘了,连他自己也想不起来了。

第四种:人们对这种变得毫无道理的事感到厌倦。神变得不耐烦,兀鹰也感到不耐烦,伤口也渐渐地愈合了。

剩下的就只是那块无法解释的岩石了。——传说试图去解释那种无法解释的事。正因为传说的出现是为了找到事实的真相,所以其结果只能是越说越不清。

[奥地利]卡夫卡/文,李健鸣/译

品读

弗朗茨·卡夫卡(Franz Kafka,1883年7月3日~1924年6月3日),奥地利小说家,犹太人,西方现代主义文学的主要代表。其作品内容貌似荒诞,实则深刻地揭露了现代社会的人及其现实生活中的种种异化现象。代表作为长篇小说《城堡》《美国》,中篇小说《审判》和短篇小说《变形记》《流放地》《致科学院的报告》等。

《普罗米修斯》是一篇哲理散文。关于普罗米修斯的传说有四种，每一种传说似乎都有其合理性和魅力。但是，人们却无法解释普罗米修斯留下的岩石。其实，这也是无法解释的。每种解读都是一种传说，它们的目的是"为了找到事实的真相"，但是"结果只能是越说越不清"。

　　其实，文学艺术作品也像普罗米修斯留下的岩石，对文学艺术作品的每一种解读也都有其合理性，但这只能是解读者的解读，未必就是作品的作者的初衷。卡夫卡的许多作品更是如此，他的作品至今仍然是那样令人费解。各种理论对他作品的解读似乎都说明了一些事实，同时又很不完整，甚至存在矛盾。而文学批评者想做的就是解释那些永远说不清的事，并在无穷无尽的言说中获得自己的乐趣。那些被言说的作品也由于这种"无法说清"的性质而显得意味深长，魅力无限。

　　这也许就是《普罗米修斯》所要表达的意旨吧。

罗朗萨其奥（节选）

◇[法国]缪塞

读点

忍辱负重，爱恨情仇，质疑英雄一统天下。
赤诚对白，英雄苦觅，甘与邪恶一同毁灭。

剧情介绍：

亚历山大当上佛罗伦萨公爵，他引来了德国兵，作恶多端，百姓对他恨之入骨。他的堂弟罗朗索却想尽办法逢迎他，亚历山大公爵要勾引良家妇女，罗朗索为他拉皮条；他要惩治反对派，罗朗索就充当密探。亚历山大袒护他的堂弟，一方面他喜欢罗朗索，另一方面认为罗朗索绝不会有什么危险，因为他胆小如鼠，连剑都不敢佩带。

罗朗索的胆小和为非作歹的丑闻传到他母亲玛丽娅·索戴丽尼耳中，她为儿子的行为感到羞愧。她难过的是，罗朗索原先是一个好学上进的青年，崇拜英雄伟人，现在却成了佛罗伦萨人人看不起的罗朗萨其奥（罗朗索的蔑称）。

有一天，亚历山大突然驾临罗朗索家中，原来他看上了罗朗索的表姨卡特丽纳·吉诺利，要罗朗索为他拉皮条。罗朗索勉强答应。罗朗索与佛罗伦萨的共和派菲利普·斯特洛齐家来往密切，亚历山大认为他是在刺探消息，但看起来并不是那么回事。

罗朗索天天晚上与剑客斯高龙贡高罗击剑，斯高龙贡高罗看出罗朗索准备有一天杀掉仇人，罗朗索也承认准备在自己家中杀掉一个仇人。这个时候，菲利普·斯特洛齐的儿子比埃尔和托马斯杀伤了侮辱他们妹妹的亚历山大侍从，并且密谋组织人推翻亚历山大，建立共和，遭到逮捕。

罗朗索安慰菲利普，劝他暂时离开佛罗伦萨，并且告诉他自己在最近几天就要结果亚历山大的性命。菲利普问他为了什么。罗朗索表示：自己早就想杀死这个暴君，只想打算单枪匹马地干，以洗刷自己的恶名，这种情况下只能先博取亚历山大的信任。

几天后，罗朗索告诉亚历山大，他表姨卡特丽纳·吉诺利答应当天晚上献上她的贞操。这天晚上，亚历山大来到罗朗索家，躺在床上等待卡特丽纳，罗朗索举剑将他杀死。事前罗朗索曾去告诉佛罗伦萨几个共和派的元老，要他们准备行动，但这些人非但不理睬他，还把消息告诉了亚历山大的亲信。

亚历山大死后，共和派并没有采取行动。亚历山大政府中的要员们推举亚历山大的堂弟科姆为佛罗伦萨公爵，并张贴公告悬赏捉拿罗朗索，罗朗索不久后在威尼斯被人杀死。

本文节选自《罗朗萨其奥》第三幕第三场，叙述的是菲利普的两个儿子被捕后，罗朗索安慰菲利普，并声称最近几天他要结果亚历山大的性命。

菲利普	……今天晚上，我要把全家四十个成员叫来吃饭，再把事情一五一十地讲清。<u>走着瞧吧！走着瞧吧！事情还没完呢。</u>美第齐家(注：美第齐家，即亚历山大的家族)的人小心点！再见了，我要上巴齐(注：巴齐，即弗朗索阿·巴齐，共和派元老)家里去，方才我们正要去，比埃尔却被抓走了。	批：菲利普对两个儿子被抓走很不甘心。
罗朗索	<u>菲利普，魔鬼不止一个，可是最要留神的，正是此时此刻引诱你的魔鬼。</u>	批：称自己也是一个为佛罗伦萨人所痛恨的"魔鬼"，意在提醒菲利普要小心行事。
菲利普	你的话什么意思？	
罗朗索	<u>你可得小心，这个魔鬼比伽布耶尔</u>(注：伽布耶尔，基督教传说中的大天使，据《新约》载，圣母不玷而孕，给她报信者即伽布耶尔)<u>好看。有了他的莅临，自由，祖国，人类幸福，这些字眼才像琴弦一样发出铮铮动听的声音，声音来自他光焰照人的翅膀，因为那上面有银箔叮当。</u>他的眼泪使大地肥沃，他的手擎着殉道者的棕榈枝。他的言辞使嘴唇边上的空气洁净；他飞行神痉，谁也说不清他飞向何方。你得小心他！<u>我从前曾经有过一回，看见他凌空出现。我当时正在伏案读书，他的手刚刚触到我，我立刻毛发战栗，浑身轻如鸿毛。</u>他说的话，若问我听从没有，此刻就不必说了。	批：自己虽然被认为是"魔鬼"，但却是一个好"魔鬼"。 批：言外之意自己要为自由、祖国、人类幸福而斗争。 批：这实际暗示自己从前曾十分崇拜古希腊罗马的英雄伟人。
菲利普	你的话我简直听不懂；不知为什么，我很害怕，但我还想听懂。	
罗朗索	您心中难道别无所思，只考虑救出您的儿	批：说明罗朗索自己将要做的事情

子？您说实话吧，难道没有更大、更可怕的念头，才使您像一辆小车，昏头昏脑地被这群青年拖去？

菲利普　噢，那倒是的！我只愿家庭的遭受不义变成追求自由的先声。为了我，也为了大家，我要勇往直前！　　　　批：菲利普已认同了罗朗索的理想。

罗朗索　你得为自己小心才是，菲利普，因为你为人类幸福操着心。

菲利普　这话什么意思？你怎么一脚里一脚外的，好像罩着一层讨厌的雾气？你曾对我说，有一种珍贵的液汁，而你就是装它的瓶子，难道这就是你要装的东西？　　批："一脚里一脚外"，与暴君亚历山大曾情投意合的罗朗索居然要铲除暴君，着实让外人感觉一头"雾水"。

罗朗索　对您来说，我确实价值连城，因为我马上要结果亚历山大的性命。　　批：结果亚历山大的性命，对菲利普家族的确是最具价值的。

菲利普　你？　　批：行为与平日表现反差过大而让人产生疑惑，潜台词丰富。

罗朗索　是的，我，不是明日就是后天。回去吧，去想法营救您的儿子——要是您没法救出，那就不妨让他们小受一下惩处——我知道得一清二楚，他们不会有别的危险，我再对您说一遍：再过一两天，好比夜里不会有太阳一般，佛罗伦萨不会再有亚历山大·特·美第齐。　　批：果敢的回答，英雄的情怀。暴君与毒太阳一样，英雄要把他铲除。

菲利普　如果你说的事情不假，那么我谈到了自由，又有什么不对？如果你说的事情不放空炮，那么等你大功告成，自由不就已经莅临？　　批：在半信半疑中，期盼自由的光临，反映佛罗伦萨人民的心声。

罗朗索　菲利普呀菲利普，你得为你自己小心。你已经白发苍苍，有着六十年的德行，你这枚筹码价值太高，不能进行赌博。　　批：用近乎呼告的方式，激励菲利普勇敢地为自由而战。

菲利普　你的话儿叫人纳闷，如果可以告诉我的话，请你说说清楚，因为我非常好奇。　　批：罗朗索平日里助纣为虐，让人不得不产生怀疑。

罗朗索　你没有把我认错，菲利普，我从前的确也是正人君子。我相信道德，相信人性高尚，就　　批：人性高尚，英雄苦闷的心理，为民族而悲的心绪。

已不是仅仅考虑自己，而是为了更多的人。

像殉教者相信上帝一样。我为苦难的意大
利洒下泪水,胜过为了儿女而悲啼的尼俄
柏(注:希腊神话中,坦塔罗斯是庞比斯国王,他
的女儿尼俄柏嫁给特拜王安菲昂,生了 14 个儿
女。她嘲笑只有一子一女的勒托,勒托让其子女
阿波罗和阿尔特弥斯把尼俄柏的子女全部射死,
她因此整天哭泣,后来变成了石头)。

菲利普　后来呢,罗朗索?

批:真诚打动人心,导引探寻。

罗朗索　我的青春曾经像黄金一样纯洁。整整二十
年默默不言,霹雳在我的胸膛里积聚,我注
定要成为雷鸣前的电闪,因为有一夜,我正
坐在罗马古剧场的废墟上,不知怎么一来,
我突然立起身子,向苍天伸出沾满露水的
双臂,发誓要让这双手杀死祖国的一名暴
君。那时我是个文静的学生,关心的只是
艺术和各门科学,这个奇特的誓言怎么会
在我的心里产生,实在无法说清。这种情
感,或许哪个坠入情网的人可以体验。

批:昔日青春美好的憧憬,金子般
地显现。二十年默默不言,二
十年忍辱负重,积攒一种利剑
出鞘的神力。

批:一个伟大的抱负盈心,二十年
磨剑为除暴君。

批:一个文静的书生,生发一个奇
特的誓言,是情势逼迫所致。
此情只有那把祖国装在心中的
志士与坠入情网的恋人才可以
体验。

菲利普　我从来对你说什么信什么,可现在听你说
话就像做梦。

批:平日行为与奇特誓言形成鲜明
对比,凸现英雄之志。

罗朗索　我也一样。我那时是个快乐的人,心里风
平浪静,手上也安分守己;我的姓氏召唤我
称王称帝,而我却志在闲云;我只想到人类
的希望,但愿这些希望的花朵在我身畔开
放。别的人既不给我好处,也不对我使坏,
而我只想到与人为善;我梦想成为伟大人
物,这便铸成了我一生的不幸。我之所以
立志剪除一个暴君,当然是出于天命,但我
应当承认,原因也在于虚荣心。你还要我
怎么说呢?天下所有的恺撒,都使我想到
布鲁多斯[注:布鲁多斯(前 84 ~ 前 42),恺撒的
部将,暗杀恺撒者]。

批:身体里流着高贵的血统,却志
在闲云。

批:高贵血统里流淌的是民族责任
之灵魂。

批:为了能取得成功又使他不得不
选择非常手段;先取得暴君之
信任,才得除暴之良机。

批:除暴君,出于天命,也在于虚荣
心,真诚动人。

批:英雄刺暴,天命使然。

菲利普　想做出德行,是高尚的虚荣心,你为什么自己责怪自己?

罗朗索　你永远不能明白什么样的思想把我折磨,除非你是疯子。非得剖开我的头颅、脏腑,才能理解我的狂热。这样的狂热,造成了今天对你说话的这个罗朗索。要说我当时的形象如何,只消想象一个走下台座、在公共广场上与人一起漫步的石塑。那天我对自己说:我必须当一个布鲁多斯。从此这个念头再也没有离开过我。

菲利普　你的话,我越听越惊讶。

罗朗索　起先我想杀死克烈芒七世[注:克烈芒七世,即朱安·特·美第齐,罗马教皇(1523～1534),亚历山大是其私生子]。那事未能如愿,因为我还没动手就被逐出罗马。后来见到亚历山大,我的事业才又重新开张。我只想单枪匹马地干,绝不要第二个人帮忙。我干这件事本是为了人类,是出于博爱的梦幻,但虚荣心却使我茕茕孑立。我与我那个仇敌的较量非常特别,要成功必须凭借狡黠。我不想煽动民众,也不想仿效废人西塞罗,说话滔滔不绝,夺取雄辩的威名。我只想做一个平常的人,去和暴政的象征物肉搏,直到把他结果,才提剑走上讲坛。让亚历山大的血气直冲那些鼓唇摇舌的人物,好使他们妄自尊大的头脑更加发昏。

菲利普　你真是一条铁汉,朋友!真是铁汉!

(金德全/译)

批:罗朗索曾是亚历山大的走狗,做了许多坏事。这是自责!

批:在别人眼里自己是亚历山大的无恶不作的帮凶,其实自己早已想除掉他。

批:说明自己将杀死亚历山大公爵。

批:说明罗朗索并非懦弱、胆小怕事,亦有除恶安良之志。

批:表明罗朗索早已有刺杀亚历山大的计划。

批:罗朗索要单枪匹马地刺杀亚历山大,既为博爱,也为结束暴政,也有虚荣心。

批:由衷的敬佩和赞赏。

单枪匹马的英雄

　　《罗朗萨其奥》的题材是与缪塞有着亲密关系的女作家乔治·桑在《佛罗伦萨编年史》中发现的。1833 年 5 月,巴黎《两世界评论》举行盛宴,缪塞与乔治·桑由于相邻而相知;1833 年 12 月 12 日两人以情人关系去意大利旅行,在此期间,乔治·桑督促缪塞创作《罗朗萨其奥》;1834 年 3 月缪塞返回巴黎,同年 8 月缪塞完成《罗朗萨其奥》的创作。

　　《罗朗萨其奥》故事的历史背景是这样的:佛罗伦萨人推翻了美第齐家族的统治(1512～1527)后建立共和政权达两年之久(1527～1530),但美第齐家族请来了日耳曼帝国的军队围攻佛罗伦萨达十个月,最后佛罗伦萨投降。美第齐家的亚历山大(1510年 7 月 22 日～1537 年 1 月 6 日,1530～1537 年统治佛罗伦萨)被封为佛罗伦萨公爵,佛罗伦萨成为公国。亚历山大上台后,血腥镇压共和派。在这种情况下,要武力推翻亚历山大是不大可行的。出于同样的原因,搞宫廷政变也没有多大意义。1537 年 1 月 6 日,亚历山大被远房堂弟罗朗索·特·美第齐利用自己守寡的妹妹所暗杀。因为害怕亚历山大公爵的死讯会引起骚乱,佛罗伦萨的统治者们匆匆将亚历山大下葬。美第齐的支持者选择了科姆·特·美第齐(1519 年 6 月 12 日～1574 年 4 月 21 日,1537～1574 年任佛罗伦萨公爵)作为继任者,这也是美第齐的旁支首次统治佛罗伦萨。罗朗索宣称自己是为了共和国而杀死亚历山大公爵的,在起义失败后,他逃到了威尼斯,1548 年他在威尼斯被杀。

　　《罗朗萨其奥》的剧情与历史背景基本一致。剧中主人公罗朗索·特·美第齐崇拜古代英雄,一心想恢复共和国。他的堂兄亚历山大·特·美第齐,在德国皇帝和教皇的支持下,统治佛罗伦萨已 7 年。罗朗索想暗杀亚历山大,让共和派解放城邦。为达目的,他先要成为暴君的亲信和淫荡生活的伙伴,于是表面上变得十分卑鄙,佛罗伦萨人蔑称他为"罗朗萨其奥"。他抵挡住那些大贵族的阴谋,他们密谋恢复特权。有时他怀疑起自己的任务和整个人类。他预感到自己的行动毫无用处,但他仍然周密地考虑行动的细节。亚历山大又看上了罗朗索的表姨。罗朗索趁机把亚历山大骗到自己家里,把他杀死。他逃到了威尼斯,在那里了解到,美第齐家族的科姆掌了权,他被悬赏捉拿,最后他在威尼斯被老百姓杀死。

　　罗朗索要走单枪匹马谋杀的道路也是受古代英雄人物影响的。这种个人谋杀方式在历史上也不乏先例。如罗朗索一再提到的布鲁斯,就是刺杀恺撒企图恢复共和,在历史上轰轰烈烈的一个人物。然而这种个人谋杀的方式往往取得的效果并不很大,这也是历史所证明了的。恺撒死了,由屋大维继承。而亚历山大死了,由科姆取而代之。也许后继者在政策上稍有改善、在个人品质上略胜一筹,但这些显然都不是根本性的变化。但即便如此,布鲁多斯或罗朗索为铲除暴君将自己生命置之度外的壮举也是可歌可泣的,这是本剧的感人之处。

　　那么,罗朗索动机是崇高的,其达到目的的方式是否可取。罗朗索的方式并非完全不可取,但他自己的堕落却是不可取的。这也是剧本的深刻之处。罗朗索本是一个纯洁的青年,为了完成自己铲除暴君的大业,装扮成一个恶魔式的人物,干了不少坏事,可以说是劣迹昭彰。如他自己所说,罪恶已经与他的皮肉粘在一起,成了他身体的一部分了。一个作奸犯科的小人怎么能够与一个拯救民族的英雄统一起来呢?这既是历史上长期争论的问题,也是本剧引起人们思考的问题。

　　戏剧最重要的艺术成就在于塑造了罗朗索这一充满矛盾的历史人物。历史剧最难把握在于历史真实和艺术真实如何统一的问题。《罗朗萨其奥》可以说是成功地实现了这个统一。剧中的这个罗朗索并不完全符合历史,但却栩栩如生,他的命运具有强烈的震撼人心的力量。这是为什么?重要原因之一就在于作者撒开浪漫主义将人物激情化、单纯化的手法,刻画出了这个人物的复杂性和矛盾性。例如,罗朗索陪亚历山大夜游,勾引良家女子,此时完全是一副花花公子的无耻嘴脸。又如,在美第齐家举行舞会之时,他从楼上扔下砖头砸伤城防长官的坐骑,活脱脱的一个无赖。再如,当莫里斯爵爷要求与他决斗时,他竟面孔发白、晕倒在地,人们眼里的他就是一个胆小鬼。但是随着戏剧的深入,人们逐渐认识了他的真实面目。他母亲说他少年时忧国忧民、胸怀大志,观众不禁奇怪他为什么变成这种德行。接着,通过罗朗索与剑客的对话和他偷走亚历山大锁子甲的神秘行为,观众终于看出他是一个戴着恶棍面具的有志者。他与菲利普的一番谈话最终让人们明白了他的心迹。最后,他的刺杀行动证实了他确实是一个忍辱负重、敢作敢为的英雄。(子夜霜、周波松)

芳草地

哀愁

我失去力量和生气,
也失去朋友和欢乐;
甚至失去那种使我
以天才自负的豪气。

当我认识真理之时,
我相信她是个朋友;
而在理解领会之后,

我已对她感到厌腻。

可是她却永远长存，
对她不加理会的人，
在世间就完全愚昧。

上帝垂询,必须禀告。
我留有的唯一至宝
乃是有时流过眼泪。

[法国]缪塞/文,钱春绮/译

品读

阿尔弗雷德·德·缪塞(Alfred de Musset,1810 年 12 月 11 日～1857 年 5 月 2 日),法国贵族、剧作家、诗人、小说家,被称为"神童"。代表作有长诗《罗拉》(1833)、抒情诗《四夜》(1835～1837)、诗集《西班牙和意大利的故事》(1829),戏剧《罗朗萨其奥》(1834)、《烛台》(1835)、《逢场作戏》(1837),自传体长篇小说《一个世纪儿的忏悔》(1836)。

1833 年 5 月缪塞与乔治·桑相识并发展成为情人关系,1835 年 3 月他们关系决裂。他们相爱期间,缪塞创作了许多优秀的作品,例如著名历史剧《罗朗萨其奥》。两人在一起相处了一段浪漫的时光,后来乔治·桑抛弃了诗人,这给缪塞以很大的打击。这段感情经历激发了诗人的创作灵感,诗人挥笔写下了许多优美的诗篇,《哀愁》即是其中著名的一首。

爱情遭遇挫折,诗人的心情可想而知:忧郁、悲伤、消沉。诗人失去了生活的力量,诗人甚至怀疑,一向使自己自负的才气也消失了。第一节诗就传达了诗人的这种情绪。

心情沉郁,对自然的一切也就毫无兴趣;甚至对于真理,诗人也觉得反感。"当我认识真之时,/我相信她是个朋友",而一旦对真理领会之后,诗人则觉得"她"平淡无味,如同嚼蜡。诗人的悲观情绪在此得到了极度表现。

虽然如此,诗人脑中还保持着一份清醒:真理是永存的,是经历了时间和实践考验的,是正确无误的。

诗人心中还存留一点微弱的希望之火。在人世间找不到知音,诗人只得将目光投向天空,向那位缥缈的上帝诉说心中的哀愁。而这时与诗人相伴的,能给诗人带来些许安慰的,是诗人眼中所流的泪水。

十五贯（节选）

◇［中国］《十五贯》整理小组

读点

塑造了一位睿智缜密的微服私访的清官形象和
一位提心吊胆、狡猾多疑的罪犯形象。
正反人物两相映照，情节丝丝入扣。

剧情介绍：

昆曲《十五贯》是由浙江昆苏剧团《十五贯》整理小组 1955 年根据清初戏曲家朱素臣的传奇故事《十五贯》（又名《双熊梦》）改编而成的，陈静执笔。朱素臣原著《十五贯》共分 26 场。

浙江省《十五贯》整理小组经过多次删改，昆曲《十五贯》就成了现今的《鼠祸》《受嫌》《被冤》《判斩》《见都》《疑鼠》《访鼠》《审鼠》8 场。

《十五贯》讲述的是况钟巧妙断案，将罪魁祸首娄阿鼠绳之以法，同时为受冤者洗清罪名的故事。

无锡屠户尤葫芦（注：原著《十五贯》中姓游）从亡妻的姐姐那里借来十五贯铜钱，准备重开肉店。晚上回到家中，他与养女苏戌娟开玩笑，说已经将她卖给王员外做奴婢，这是她的卖身钱。苏戌娟听后非常害怕，决定逃往姨妈家暂避。赌徒娄阿鼠当晚到尤家行窃，偷走十五贯钱，砍死尤葫芦，却把赌博的骰子和半贯钱遗落在床后。

事发之后，邻居发现苏戌娟不见踪影，怀疑她窃钱行凶外逃。苏戌娟在出逃路上迷了路，向客商熊友兰问路，熊友兰身携十五贯钱为陶复朱买货，二人同行。后被邻居和官差追上，发现熊友兰身上有十五贯钱，认为二人因奸谋杀，将二人扭送无锡官府。知县过于执听了邻居的证言后，不加详查，对二人施以酷刑。二人屈打成招，遂被判死罪。

熊友兰听说监斩的是苏州知府况钟，他素知况钟爱民如子，希望其在监斩时能察觉冤情，使自己起死回生。熊友兰和苏戌娟在临刑时大呼冤枉，引起况钟的注意。况钟详细讯问了案情，并立即进行实地调查，发现破绽。

况钟考虑到自己的职责只是监斩，无权翻案，心里有些犹豫，但想到人命关天，他决定暂缓行刑，并下定决心要查明真相。况钟连夜求见巡抚周忱，请求暂缓斩刑，重新查案。周忱官僚作风严重,不肯夜见况钟,直到三更之后才前呼后拥地出来。况钟向周忱说明情况,周忱以居高临下的姿态对待况钟,官气十足。况钟据理力争,从周忱那里争得半月时间重查此案。

娄阿鼠得知况钟重查案情,心中惧怕,决定先到乡下躲避。况钟亲自到尤葫芦家中勘查现场。他在尤葫芦的床后发现了遗落的半贯钱,并从邻居口中得知尤葫芦家穷得无隔夜之粮,因而判断这半贯钱是凶手从十五贯中遗落的,初步排除了熊友兰的嫌疑。现场又发现一个灌铅的骰子。况钟从邻居那里得知,尤葫芦虽然贪杯,但从不赌博;邻居娄阿鼠是一个赌徒,常赊欠尤葫芦猪肉,但二人素不往来。由此况钟判定娄阿鼠有重大嫌疑。

通过邻居的帮助,况钟查到了娄阿鼠的下落,于是扮成测字先生前去打探。况钟利用娄阿鼠的犯罪心理和自己掌握的证据,巧妙地、一步一步地将娄阿鼠引入自己的瓮中,查出娄阿鼠杀死尤葫芦、偷走十五贯钱的真相,并将他捉拿归案。

苏戍娟、熊友兰的冤案最终得以昭雪。

第七场　访鼠

［惠山脚下,东岳庙附近。

［门子(注:门子,官府中的仆役)改扮货郎模样与秦古心(注:秦古心,尤葫芦的邻居。尤葫芦在借到十五贯钱后,先到秦古心家约他次日清早一起去买猪)同上。

批:间接说明况钟微服私访。

秦古心　经我东打听,西打听,打听了十多天,直到如今方才打听到娄阿鼠就住在那间茅屋里面。(指与门子看)

批:娄阿鼠因为害怕命案事发,躲了起来。"打听了十多天"才打听到,可见藏得很深。

门子　老伯!那娄阿鼠是什么模样?

秦古心　(不回答,注视前方)咦!前面那人,好像就是娄阿鼠!是的!正是他。不要被他看见,待我躲在一旁。(下)

批:娄阿鼠认识秦古心,秦古心躲是为了不惊动了娄阿鼠。

［娄阿鼠上,与门子相遇。门子敲货郎鼓,娄阿鼠惊吓。门子下。

批:做贼心虚,风声鹤唳。

娄阿鼠　是谁?……哪个?……唉!为人不做亏心事,半夜敲门心不惊。自从那个短命的况钟来到无锡,害得我心惊肉跳,坐卧不安。十多天来躲在乡下,实在气闷。前面东岳庙里的老道,与我相识,他时常进城购买香烛,不免再去向他打听城里风声如何。顺

批:娄阿鼠没有察觉出货郎是官府里的人。况钟来无锡,点出娄阿鼠害怕得躲起来的原因。

批:娄阿鼠求签问卦,只因心中有鬼。

便求个签,问问吉凶祸福。

[干板(注:干板,戏曲术语,指仅依音乐节拍念白,而不演唱)]

乡下躲藏,

气闷难当;

况钟入相,

我再出将!(下)

[秦古心与门子重上。

秦古心　就是他。我先回去了。(下)

门子　辛苦你了!(看着娄阿鼠走向庙内)我家太爷每日乔装改扮,东查西访,正为限期将满,心中焦急,如今有了娄阿鼠的下落,他定然欢喜。

批:"心中焦急"和"定然欢喜",都可以看出况钟对人命关天的案件的高度责任心。

[皂(注:皂隶吏的简称,指古代官府的差役)甲改装上。

皂甲　事情怎样了?

门子　娄阿鼠现在东岳庙内,你快去禀报爷爷!

皂甲　待我进去将他拿住!

门子　爷爷吩咐,娄阿鼠虽然嫌疑重大,尚难断定就是凶手,不可鲁莽行事。我在这里守望,你到船上禀报爷爷,再作道理。

批:从门子的话中,可见出况钟心细如发,行事谨慎。

[皂甲下。

[二道幕启。

[东岳庙大殿内。

[娄阿鼠自内出。

娄阿鼠　老道进城购买香烛,还不曾回来,待我求上一签,等他一等。啊呀东岳大帝啊!若是无事呢,赏个上上。[求签(注:求签,迷信的人在神佛面前抽签来占卜吉凶)]

批:因为做了伤天害理的命案,所以才来求神。

[况钟扮作卜卦人上。

况钟　喂!老兄!

娄阿鼠　吓了我一跳,什么事?

批:草木皆兵的恐惧心理。

况钟	可要起数么？
娄阿鼠	我在这里求签。起数？不要，不要！
况钟	求签不如起数的好。
娄阿鼠	求签不如起数的好？
况钟	是啊，若是心中有什么疑难之事，问流年（注：流年，迷信的人称一年的运道为流年）吉凶祸福，只要起个数，便能知道得清清楚楚、明明白白。若是想逢凶化吉，遇难呈祥，找人能逢，谋事能成，赌钱能赢，起个数，便知分晓，万分灵验！

批：况钟是有备而来的，句句正中娄阿鼠心事。况钟目的是要消除娄阿鼠的警觉，又利用娄阿鼠的心理，引诱他相信算卦的灵验，以便使他道出真情。撒下了诱饵，找人、谋事、赌钱，件件都是娄阿鼠心中所想，句句正中娄阿鼠的要害。

娄阿鼠	啊，起数好？（放下签筒）请教这是什么数？
况钟	请看！ （唱"好姐姐"） 观枚测字， 声名遍四方。

批：况钟步步引诱娄阿鼠不由自主地进入自己的测字圈套。此时的娄阿鼠依旧是胆战心惊、坐立不安，关键在于怎样才能拖住他，并使其上钩。此刻，如果况钟过分积极就会引起娄阿鼠的警觉；如果不主动，娄阿鼠就溜了。所以，况钟说"随手写一个字""随口说一个字"，似乎说得很随便，却恰恰打动了娄阿鼠。

娄阿鼠	测字么，就是测字，什么观枚又观枚！
况钟	老兄，你若有什么心事，只要随手写一个字，便能判断吉凶。
娄阿鼠	测不成，测不成！
况钟	为何测不成？
娄阿鼠	我，一字不认得，一字不会写，可是测不成？
况钟	随口说一个字也好。
娄阿鼠	啊，随口说一个字也好？
况钟	是啊！
娄阿鼠	先生，小弟贱名叫娄阿鼠，这个老鼠的"鼠"字，你可测得出？

批：愚蠢的娄阿鼠随口说出的"鼠"字，完全是性格使然，泄露了自己的天机。

况钟	测得出，测得出！
娄阿鼠	待我拿只凳子你坐！

批：果然被诱惑住了。

况钟	借测字， 慢慢探真相， 但愿今朝定短长。

批：况钟借娄阿鼠拿凳子的机会，暗自筹划自己应该怎样与娄阿鼠巧妙周旋，达到断案的目的。

娄阿鼠	先生请坐！

况钟	你测这个字,想问什么事呢?
娄阿鼠	(左右回顾,轻声地)官司。
况钟	噢!官司?
	[娄阿鼠堵住况钟口,暗示他不要大声。
况钟	(作测字状)鼠乃一十四画(注:"鼠"字实为13画,况钟故意数为14画,是为了说明"鼠"字属于"阴爻"。因为娄阿鼠不识字,况钟也就不会露出破绽。这充分展示了况钟的机敏过人),数目成双,乃属阴爻;这鼠,又属阴类。阴中之阴,乃幽晦之象。若占官司,急切不能明白。
娄阿鼠	明白是不曾明白,不知日后可会有什么是非连累?
况钟	请问这字是你自己测的,还是代别人测的?
娄阿鼠	啊,啊,代别人测的,代测、代测。
况钟	依字上看来,只怕不是代测!
	[娄阿鼠吃惊。
况钟	(故作吃惊状)啊!鼠是为祸之首呢!
娄阿鼠	怎么解说?
况钟	鼠乃十二生肖之首,岂不是个罪魁祸首么?依字理而断,一定是偷了人家的东西,造成这桩祸事来的。老兄可是么?
娄阿鼠	先生!你码头跑跑(注:码头跑跑,即跑码头,又叫跑江湖,指以卖艺、算卦、相面等为职业,在各地谋求生活),我赌场混混,自家人,这一套江湖诀可用不着。江湖诀不要用,江湖诀不要用啊!人家偷东西,你怎能测得出呢?
况钟	鼠,善于偷窃,所以才有这样断法。还有一说,那家人家,可是姓尤?(娄阿鼠大惊,跌倒在地)啊唷,请当心!
娄阿鼠	哎,叫你不要用江湖诀,你江湖诀又来了。我不相信你把别人的姓也测得出。别人的

批:看似况钟随口一问,却深藏玄机,娄阿鼠心急如焚,况钟却从容不迫,诱使娄阿鼠承认测字与官司有牵连。

批:缓兵之计,稳住娄阿鼠,令其上钩。

批:"代测",显示其狡猾与奸诈。

批:况钟察言观色,不给娄阿鼠喘息的机会。

批:敲打娄阿鼠,但又不让他看出破绽。

批:况钟可谓机智聪明,从生肖之首联想到罪魁祸首,再以偷东西试探,乱其阵脚。

批:况钟之言正中娄阿鼠心事,娄阿鼠说况钟念"江湖诀",以掩饰自己的紧张与惊恐。再次表现了娄阿鼠的狡猾与世故。

批:从鼠善偷窃联想到人的偷窃,从老鼠偷油联想到被偷的人姓尤,机智巧妙。

	姓怎么能测得出呢?
况钟	有个道理在内。
娄阿鼠	什么道理?
况钟	那老鼠不是最喜偷油么?
娄阿鼠	对!有道理:(作偷油状)老鼠偷油,偷油老鼠!先生!不要管他油也罢,盐也罢,你看我往后可有是非口舌连累得着?
况钟	怎说连累不着,目下就要败露了。
娄阿鼠	怎么说?
况钟	喏,你问的这个鼠字,目下正交子月(注:子月,即十一月),乃当令之时,只怕这官司就要明白了。
娄阿鼠	(独白)啊呀!明白是明白不得的呀!(惊慌失措)
况钟	老兄,你要对我实讲!你究竟是自己测的呢,还是代别人测的? 你要说得清,我才指引得明。
娄阿鼠	先生!你等一等。(走到一旁,思考,四面望,唱"鬼曲")
	他那里呀,我这里呀!
	先生!我是代……
况钟	唔!老兄,四海之内皆朋友也,你有什么危难之事!说出来,我或许可以替你分忧。
娄阿鼠	不瞒你说,我是自测!
况钟	啊,自测!
娄阿鼠	(止住况钟,暗示他不可高声)先生!你看这灾星,我可躲得过么?
况钟	嗯,你若是自测,本身就不落空了。
娄阿鼠	怎么讲?
况钟	喏!空字头,加一"鼠"字,岂不是个"竄"(注:竄,"窜"的繁体字)字?
娄阿鼠	什么"竄"?

批:掩饰偷窃行为,关心自己以后会怎么样。

批:挑明官司,正中娄阿鼠心中要害。

批:在娄阿鼠心惊肉跳、目瞪口呆时进一步引诱,逼他承认偷窃。

批:仍心存疑忌。

批:娄阿鼠承认自测,等于承认偷窃尤家钱财。娄阿鼠已经完全相信况钟了,"啊,自测",显露况钟初获胜利的喜悦心情。

批:这是给娄阿鼠指一条"生路"。

况钟	"逃窜"的"窜"字。
娄阿鼠	先生！可能窜得出？
况钟	<u>要窜是一定能窜得出的，只是老鼠生性多疑。若是东猜西想，疑神疑鬼，只怕弄得上下无路，进退两难，到那时就窜不出了。</u>
娄阿鼠	(佩服地)先生的神数，真是灵验，我一向喜欢疑神疑鬼的。依先生神断，你看我几时动身最好？
况钟	<u>若是走，今日就要动身。到了明天，就走不掉了。</u>
娄阿鼠	<u>为什么？</u>
况钟	<u>"鼠"字头是个"臼"字，原是两个半日，合为一日之意。若到明日，就算两日，就走不掉了。</u>
娄阿鼠	啊呀！现在天色已晚，叫我怎样走呢？
况钟	哎，鼠乃昼伏夜行之物，连夜逃去，那是最妙的了。
娄阿鼠	先生费心看看，往哪一方走，才得太平无事？
况钟	<u>待我算算看：鼠属巽，巽属东，东南方去的好。</u>
娄阿鼠	东南方？先生再费心看看，是水路太平，还是陆路无事？
况钟	<u>待我再算算看：鼠属子，子属水，水路去的好。</u>
娄阿鼠	<u>东南方，水路去，无锡、望亭、关上、苏州……(吃惊)不对，苏州府况太爷正在缉捕凶手，是不是叫我投到他网里去？</u>
况钟	老兄，有道是搜远不搜近。
娄阿鼠	<u>唉！要是有只便船，往东南方去，我扑通一跳，它即刻就开，那有多好！</u>
况钟	老汉倒有只便船，正好今晚开船，往苏杭一

批：况钟鼓动娄阿鼠逃窜，正中娄阿鼠下怀。这是先稳住对方，排除他的疑虑，获得其信任，为下文抓捕作铺垫。这是让娄阿鼠窜到自己布的网中。

批：况钟处处拿"鼠"字做文章，让娄阿鼠深信不疑。况钟为了进一步牢牢地抓住娄阿鼠，更加具体地为娄阿鼠仔细盘算。"今日就要动身""鼠乃昼伏夜行之物，连夜逃去，那是最妙的了""东南方去的好""水路去的好""老汉倒有只便船，正好今晚开船""与老汉同舟就是"，况钟这几步棋，确实牢牢地把这只鼠给拴住了。

带,赶趁新年生意。只是……

娄阿鼠　我一定多付船钱。

况钟　说哪里话来! 钱财似粪土,仁义值千金,只是船行太慢,老兄若不嫌弃,与老汉同舟就是!

娄阿鼠　啊呀,你不是测字先生啊!

况钟　怎么?

娄阿鼠　你真是我娄阿鼠的救命菩萨了! 我娄阿鼠这条性命就交给你了!

况钟　你放心就是,保你一路平安!

娄阿鼠　(唱"姐姐入拔樟")

　　　　我好比,鱼儿漏网,

　　　　急匆匆,逃入海洋。

况钟　(接唱)

　　　　愿只愿,遇难呈祥,

　　　　从今后,稳步康庄。

娄阿鼠　(接唱)

　　　　向天涯,高飞远翔!

　　　　先生! 你的船在哪里?

况钟　(拉娄阿鼠出门)就在前面河下。

娄阿鼠　我就住在对河那间茅屋里面。这是起数钱,这是船钱,请你收下。让我去拿些衣服银钱,即刻就来。

况钟　速去速来,我在船上等你。

　　　　[娄阿鼠下。皂甲及门子上。

况钟　(向皂甲)快快跟上前去! (皂甲下。向门子)你快回到城里带领差役,邀集街坊,速到娄阿鼠家中查抄。若有可疑之物,连夜带回苏州,不得有误!

　　　　[门子下,况钟也下。

　　　　[闭幕。

批:娄阿鼠"你不是测字先生"这话的确让况钟吃了一惊,以为被对方看出破绽。再看娄阿鼠下面的解释,又让人忍俊不禁。此时,娄阿鼠对况钟不仅仅是完全信任,而且是感激涕零。

批:至此,娄阿鼠彻底上了况钟的船了。

批:况钟完成心愿后,心情轻松。

批:况钟访查虽然已确证娄阿鼠就是凶手,但也没有因而掉以轻心,紧张有序的吩咐,显示出况钟为官的缜密。

机敏沉稳的清官形象

　　昆曲《十五贯》中的况钟是一个为民请命的清官,他奉命监斩,本无复勘的责任,但他发现案情有重大疑点,为冤民请命,连夜叩见巡抚。他不顾巡抚的拒绝与斥责,据理力争,为了复勘此案,他不辞辛劳,亲赴无锡等地踏勘,最后在私访中查出真凶,平反了冤案。况钟不计自身得失,竭尽心力办案,他那种为民请命、救人救彻的精神,令人赞叹仰止。

　　在《访鼠》这一场写娄阿鼠测字,随口说了一个"鼠"字,由此翻出层层波浪:况钟先是说鼠性善于偷窃,再说老鼠最喜偷油,并断定被偷人家"姓尤"。由于况钟对尤葫芦被杀一案成竹在胸,故一经点出便以迅雷不及掩耳之势镇住对方,使对方惊呼"不是测字先生",而是"救命菩萨"!终于口服心服,俯首帖耳听从测字先生的指引,最后被引上况钟的"便船"。

　　这场戏,情节发展自然,由访鼠测字到诱鼠落船,况钟变毫无着落的旁观者为稳操胜券的主动者,写来自然可信,妙趣横生。

　　"自从那个短命的况钟来到无锡,害得我心惊肉跳,坐卧不安",娄阿鼠听说况钟要亲自重审尤葫芦被害一案,心惊肉跳,坐立不安,来东岳庙求签。因为"娄阿鼠虽然嫌疑重大,尚难断定就是凶手",况钟得到皂甲报信,便扮作卜卦人来到东岳庙,他必须仔细甄别娄阿鼠究竟是不是凶手,娄阿鼠很迷信,况钟扮作卜卦人自然就十分方便与娄阿鼠对话以辨真假。此时,战斗虽未正式打响,但娄阿鼠已方寸大乱,六神无主,而况钟却从容镇定,占了先机。

　　况钟亮出招牌,叫娄阿鼠测字。此时,娄阿鼠的心理是非常矛盾而复杂的,一方面,他做贼心虚,唯恐测字灵验,罪行暴露,因而小心谨慎,支支吾吾;另一方面,他又希望况钟神机妙算,指点他逃脱惩罚,因此,他又不得不在遮掩中透露一点真实的情况。对此,况钟洞若观火,了如指掌。他以老鼠的种种特点比附娄阿鼠,随机应变,步步紧逼,语语击中娄阿鼠的心病,又合乎测字的规律,俨然一个经验老到的江湖术士。

　　况钟首先让娄阿鼠说出用"鼠"字占卜的是官司,接着又在"鼠"字上大做文章,说"鼠"字笔画是双数,属阴爻,而鼠又属阴,因此是"阴中之阴,乃幽晦之象",对于官司一时间看不清楚,很难判断。事实上,娄阿鼠是不是凶犯,况钟也是需要仔细分辨的。他设了一个套,目的是诱使对方透露更多的信息,这样才能准确判断。果然,急于测知吉凶的娄阿鼠就晕晕乎乎地往套子里钻,说出是害怕官司缠身。

　　况钟进一步问他是代测还是为自测,但他支支吾吾不敢明说。况钟不给他喘息的机会,立即指出他是自测,并利用老鼠为十二生肖之首和善窃的特点,指出他为"罪魁祸首",官司源于偷窃。娄阿鼠被突然说中心事,一下子就呆了。

不等他反应过来,况钟又逼进一步,指出他偷窃的人家姓尤。这真如晴天霹雳,原本已成惊弓之鸟的娄阿鼠震惊不已、恐慌万状。"我不相信你把别人的姓也测得出",娄阿鼠有些不敢相信。"老鼠不是最喜偷油么?"借"尤"与"油"的谐音,推出他偷窃的人家姓尤,甚妙! 娄阿鼠的心理防线彻底崩溃,只好如实坦白。

　　此时,况钟已经判断出娄阿鼠就是盗窃杀人者,而娄阿鼠不仅对况钟佩服得五体投地,深信不疑,也将逃生的希望都寄托在况钟身上。"你若是自测,本身就不落空了",进而引出对"窜"的一番解释,况钟顺水推舟,用引君入瓮之法,让他上了自己的船。于是,生性多疑的娄阿鼠糊里糊涂地自投罗网。

　　况钟与娄阿鼠,一个是重任在肩,意在捕"鼠"的断案官员,一个是贪婪、残忍、慌不择路的"鼠"辈。因为况钟是微服私访,运用的又是凝聚着民间智慧的测字奇招,因此,双方的冲突既隐于无形之中,又时时显现于两人的对话,扣人心弦,引人入胜。冲突的双方,况钟机智、沉着,不动声色地将对手玩弄于股掌之间;娄阿鼠被牵着鼻子走却不自知,还对况钟敬佩有加,感激涕零,说他是救命菩萨,直到公堂上他才如梦初醒。娄阿鼠的慌张和迷糊令人忍俊不禁,产生了强烈的喜剧效应。(子夜霜)

芳草地

十五贯 (节选)

第十八出　廉访

(末上)

【步步入园林】浪逐蝇头江湖上,挣不破英雄网(注:英雄网,束缚英雄的罗网,指名和利)。老夫陶复朱。自从在枫江买货下船,指望到河南脱卸,不想遇着熊友兰之事,老夫怜恤奇冤,助钱十五贯,教他回家。谁想同身客伴,尽道出门吉日,遇此蹭蹬(注:蹭蹬,遭遇挫折,不顺利之事),改舟南往,老夫只得随众到了闽南。一路且喜货物俱有利息,又买了些南货,依旧到苏发卖。讨完账目,赶回家中,不觉又是仲冬了。叹劳生空自忙,喜得故国云山,归来无恙。今日乃是望日(注:望日,月亮圆的那一天。通常指农历每月之十五日),特来城隍庙去进香。办炷心香瞻仰,愿客况履嘉祥(注:履嘉祥,走好运),祈晚景获安康。(下)

(外扮术士、臂悬招牌上写:"天目山人观枚拆字神数泄天机",小旦门子扮道童、背包裹随上)

(外)

【园林过江儿】海中针寻来渺茫,糊突(注:突,通"涂")事没些主张。下官淮安事竣(注:淮安事竣,指况钟为熊友蕙的冤案曾专程去淮安府调查一事),返棹南回。打发各役先回浒墅关伺候;自己换过微服,假扮一个拆字先生,换个小船,到这里无锡地方,停泊上崖,探访游二致死根由。一路行走,只听得那些人纷纷传说,本府即日按临(注:按临,上司到地方巡察)本地,搜缉凶身。只是我想这宗公案,不比前边的事体,有些墙壁可据踏勘(注:踏勘,官吏在出事现场查看)得;如今无影无踪,怎生是了?前面是城隍庙,不免到彼闲坐片时,再作道理。(向小旦)过来!我在庙中闲坐,你可远远伺候,不必前来。(小旦应下)(外)岂大案终无影响,那镜影犀光,照不出山魈(注:山魈,山中鬼怪,指凶手)伎俩?(下)

(丑上)日间不作亏心事,半夜敲门不吃惊。我娄阿鼠,一生好赌,半世贪财。只因一时动了贪心,杀了游葫芦,把他十五贯铜钱偷回。凑巧得极,正撞着倒运的强遭瘟,恰好也背了十五贯铜钱,同了丫头走路,竟被地方追着,捉到当官(注:当官,指官府)。替我打,替我夹,替我坐监铺,替我问斩罪,真正是十足替死鬼!这一掷倒盆,十分得意。咳,只道打发过了铁,再无人来发觉了。不道前日监斩官,竟委着了苏州府太爷况青天,竟要正一掷起来,你道可是玩得的?万一献了底(注:献了底,露了底,真相大白),怎么处?因此这两日心惶胆碎,肉跳心惊。躲在家里,坐不安,睡不稳,竟像掉了魂的一般,心上狐疑不定。今日是月半,到城隍庙里求一条签,看吉凶如何!莫若远去高飞,免得陶气(注:陶气,怄气,惹是非)。一路行来,呀,来的是陶太公!(末上)慈悲胜念千声佛,造恶徒烧万炷香。原来娄鼠哥。(丑)陶太公,久违,久违!几时归来的?(末)昨日才从姑苏回来。鼠哥,近日赌钱得采么?(丑)不要说起,竟到了六部衙门——尚书(注:尚书,本指吏、户、礼、兵、刑、工六部的最高行政长官,这里用作歇后语,与"常输"谐音)。(末)你每赌场上朋友,输赢常事,为何慌慌张张?(丑)你不晓得,我那敝邻,有这场官司,(低声)恐防带累乡邻,所以有点着急;特来求一条签,看看吉凶如何。(末)你地方上有何事体?老夫一些也不晓得,就请你讲讲。(丑)说起话长,就是我隔壁游二家的事。

【江儿犯】奸杀奇闻事,乡间(注:乡间,乡里地方)到处扬。(末)甚么奸杀事?(丑)就是那游葫芦死入糊涂账。(末)那游二被人杀死了?(丑)是。(末)为甚事?(丑)游二有个拖油瓶(注:拖油瓶,妇女再嫁时携带的前夫的儿女)女儿。那日游二替他姐姐借了些钱回来做生意,为了这两个牢钱(注:牢钱,苏州土话,即破钱、臭钱),倒送了性命。(末)多少钱钞就送了性命?(丑)十五贯青蚨(注:青蚨,原为虫名,后来指铜钱)将身丧,(末)是那个杀的?女孩儿认罪谁称枉。(末)不信是他的女儿杀死的!(丑)当夜杀了人,明朝地方晓得,追上去,正在高桥地方。只见女儿呵,和着孤男相傍,俨做出私情勾当。(末)私约汉子同走,有何证见?(丑)囊中十五贯是真赃,招成奸杀罪双双。

(外一面暗上)欲求明鸟语,不惮听狐冰。看门首有人讲话,隐隐听得"十五贯"三字,且走去听他。(上前拱手介)二位要起数(注:起数,算卦,测字)?作成作成。(末)用不着。(丑)起数?住了,替我起一数。(末)既如此,你且站一站,我每讲完了话,就总成你。(外)当得奉候。(末)你且说那汉子甚么样人?是何姓名?(丑)那人不是本地方人,叫甚么熊友兰。(末)熊友兰?(背介)呀!前日那船上当梢(注:当梢,船上掌舵的)那人叫做熊友兰!(外暗听介)他是那里人氏?(丑)听得说是淮安人。(末)淮安人?这是几时的事体?(丑)个是旧年秋里个事体。(末)呀吓,这是那说起!(丑)奇奇!为甚么跳将起来?(末)这熊友兰,乃是淮安胯下桥人。这十五贯钱,是老夫助他回去救兄弟熊友蕙的,怎么是游二家的起来?(顿足)哎!世上有这等样屈事?(丑惊背介)不信有这样。(转介)你且将助钱一事,说与我知道。(末)我旧年在苏州呵。

【五供养交枝】片帆北上,客伴闲谈,话出端详。(丑)也就说这件事了。(末)我每同舟朋友,偶然晓得淮安熊友蕙被屈遭刑,不想舟尾有个当梢之人,就是这个熊友兰了。他偶倾窗外耳,此际好惊惶。(丑)听得兄弟有事,着急了?(末)便是。听兄弟问成大辟(注:大辟,古代五刑之一,砍头),在狱追比十五贯宝钞,痛哭几亡。彼时老夫心怀恻隐,一力赠钱十五贯,教他回去代纳宝钞,以免追比。临歧(注:临歧,指在岔路上分别)遣归慰雁行,早难道救冤反把奇冤酿!(外暗点头介)(丑)就是你的钱,也无证据。(末)怎么没有证据?现有客伴船家看见的。也罢,老夫竟到苏州府况太爷处,与他辩明这宗冤狱去。(拜介)神明在上:弟子今日进香,为因急往苏州,辩人冤枉,不能从容瞻礼,改日再来了愿罢。为辩人冤,不辞路忙。(丑)你要到那里去?(末)向黄堂申冤理枉!

(丑作急状,拦末介)呀吓!

【玉交海棠】伊休莽撞,怎出头撩锋拨芒(注:撩锋拨芒,即撩拨锋芒。意为招惹是非,自找危险。撩拨,招惹,挑逗。锋芒,指刀剑的刃和尖)?(末)我为人曝白(注:曝白,表白,作证,揭露真相)明冤,也不算什么撩拨。(丑)你还不晓得,我每地方上为出这件事来,见上司,解六院(注:六院,宋代官署有检院、登闻鼓院、进奏院、官诰院、审计院、粮科院,称为六院。这里泛指各衙门机关),拖上拖下,不知吃了多少辛苦。况且,况太守有些兜搭,笑你负薪救火招无妄,岂不虑林木贻殃(注:林木贻殃,语出东魏杜弼《檄梁文》,"但恐楚国亡猿,祸延林木;城门失火,殃及池鱼。"比喻无故遭受连累。贻殃,连累招灾。贻,遗留,留下)?(末怒)咳,此言差矣!当日指望救他的兄弟,不想反害了哥哥,我陶复朱的罪过也不小。若将他穷骨冤埋,枉却我侠肠雄壮!(欲下)(丑扯住介)住了住了,熊友兰又不是你的亲故,甚么要紧,无事讨事做。常言道:"是非只为多开口,烦恼皆因强出头。"倘然况太爷倒来你个身上要起凶身,怎么处?依我说,不要去!(末)咳,我怎肯良心丧?挤做救人从井(注:从井,跟着跳井),同溺何妨!(下)

(丑)不好了!不好了!这件事竟要做出来了。(急乱走介)(外)有这等事?

【海棠姐姐】我自忖量,(看丑介)看他情词窘迫难堪状。为何那人欲去出首,他却如此着忙?其中情弊,却有蹊跷!看他心虚胆怯,露出乖张。(向丑介)老兄!你方才说要起数,就请说来。(丑)我是来求签的。也罢,就起数罢。怎么样起法?(外指招牌介)请看:观枚拆字,声名播四方。(丑)怎么叫观枚拆字?(外)要问甚么心事,随手写一字来,就可判吉凶了。(丑)区区不识字的,写不出来。(外)随口说一个也罢。(丑)就是学生贱名罢。老鼠的"鼠"字。(外)尊名叫"鼠"字么?(丑)不敢。贱名叫娄阿鼠,赌钱场上有名的。(外背介)呀,且住。野人衔鼠,已应其一;他名唤阿鼠,莫非正是此人么?我私追想,葫芦已有前番样,哑谜须教此际详。

(丑背介)他自言自语,想是拆不来。(外)你这个"鼠"字,是那里用的么?(丑)官司。(外作手写介)一十四画。数遇成双,乃属阴爻。况鼠又属阴,阴中之阴,乃幽晦之象,若占官司,急切不能明白哩!(丑)明白是不曾明白,看可有缠扰累及?(外)自己用,还是代占?(丑支吾介)代占。(外)依数看起来,只怕不是代占。这桩事体,是为祸之首。(丑)何以见得?(外)"鼠"为十二生肖之首,岂非你是造祸之端!(丑惊呆介)(外)况且竟像在里头窃取了东西,构起这桩事的。(丑)有些古怪,偷东西你那里看得出来?(外)鼠性善于偷窃,所以如此断。(丑呆介)(外)还有一说:这个人家可是姓游么?(丑)你是那里晓得?(外)老鼠最喜偷油,故尔晓得。(丑背介)这不是拆字的先生,竟是仙人了。(外点头介)(丑向外介)已先不要管他,只看目下,可有是非口舌连累得着?(外)怎么连累不着?如今正是败露之时了。(丑)怎见得?(外)你是"鼠"字,目下正交子月(注:子月,古代以寅为正月,子月应是十一月),当令之时,自然要明白了。(丑)先生,意欲躲避,外面度度,可避得过?(外)你只要实对我说,果然是代占,还是自家占?说得明白,我好指引你。(丑)实不相瞒,其实是自家用的。(外)这个好,避得脱的。(丑)避得脱,何以见得?(外)你若自占,本身不落空了。"空"字头着一个"鼠"字,岂不是个"竄"字?就是"逃竄"之"竄"。(又思介)咦,逃竄是逃竄得的,只是那老鼠多畏多疑,怕做了首鼠两端,不能出去。(丑)先生妙数,效验非常,其实我疑惑不定,所以起数。今承指点,竟依了先生,外面躲避躲避何如?(外)若能走避,万无一失的。只是今日就走好,若到明日,就走不脱了。(丑)今日天色渐晚,有些不便。(外)又来了。鼠乃昼伏夜动之物,连夜逃最妙的。(丑)有理。还要请教,走到那一方去便好?(外)鼠属巽,巽属东,东南方去最好!(丑)还是水路走,旱路走?(外)鼠属子,子属水(注:子属水,这是古代五行学的说法。五行中以木配春、火配夏、金配秋、水配冬。子为冬季十一月,故属水),是水路去好。(丑)水路东南方去,只是一时那有便船?(外)你若要去,老夫倒有便船在此,正要今晚下船,到苏、杭一路去赶趁新年。若不嫌弃,同舟如何?(丑)如此极妙。若能逃脱,先生是小子大恩人了!请上,容小子一拜。

【姐姐拨棹】仗伊姑容漏网,那怕他泼天风浪。(外)管前途稳步康庄,管前途稳步康庄,向天涯高飞远翔。(丑)你的船在那里?(外)就在河下。(丑)如此说,待我去拿了行李来。些些薄意相送。(外)这也罢了。快去快来。(丑)我欲归家,胆又慌;待离家,意转忙。(急下)

(外)门子快来!(小旦上)老爷怎么说?(外)少停那人下船,只可称我师父,不可泄露风声。

(丑背包裹上)

【尾】逃灾陌路权依傍。(外)来了么?(丑)这是甚么人?(外)是小徒。(丑)好个标致小官。江湖上人,专会受用此道。(外)就此下船去罢。匆匆行色送斜阳,(合)远望吴山路正长。(下)

[中国]朱㿥

朱寉的《十五贯》又名《双熊梦》,本事见于宋话本《错斩崔宁》(《醒世恒言》作《十五贯戏言成巧祸》)。《十五贯》共分 26 场:《开场》《泣别》《鼠窃》《得环》《摧花》《饵毒》《陷阱》《商助》《窃贯》《误拘》《如详》《狱晤》《梦警》《阽泪》《夜讯》《乞命》《踏勘》《廉访》《擒奸》《恩判》《请罪》《考试》《谒师》《刺绣》《拜香》《双圆》。

熊友兰、熊友蕙兄弟父母双亡,兄熊友兰为人撑船佣工,弟熊友蕙在家读书。熊家的邻居是开有粮店的冯玉吾家。老鼠将熊友蕙毒老鼠的饼衔到冯家,又将冯家十五贯钱衔入老鼠洞,并将一双金环衔到熊友蕙室。熊友蕙以为这金环是天赐之物,便拿金环到冯家换粮。冯玉吾让儿子冯锦郎去问儿媳侯三姑要金环,结果其儿子误食毒饼而死。冯玉吾认定熊友蕙与冯家未婚儿媳侯三姑通奸杀人。知县过于执不加深究,将二人判了死罪,并向熊友蕙追缴十五贯钱。

熊友兰在苏州商船得知此事,带着商人陶复朱资助十五贯钱回家救弟弟。途中与清晨独行的苏戍娟相遇。原来昨天,屠户游葫芦向姐姐家借得十五贯钱开肉铺,醉时却向非亲生女苏戍娟戏言钱是将她卖为丫鬟所得,苏戍娟当夜悄悄逃往姑母家。凑巧苏戍娟走后,娄阿鼠入室偷窃游葫芦的十五贯钱,并杀死了他。此时,苏戍娟与熊友兰同行,被捉,也诬为通奸杀人。二人被押至常州府,又被新任理刑过于执判成死罪。

监斩前夜,苏州知府况钟梦见双熊向他乞哀,奉命监斩发现疑窦,连夜奏请巡抚周忱,争得半个月期限。况钟亲自勘察现场、访探真情,使两冤素昭雪。熊友兰与苏戍娟、熊友蕙与侯三姑结为夫妇。

本剧意在提倡调查研究、实事求是的断案方法。《廉访》就具体描写了况钟调查研究、掌握真情的情节。

后　记

　　读书，不仅是读读而已，而是关乎读什么、怎么读的问题；读书，不仅是对我们的人生观、价值观、世界观的洗礼，也是对心灵的一种抚慰；读书，不仅可以汲取思想精神方面的营养，也能获得一种审美的享受，并使审美能力得以提升。

　　读什么呢？读古今中外最经典的作品。

　　怎么读呢？欣赏性、评价性地品读。

　　做到这两点，自然能达到读书的目的。

　　读经典作品，读者尤其是学生读者往往觉其美，但美在何处，却说不出来。

　　"品读经典"系列不仅是要把经典作品遴选出来，而且在怎么读经典上为读者作些努力，这些经典作品都有旁批及针对整篇的专题性赏析，同时，比较阅读的作品也都有品读文字。为了更好地服务读者，在"品读经典"系列出版后，我们将在"未来之星"博客上刊发"品读经典"系列各类文体作品的品读要点、品读方法、作品评析的文章。这里我们也期待热心下一代健康成长的教师，能提供有评析文字的欣赏文章，我们适时将在"未来之星"博客刊发。

　　推崇经典、拒绝平庸，是我们一贯的主张，我们历时六载编写了"品读经典"这一系列，根本的目的就是要把最经典的最具阅读价值的作品奉献给我们民族的未来一代——广大青少年读者。当下图书可谓琳琅满目，但是，有品位的太少太少，真正适合青少年读者阅读的更是少之又少。基于此，"品读经典"系列是以世界眼光来审视古今中外作品的，把最经典的择选出来，呈现给青少年读者。

　　"品读经典"系列，学生、老师、学者等前后推荐经典性作品 35670 余篇，经过数次大浪淘沙式的遴选，推荐的作品最终入选的仅有 3%。因此，入选"品读经典"系列的这些作品，可以说，篇篇皆是书山文海里最为璀璨的颗颗珍珠，是经典中的经典。浏览它，如雨后睹绚烂彩虹；欣赏它，如江岸沐温馨春风；品读它，如清晨饮清爽香茗。

历尽千百周折和万千艰辛，"品读经典"系列终于将与读者见面了，然而我们仍觉得有些遗憾。

遗憾之一："品读经典"所选作品的读点、旁批、专题赏析、品读等皆是全国一百多位老师、学者苦心孤诣研究的结晶，虽然经过数个环节的斟酌、修改，再斟酌、再修改，努力使其臻于完美，但是，仍感觉似有不足之处，加之品评作品本来就是仁者见仁，智者见智，也难免会有失当之处。因此，我们恳望专家学者及广大读者批评指正，我们表示真诚的感谢。

遗憾之二：为了开阔读者视野，入选的国内经典作品较少，外国经典作品相对较多，然而这些外国经典作品有的还缺少译者，尽管我们努力查寻，有所弥补，但仍然有的作品的译者难以查到。为了帮助读者理解作品，需要作者的一些资料，但有的作者资料仍然未能得以完善。由于所选作品涉及面广、稿件来源复杂及时间地域等因素，出版前我们仍难以与所有作者（包括译者）一一取得联系。本着扩大作品的影响力和为读者打造最具阅读价值的一流读物的原则，冒昧将其转载，在此谨致以最深切最诚挚的歉意，恳请作者谅解！

为了弥补遗憾，出版后我们仍将继续联系作者，同时，也恳请作者或熟知作者情况的读者见到本书后能与我们联系，以便重印时弥补缺憾和按国家有关规定支付作者稿酬。

我们真诚希望所有作者都能联系上，也希望更多的优秀作者和专家学者能支持并参与"让下一代能读到真正有价值的书"的活动，为推动民族文化事业的健康发展贡献一份力量。

未来之星博客：http://blog.sina.com.cn/axbk2009
作者联系信箱：zhbk365@126.com
读者建议信箱：meilizhiku@126.com

本书编写者

图书在版编目(CIP)数据

梨园春遇杏花雨：戏剧卷／子夜霜，京涛，屈平主
编 . — 郑州：文心出版社，2014.6
　(品读经典)
　ISBN 978 – 7 – 5510 – 0463 – 3

　Ⅰ.①梨… Ⅱ.①子… ②京… ③屈… Ⅲ.①戏剧文
学 – 作品集 – 世界 – 现代 Ⅳ. ①I13

　中国版本图书馆 CIP 数据核字(2013)第 089902 号

梨园春遇杏花雨：戏剧卷

出　版　社:文心出版社
　　　　　(地址:郑州市经五路 66 号　邮政编码:450002)
发行单位:全国新华书店
承印单位:郑州市毛庄印刷厂
书　　　号:ISBN 978 – 7 – 5510 – 0463 – 3
开　　　本:720 毫米 ×1000 毫米　　　　1/16
印　　　张:15
字　　　数:330 千字
版　　　次:2014 年 6 月第 1 版
印　　　次:2014 年 6 月第 1 次印刷
定　　　价:28.00 元